USA TODAY BESTSELLING AUTHOR
# Dale Mayer

# LÉGION D'HONNEUR
# Evan

## TOME 08

*Evan, Légion d'honneur, tome 8*
Beverly Dale Mayer
Valley Publishing Ltd.

Copyright © 2016

Traduit de l'anglais par Sarah Laurent et Valentin Translation



Il s'agit d'une œuvre de fiction. Les noms, les personnages, les lieux, les marques, les médias et les incidents mentionnés sont le produit de l'imagination de l'auteur ou utilisés de manière fictive. Toute ressemblance avec des événements, des lieux ou des personnes, existant ou ayant existé, est entièrement fortuite.

ISBN-13 : 978-1-778860-02-7
Format Print

# Evan

Evan a la réputation d'être mystérieux, imprévisible et indiscipliné. Même son ex petite amie, Megan, a cru à sa couverture. Quand elle est mutée sur la côte ouest pour intégrer la nouvelle division spéciale hélicoptères, leurs vies se croisent à nouveau. En découvrant qu'il craque encore pour elle, Megan a un sacré choc… et elle éprouve des envies qu'elle n'est pas certaine de savoir maîtriser.

Quand une autre unité de SEAL subit une attaque et a besoin de leur aide, Megan se rapproche un peu trop et se fait pincer. Elle ne peut compter que sur Evan, mais cet ennemi les prend tous deux pour cibles. Ils vont devoir découvrir ce qui est arrivé à leurs amis… et vite, avant de devenir les prochains disparus.

Inscrivez-vous ici pour être informés de toutes les nouveautés de Dale !
https://geni.us/DaleNews

# CHAPITRE 1

QUEL MERDIER !

Cette opération s'était transformée en bordel sans nom. Mais cela n'avait rien d'étonnant, puisqu'ils étaient au Mexique. Deux *SEALs* étaient à terre. Deux autres avaient été blessés, mais pas au point de ne plus pouvoir se déplacer, et la situation n'était vraiment pas près de s'améliorer. Levi et son unité étaient en difficulté. Evan Wilson, quant à lui, faisait partie de l'équipe d'extraction. Sa mission était de les tirer de là et d'assurer leur sécurité jusqu'à ce que l'hélicoptère arrive pour tous les exfiltrer.

Des coups de feu déchirèrent le silence qui avait momentanément repris ses droits sur les environs. Evan se mit à couvert. Afin de procéder à l'extraction des soldats qu'ils étaient venus secourir, son équipe devait se débarrasser de la menace ennemie et sécuriser un endroit suffisamment grand pour que l'hélicoptère puisse atterrir. Sauf que ce n'était pas aussi facile à dire qu'à faire. C'était une première pour lui. Il n'était plus vraiment nouveau dans l'unité, puisqu'il ne l'avait pas intégrée aussi récemment que Chase et Brett, mais on ne pouvait pas dire qu'il était un ancien non plus. Peut-être se serait-il plutôt qualifié de membre « expérimenté », mais c'était avant de se retrouver au milieu de tout ce bordel. Aujourd'hui, il réalisait qu'il avait été relativement chanceux lors de leurs missions précédentes et n'avait connu que les bons moments jusqu'à présent.

Parce que quand les opérations *SEALs* tournaient mal, elles devenaient mortelles.

Mais il ne comptait abandonner aucun de ses coéquipiers, encore moins Levi.

De la sueur coulait sur son front. Posté sur le plateau tout en haut de la colline, il avait éliminé les ennemis qu'il avait repérés en contrebas un par un. Il en aperçut un de plus. Grâce à son bon angle de tir, il était sûr de ne pas le rater. Il visa et pressa la détente. Sa victime s'écroula. Swede et Cooper se rapprochaient de sa position. Une fois que la voie serait libre, ils pourraient aller chercher Levi. Et tel qu'il le connaissait, Levi ne partirait pas sans Stone. Stone et Levi étaient pareils. Ils étaient les deux parties d'un même tout et s'entendaient comme deux frères. Quatre *SEALs* avaient été envoyés ici et avaient rencontré des difficultés immédiatement. Evan et l'unité de huit hommes dont il faisait partie avaient été déposés à quelques kilomètres de l'endroit où se trouvaient leurs camarades afin de les sortir de là.

Ils avaient entendu dire que des renforts ennemis, transportant des lance-roquettes, étaient en route et seraient ici dans les prochaines minutes, tandis que leur hélicoptère militaire n'arriverait pas avant au moins six minutes. Mais ils adoraient frayer avec le risque et le danger. Ils avaient fait de la merde, mais de toute façon, ce n'était pas comme si le reste du monde pouvait faire mieux qu'eux.

Cette phrase pourrait presque devenir leur slogan tant elle était véridique en cet instant.

Une autre tête ennemie surgit entre deux arbres. Il visa, tira et se remit en mouvement. Il n'avait pas besoin de s'attarder pour voir le résultat. Il était un tireur d'élite et ne ratait donc jamais sa cible. Et puis, celle-ci avait été facile à éliminer. Maintenant, il devait continuer d'ouvrir l'œil.

Il était en train de changer de position lorsqu'il entendit la voix de Markus dans son oreillette.

— Sur ta gauche.

*Merde !* Il fouilla les environs du regard et repéra l'individu en question. Décidément, ces connards n'en finissaient pas de se multiplier. Il avait beau en abattre des dizaines, il en arrivait toujours plus.

Il visa et tira une nouvelle fois. Puis il aperçut Swede et Cooper qui avançaient en contrebas. C'était les deux plus grands hommes de leur unité. Tous deux avaient une carrure imposante qui les faisait ressembler à des armoires à glace. Il balaya la zone et noya leurs ennemis sous un tir nourri pour leur permettre de passer en toute sécurité.

— Allez, dépêchez-vous ! murmura-t-il en égrenant mentalement les minutes qui les séparaient de l'arrivée de l'hélicoptère.

Il pouvait l'entendre au loin.

Soudain, un cri semblable à celui d'un faucon fendit l'air. *Il était temps !* songea-t-il. Hawk et Shadow avaient réussi à pénétrer le terrain occupé par leurs ennemis et étaient en train de les éliminer un par un, avec une discrétion et une efficacité mortelles, comme seuls ces deux-là pouvaient le faire.

Il attendit, immobile. Tout était calme autour de lui. Puis il capta un mouvement sur la droite. Il regarda à travers son viseur et tira. *En plein dans le mille !* se félicita-t-il.

Les rotors de l'hélicoptère résonnaient au loin, telle la promesse de leur exfiltration prochaine. Il estima que l'appareil se trouvait à quatre minutes de leur position. Ils allaient donc devoir attendre encore quatre longues minutes. Et avant cela, il avait une mission à accomplir.

Il n'avait entendu aucun tir ennemi au cours des deux dernières minutes. Mais peut-être était-ce parce que Hawk et Shadow s'occupaient de faire le ménage en contrebas. Rien ni personne ne leur échappait. Et si certains y parvenaient, il se chargeait lui-même de les éliminer. Ils étaient à moins de cent mètres de la zone d'atterrissage, qui se trouvait en haut d'une colline exposée. En plus de lui, six hommes étaient éparpillés dans les environs pour assurer la sécurité de l'endroit.

Les deux autres membres de l'équipe de Levi étaient tous deux blessés. Mason et Dane essayaient de les stabiliser pour qu'ils puissent être évacués par la voie des airs. Brett et Chase étaient de l'autre côté de la colline et tenaient leur position.

Le bruit des pales de l'hélicoptère s'accentuait à mesure que les secondes s'égrenaient. Il serait là dans trois minutes.

Un nouveau cri de rapace se fit entendre. *Bien*, songea-t-il en décryptant le message. Swede et Cooper avaient trouvé les hommes qu'ils étaient allés chercher.

Maintenant, il ne restait plus qu'à les ramener jusqu'ici et les mettre en sécurité.

Pour l'instant, il n'avait encore rien vu de plus gros que des fusils automatiques entre les mains de leurs ennemis, mais il entendait des véhicules approcher. Si l'information qu'ils avaient reçue était exacte, ils transportaient sûrement des lance-roquettes. *Bon sang.* La dernière chose qu'il voulait, c'était que l'hélicoptère s'écrase avec eux à son bord. Il n'avait pas envie de faire partie de ces personnes qui étaient décédées comme ça.

Dane rampa à côté de lui.

— Quelle est la situation ?

— Ils sont sur le chemin du retour. Et il n'y a eu aucun tir ennemi au cours des quatre dernières minutes, annonça-t-il.

Il se tut brièvement avant de demander :

— Comment vont-ils ?

— Ils sont robustes, mais en piteux état. Je pense que l'un d'eux est en fin de carrière.

*Merde !*

Dane retourna vers les hommes blessés.

Si l'un d'eux se retrouvait en fin de carrière après une mission, cela signifiait généralement qu'il avait subi des blessures physiques qui ne lui permettaient pas de continuer à exercer ce métier. Chacun d'eux savait que c'était alors la fin du voyage. Ils redoutaient tous de finir ainsi. C'était même leur pire cauchemar.

Il ne pouvait qu'espérer que Levi et Stone soient en meilleure forme, mais savait que ce n'était qu'un doux rêve. Levi était l'un de ses amis les plus proches. Il avait vu les rides se creuser sur son visage au fil des ans. Il devait prendre sa retraite avant que son travail ne finisse par le tuer. Peut-être se retirerait-il après ce fiasco.

Tout à coup, ses coéquipiers sortirent à découvert. Il noya la zone sous une pluie de balles pendant que Swede portait Stone et que Cooper avançait en soutenant Levi. Le bruit des rotors se rapprochait de plus en plus.

Ils dépassèrent l'endroit où était posté Evan.

L'hélicoptère finit par apparaître dans le ciel derrière eux.

*Allez, montrez-vous, bande de bâtards !* songea Evan en fouillant les environs du regard. *Je sais que vous êtes là.* Il était hors de question qu'il les laisse abattre l'un de ses camarades, encore moins maintenant qu'ils étaient si proches de réussir à les exfiltrer.

Le vacarme produit par les pales de l'hélicoptère était devenu assourdissant désormais.

La poussière volait dans tous les sens tandis que

l'appareil descendait vers le sol. Les soldats se précipitèrent vers la porte ouverte pour faire monter les blessés à bord.

— Allez, on dégage d'ici, leur lança Mason.

Seul Evan ne bougea pas. Son regard scrutait les alentours. Il serait le dernier à partir. L'un de ces connards se trouvait encore quelque part autour d'eux et un premier véhicule venait d'arriver. Il s'était arrêté, mais personne n'en était sorti. C'était comme si ses occupants attendaient quelque chose… et ça tombait bien, puisque c'était aussi ce que faisait Evan. Ses coéquipiers auraient besoin de moins de deux minutes pour grimper tous à bord, assurer la sécurité des blessés et décoller.

Il estima qu'il n'avait besoin que de trente secondes pour remplir sa mission avant de les rejoindre. *Oui, ce sera suffisant*, décida-t-il.

Il espérait simplement qu'un excellent pilote était aux commandes de l'appareil. Il ne voulait pas être laissé derrière.

Mais il ne comptait pas non plus laisser son équipe se faire éliminer parce qu'il avait raté quelque chose.

Le moment était venu pour lui d'agir.

Il se releva de sa position couchée, se courba en deux pour être moins visible et se mit à courir pendant que ses yeux scrutaient la zone.

C'est alors qu'il vit l'enfoiré qui était en train de charger un lance-roquettes sur son épaule. Evan visa et tira. Sous l'impact de la balle, la tête de l'homme partit brusquement vers l'arrière. Au même moment, Evan se jeta dans l'hélicoptère.

— C'est bon, allez-y ! cria-t-il en se relevant pour effectuer un autre tir.

L'hélicoptère s'éleva dans le ciel plus rapidement que prévu, mais l'ascension fut si douce qu'il sut instantanément qui était le pilote. C'était même évident.

Cela ne pouvait être que Ice. Son vrai prénom – qui lui donnait des airs de druidesse nordique – était Icelite. Mais elle était plus connue sous le nom de Ice pour le calme et le sang-froid dont elle faisait toujours preuve, même sous la pression. Est-ce que sa nouvelle co-pilote, Megan, était avec elle ? Son cœur le lui confirma immédiatement.

S'il devait se montrer honnête, il était ravi que ce soit Ice et Megan qui soient venues les récupérer.

Surtout Megan, avec qui il avait eu une aventure il y a trois ans. Ils s'étaient séparés après un week-end torride et intense. Depuis, il avait enfoui son chagrin au fond de lui et continuait à regretter de ne pas avoir fait le nécessaire pour que leur relation aille plus loin à l'époque. Puis elle s'était fiancée. Cela lui avait mis un coup au moral. Mais heureusement, elle avait fini par revenir à la raison et avait laissé tomber cet autre homme.

Quant à Ice… c'était une tout autre histoire. Elle avait été en couple avec Levi, mais personne ne leur avait jamais demandé pourquoi ils s'étaient séparés. Il valait mieux éviter le sujet.

— Joli tir ! le congratula Dane en l'aidant à s'asseoir lorsque l'hélicoptère se pencha sur le côté pour tourner et partir dans la bonne direction.

Il regarda le reste des soldats présents dans l'appareil et les compta rapidement.

— Nous sommes trop lourds, remarqua-t-il.

— Il y a une personne de trop par rapport à la charge maximale recommandée. Mais on ne peut rien y faire.

Evan hocha la tête et ferma les yeux.

— Ice nous ramènera chez nous sains et saufs.

— Qui est son copilote ? demanda Evan d'une voix

neutre en espérant que Dane ne lirait pas dans ses pensées.

Mais il connaissait déjà la réponse… ou plutôt, son cœur la connaissait. Il n'était qu'un imbécile. Pourquoi n'avait-il pas réalisé la chance qu'il avait à l'époque ? Pourquoi n'avait-il pas fait en sorte que ce soit plus qu'une aventure d'un soir entre eux ? Désormais, il ne cessait de penser à toutes ces années gâchées, qu'ils auraient pu passer ensemble. Ils s'étaient quittés en bons termes, mais il n'avait jamais été capable de trouver la même magie avec quelqu'une d'autre. Cela l'avait conforté dans l'idée qu'elle était celle que son cœur attendait.

Mais peut-être que tout cela était juste dans sa tête. Un souvenir pouvait parfois sembler mieux que la réalité. Comment pourrait-il savoir ce qu'il en était vraiment ? Il ne le pouvait pas, à moins qu'il n'ait la chance de la remettre dans son lit pour vérifier si cette magie dont il se souvenait n'était pas qu'un produit de son imagination.

Et il était décidé à en avoir le cœur net.

# CHAPITRE 2

MEGAN SURVEILLAIT SES écrans radars tandis qu'Ice, aux commandes de l'hélicoptère, faisait pivoter l'appareil et les éloignait du lieu où elles avaient exfiltré les soldats. Megan avait des nerfs d'acier, mais Ice n'était comparable à nul autre, à tel point qu'elle appartenait à une catégorie à part.

Elle faisait toujours preuve d'un calme à toute épreuve, à moins que le nom de Levi ne soit mentionné au cours d'une conversation en privé, auquel cas sa carapace se fendillait. Mais en public, elle ne réagissait jamais et gardait un visage impassible en toutes circonstances. Megan, en revanche, avait passé sa vie à exprimer ses sentiments et montrer ses émotions, même si elle travaillait dur pour changer cette habitude.

Elles formaient une formidable équipe, même si les deux hommes qui tourmentaient leur cœur étaient à bord. L'un venait d'abattre plusieurs de leurs ennemis, et l'autre était blessé. Les jointures des mains d'Ice étaient devenues blanches à force de serrer les commandes, mais ceux qui étaient capables de repérer et reconnaître ces signes témoignant de son agitation intérieure étaient peu nombreux.

Megan ne gardait la tête froide que parce qu'elle avait vu Evan monter dans l'hélicoptère sain et sauf. Qui aurait cru qu'elle tenait toujours autant à lui ? Maintenant, il ne leur restait plus qu'à partir loin d'ici…

— RAS. Ramène-nous à la maison, mon joli, murmura Ice à voix basse en tapotant affectueusement le tableau de bord de l'hélicoptère.

Megan jeta un regard en coin à son amie et remarqua la tension qui crispait sa mâchoire.

— Il va s'en sortir, lui assura-t-elle. C'est un dur à cuire.

— Oui. Il s'en sortira.

Megan n'ajouta rien de plus. De toute façon, qu'aurait-elle pu dire d'autre ? Cette journée était vraiment nulle. Elle avait vu beaucoup de choses au cours de ses sept années de service actif. Mais rien ne pouvait vraiment préparer une personne à perdre des amis, encore moins quand cela arrivait juste devant elle.

— Evan va bien ? demanda Ice.

— Ouais. Cette tête brûlée s'en est sortie, comme d'habitude, marmonna-t-elle.

Elle n'irait pas jusqu'à dire qu'elles étaient des amies proches, mais leur travail exigeait de la confiance et pour cela, il fallait donc se connaître un minimum. Elle considérait Ice comme une amie et espérait que leur relation s'approfondirait.

— Ça demande du talent.

— Et un véritable état d'esprit de frimeur.

Megan ne connaissait personne d'autre capable de faire ce qu'il faisait sans jamais perdre le sourire. Bon sang, la plupart des *SEALS* ne souriaient même presque jamais. Mais encore une fois, beaucoup n'avaient pas de raison de sourire. Du moins, c'était avant la naissance des Gardiens. Evan faisait désormais partie de l'équipe de Mason, mais n'était pas encore devenu un membre des Gardiens. Cela n'arriverait pas tant qu'il n'aurait pas trouvé le véritable amour. Sauf que cette possibilité lui paraissait totalement inimaginable. Quand elle l'avait rencontré, il était à l'exact opposé de ce qui caractérisait un Gardien. C'était un joueur invétéré, un libertin et un homme du monde qui vivait à deux cents à l'heure pour cacher le vide qu'il ressentait à l'intérieur. Mais il ne pouvait pas voir la réalité de sa situation. Ou plutôt, il ne *voulait* pas la voir. Et s'il en était conscient, il ne semblait pas capable de savoir comment la changer.

Mais là encore, elle ne le connaissait que depuis trois ans. Elle était retournée vivre dans l'Est des États-Unis depuis lors, mais bien souvent, les rumeurs allaient vite et franchissaient les frontières.

Apparemment, la chance que possédaient les Gardiens était toujours d'actualité, comme en témoignait ce qui était arrivé à Cooper et Markus, les dernières victimes en date de cette mystérieuse magie de l'amour. Du moins, c'était comme ça que certains soldats les surnommaient. En vérité, elle pensait qu'ils étaient tous jaloux… tout comme elle.

La facilité des relations à court terme était profitable pour les deux sexes pour de nombreuses raisons, mais on s'en lassait vite.

Du moins, c'était le cas pour elle. Elle avait même eu une relation qui avait duré deux ans avec un autre homme après le week-end torride qu'elle avait passé en compagnie d'Evan.

Sa candidature avait été approuvée pour le programme de formation à l'issue duquel elle avait obtenu son diplôme de pilote d'hélicoptère. Elle n'aurait jamais refusé une telle opportunité. Et Evan n'avait pas parlé d'autre chose que la sueur qui séchait sur son dos lorsqu'ils faisaient l'amour. Alors quand on lui avait donné sa date de départ, elle l'avait acceptée sans hésiter et avait déménagé. Mais comme un élastique trop tendu, elle avait finalement saisi la première occasion de transfert et était retournée dans l'Ouest du pays. Seulement, elle n'avait pas considéré que la présence d'Evan sur la base militaire de Coronado ait pu être une motivation ou jouer un quelconque rôle dans sa volonté de rentrer chez elle… jusqu'à maintenant.

Dès son arrivée, elle avait été mise en binôme avec Ice. Sa vie s'était alors stabilisée et avait avancé de manière significative. Elle aimait son travail et les gens avec qui elle travaillait.

Elle était heureuse. Puis elle avait revu Evan… Et tout lui était revenu en mémoire instantanément.

L'hélicoptère se redressa et prit la direction du navire militaire en suivant une trajectoire régulière. Les kilomètres qui les en séparaient seraient faciles à parcourir maintenant qu'ils étaient à l'abri des tirs ennemis.

Elle aimait son travail. Elle l'aimait même énormément. Et elle savait que c'était pareil pour les hommes qui se trouvaient à l'arrière de l'appareil. Ils ressentaient la même chose qu'elle pour leur travail, mais prendraient-ils un jour leur retraite ? Quand était-il temps pour un *SEAL* de s'éloigner de tout cela et de faire quelque chose de différent ? Elle n'avait pas d'enfants. Ses parents étaient tous les deux militaires, alors ce n'était pas comme si elle avait eu beaucoup d'autres possibilités de carrières. Elle avait baigné dans cet univers et avait été préparée à suivre la même voie qu'eux depuis sa naissance, même si partir dans l'aviation relevait de sa propre décision. Mais elle estimait avoir fait le bon choix. Mon Dieu, elle aimait tant le sentiment de liberté que lui offrait son métier de pilote. Et elle aimait aussi savoir que des gens avaient besoin d'elle. Des hommes bien exerçaient un travail dangereux et comptaient sur elle. Cela ne faisait qu'ajouter au plaisir que lui procurait son activité profession-nelle.

— Tout va bien ? voulut savoir Ice.

— Parfaitement bien.

C'était les mots-codes qu'elles utilisaient pour dire que la vie était nulle, mais qu'elles tenaient le coup malgré tout.

Megan soupira et se détourna d'Ice, dont la mâchoire était toujours contractée.

— Nous faisons toujours tout parfaitement bien.

— Amen, ma sœur, approuva Ice.

Pendant l'heure qui suivit, ils volèrent au milieu d'un ciel bleu éclatant et gagnèrent la côte pour retourner dans l'espace aérien américain. Désormais, ils étaient sortis de l'espace aérien ennemi et en sécurité, et elle n'avait rien repéré d'inquiétant dans le ciel. Le vol de retour s'était déroulé sans encombre. Mais elle ne pouvait pas ignorer le fait que quatre des soldats qu'elles avaient récupérés étaient grièvement blessés.

— Comment ça va à l'arrière ? lança Megan dans son casque.

— Deux sont stables, un est dans un état critique et Levi se maintient, annonça Mason.

Ice entendit aussi la réponse dans son casque.

Elle fronça les sourcils. Elle connaissait les risques du terrain. Ils les connaissaient tous. Mais y avait-il quelque chose de plus douloureux que de savoir qu'on aurait dû s'engager dans une autre voie à un moment donné, mais qu'on ne l'avait pas fait et que l'on pourrait maintenant perdre cette opportunité sans jamais se voir offrir de seconde chance ?

— Stone est fort, déclara calmement Megan. Il va s'en

sortir.

— Peut-être. Mais il s'en sortira en ayant perdu une jambe.

— Je sais qu'il va penser que c'est la pire chose qui puisse lui arriver, mais toi et moi savons que ce n'est pas le cas.

— C'est vrai. Mais ce métier, c'est toute sa vie. C'est sa raison d'être, intervint Mason à voix basse. Il ne pourra pas revenir dans notre unité après ça.

— Eh bien, si les autres s'en sortent aussi, il y a des chances pour qu'ils soient quatre à avoir besoin d'une nouvelle orientation professionnelle.

Soudain, elle entendit quelqu'un crier et jurer en arrière-plan.

— C'est quoi ce vacarme ? questionna-t-elle.

— C'est Levi qui hurle à Stone de s'accrocher jusqu'à ce qu'on arrive, lui expliqua Mason.

— Je me disais bien que j'avais reconnu sa voix.

Elle n'avait rencontré Levi que quelques fois, mais son caractère n'était pas difficile à cerner. Une autre question lui brûlait les lèvres. Elle n'osait pas la poser. Elle voulait désespérément connaître la réponse, mais ne voulait pas que les autres sachent qu'elle se souciait de lui. Elle l'avait vu sauter dans l'hélicoptère. Cependant, elle avait aussi entendu un échange de tirs alors qu'ils étaient en train de décoller et craignait donc qu'il soit blessé.

— Il va bien.

Surprise par les mots de Mason, elle sentit son souffle se coincer dans sa gorge.

— De qui parles-tu ?

— D'Evan, répondit-il à voix basse.

Le soulagement l'envahit et son souffle se relâcha aussi-tôt, juste avant qu'elle ne se reprenne et ne songe : *merde,*

*merde, merde.*

— Tant mieux. Mais je présume que c'est le cas de toute ton unité, rétorqua-t-elle calmement malgré son cœur qui battait sourdement dans sa poitrine.

— Oui, ils vont bien, acquiesça-t-il avec la même désinvolture.

— Merci, Mason, soupira Megan.

Elle savait qu'il comprendrait.

Elle jeta un coup d'œil à Ice et vit le petit sourire qui était apparu au coin de ses lèvres.

— Qu'est-ce qui te fait sourire comme ça ? l'interrogea-t-elle.

Ice lui jeta l'un de ses fameux regards blasés pour lesquels elle était si réputée.

— Je ne vois pas de quoi tu parles, prétendit-elle d'une voix légère. Il n'y a aucune raison de sourire pour le moment.

Mais son air de dur à cuire fut anéanti lorsqu'elle ajouta :

— En fait, je suis même tentée de rire actuellement tant je trouve tout cela très amusant.

— Et c'est toi qui dis ça ? ricana Megan.

Ice était une femme extraordinaire, mais elles n'étaient pas devenues amies en courbant l'échine l'une devant l'autre. Dans l'armée, les femmes ne manquaient pas de caractère ni de courage. Au contraire, ce dernier grandissait au fil du temps.

Le navire militaire apparut à l'horizon. Ils l'atteindraient dans deux minutes. Ils avaient volé aussi vite que possible tout du long. Mais serait-ce suffisant pour garantir la survie de tous les hommes blessés ? Seigneur, elle l'espérait.

En quelques minutes, ils se retrouvèrent sur le pont du navire et le chaos s'empara de l'arrière de l'hélicoptère. Lorsqu'elle eut terminé d'effectuer les dernières vérifications d'usage, elle retira son casque et sortit de son côté de l'appareil. Instantanément, elle fut engloutie par la foule qui les attendait à l'extérieur. Quelqu'un la saisit par le haut du bras pour la retenir.

— Qu'est-ce que…

Elle se retourna et tomba nez à nez avec Evan. Surprise, elle s'efforça de sourire.

— Joli tir, le congratula-t-elle.

Il hocha la tête en guise de remerciement, mais son ton était froid quand il lui répondit :

— Tu n'es pas en reste non plus.

— Sauf que je n'ai pas tiré le moindre coup de feu.

— Non, mais tu as été très efficace aux commandes de l'hélicoptère.

— Je n'ai rien fait de plus que d'habitude. Quant à Ice… eh bien, c'est Ice.

Le visage mince du soldat était couvert de saleté, et ses vêtements étaient boueux et déchirés. L'inquiétude et l'épuisement se lisaient sur ses traits. De toute évidence, il se souciait de l'état de ses coéquipiers, et c'était entre autres pour ça qu'elle l'appréciait tant.

— Comment vont-ils ? s'enquit-elle doucement.

Elle savait que tous les *SEALs* formaient une seule et même unité, mais les liens qui les unissaient n'étaient pas tous aussi forts les uns que les autres. Certains se considéraient comme des collègues de travail, tandis que d'autres se voyaient davantage comme de véritables amis. Et Levi était l'ami d'Evan.

L'expression de celui-ci s'assombrit.

— C'est difficile à dire. Levi survivra, et Stone va perdre une jambe. On n'est encore sûr de rien, mais il est possible qu'il perde même ses deux jambes.

Elle déglutit.

— Ce sera dur, mais il est robuste. Il peut surmonter cette épreuve.

— Oui, il est robuste, et je sais qu'il saura remonter la pente. Mais ce n'est pas la fin de carrière qu'il aurait souhaitée. Aucun de nous ne veut partir à la retraite comme ça. C'est même quelque chose que l'on aurait préféré ne jamais voir arriver, que ce soit à nous-même ou à nos amis. Et les autres ne sont pas en grande forme non plus. Il est probable qu'aucun ne reprenne un service actif.

— Je suis désolée, souffla-t-elle avec sincérité.

Elle essaya de libérer son bras, mais il ne voulait pas la lâcher. Elle redressa les épaules et se tint droite devant lui.

— Y a-t-il autre chose dont tu voulais me parler ?

Il prit une profonde inspiration et la relâcha. Elle devina donc que la réponse était non.

— Quand es-tu rentrée ?

Elle haussa un sourcil, avant de répondre :

— Il y a presque un mois.

Il se recula légèrement et fronça les sourcils.

— Je ne savais pas que tu étais là depuis si longtemps.

— Pourquoi l'aurais-tu su ? demanda-t-elle froidement.

Il laissa échapper un rire léger.

— Parce que j'ai normalement un radar interne en ce qui te concerne.

— Un radar qui te dit quand partir en courant dans la direction opposée, répliqua-t-elle en secouant la tête. Honnêtement, je suis surprise que tu sois en train de me parler en ce moment même.

Il parut étonné.

— Je n'ai jamais fait ça, et je ne le ferai jamais non plus. Je ne te mens pas quand je te dis que j'ai découvert ton retour seulement quelques jours avant le début de cette mission. Bien sûr, j'ai entendu parler de nos nouvelles pilotes d'élite. Je savais qu'Ice avait une nouvelle copilote. Et il paraît que vous avez fait forte impression. Sérieusement, vous formez une équipe du tonnerre.

— Tout le mérite revient à Ice. Je ne suis que sa copilote, comme tu l'as dit.

— Mais tu es une excellente copilote. Ice m'a dit que tu étais la meilleure qu'elle ait jamais eue.

Ce compliment lui alla droit au cœur. Elle adorait entendre ce genre de choses. Mais encore une fois, Ice était bien meilleure pilote qu'elle.

— Elle est phénoménale, reprit Megan avec une pointe d'admiration dans la voix. Je n'ai jamais rencontré quelqu'un comme elle. C'est comme si elle était connectée mentalement et physiquement à la machine à chaque instant qui passe. Chaque fois que je la vois piloter, j'ai l'impression que l'hélicoptère devient l'extension de son propre corps, et plus encore, j'ai la sensation qu'elle ne fait plus qu'un avec lui. C'est tout simplement époustouflant.

— Elle est devenue une véritable légende, tout comme Levi.

Son commentaire la ramena au tout début de leur conversation, quand ils parlaient encore des soldats exfiltrés lors de cette mission, et elle ne put s'empêcher de remarquer la vitesse à laquelle le groupe de personnes qui les avaient accueillis à leur sortie de l'hélicoptère s'éloignait d'eux maintenant. Elle avait depuis longtemps perdu de vue les blessés. Ils avaient sûrement déjà été emmenés au sein de la section médicale qui se trouvait en bas, dans les entrailles du navire.

Elle se tourna vers l'hélicoptère pour récupérer son sac à

l'intérieur, et découvrit qu'il était déjà dans les mains d'Evan.

— Merci, le remercia-t-elle à contrecœur.

Il haussa un sourcil en entendant le ton qu'elle avait employé. Elle soupira.

— J'aime m'occuper de mon propre équipement seule, se justifia-t-elle.

— J'en prends bonne note.

Il lui tendit son sac.

Elle le prit et passa une sangle sur son épaule.

— À plus tard, le salua-t-elle.

Elle partit tout en veillant à marcher d'un pas décontracté et régulier. Mais ses yeux restaient rivés sur la porte du navire devant elle. C'était la seule solution qu'elle avait trouvée pour ne pas se retourner et regarder derrière elle pour voir ce qu'il faisait.

— Ça te dit d'aller prendre un café ? lui proposa Evan dans son dos.

Au moins, cela répondait à son interrogation.

— Pas aujourd'hui, déclina-t-elle avant de lui lancer un sourire. On emmène l'hélicoptère à North Island pour des réparations et ensuite, je compte aller me coucher.

— Seule ?

Megan faillit trébucher.

— Pardon ?

— Tu m'as parfaitement entendu.

— J'espère que non. Sinon, ça voudrait dire que tu as vraiment mis ton nez là où il n'avait rien à faire.

— Jamais je ne ferais ça, se défendit-il en levant les mains devant lui.

Sauf que le grand sourire qui étirait ses lèvres mettait à mal sa prétendue innocence.

— Tu as intérêt à ne jamais le faire, parce que ce ne sont

pas tes affaires, gronda-t-elle.

Se sentant de plus en plus énervée sans trop savoir pourquoi, elle lui tourna le dos et fit plusieurs pas supplémentaires avant qu'il ne s'exprime à nouveau.

— Et si j'ai justement envie que ça soit également mes affaires ?

Cette fois, elle était prête à l'affronter. Elle le connaissait depuis suffisamment longtemps pour savoir qu'il reviendrait à la charge sur ce sujet à un moment ou à un autre.

— Je ne cherche plus à passer du bon temps, Evan.

— Tu en es sûre ? On a pourtant passé un bon moment ensemble la dernière fois.

— Oui, c'est vrai. Mais tout ça, c'est du passé.

Il ouvrit la bouche, mais elle leva une main pour l'empêcher de parler.

— Je ne cherche plus la même chose désormais.

Il hocha la tête.

— C'est une bonne chose, et ça tombe bien parce que ce n'est plus ce que je veux non plus.

Elle lui lança un regard chargé d'incrédulité, puis tourna les talons.

— Tant mieux pour toi.

— Hé, attends ! la retint-il. Si tu peux changer, alors moi aussi.

— Peut-être, mais je n'en suis pas certaine.

Elle secoua la tête et continua à marcher.

— Il est inutile que nous continuions cette conversation ridicule. Et puis, de toute façon, il faut que j'y aille. Alors, va faire ton petit numéro à quelqu'un d'autre.

ELLE ÉTAIT PLUS belle que jamais. Elle était aussi plus âgée, plus forte, et plus courageuse qu'avant. Son caractère s'en retrouvait affirmé. Mais surtout, elle avait mûri et était devenue bien plus attirante à ses yeux.

Et il la voulait. Il l'avait toujours voulue.

Sauf qu'elle n'était pas prête à le laisser entrer de nouveau dans sa vie, du moins pas pour le moment. Néanmoins, il comptait faire de son mieux pour la faire changer d'avis. Il se tourna et revint vers l'hélicoptère pour récupérer son équipement. Le retour à la réalité s'accompagna d'une prise de conscience brutale. Plusieurs de ses coéquipiers n'avaient pas pu s'occuper de leur matériel et ne le pourraient probablement plus jamais. Il rejoignit le reste de son unité et trouva Ice, dont les bras étaient chargés.

Elle portait l'équipement de Levi. Elle le remit à Mason qui l'accepta avec un hochement de tête.

Puis elle tourna les talons et partit, telle une athlète qui venait de transmettre le témoin à l'un de ses coéquipiers au cours d'une course de relais.

Evan ne savait pas comment elle avait mis la main dessus, mais supposait qu'elle l'avait récupéré après que les médecins avaient déshabillé Levi. Ou peut-être l'avait-elle simplement sorti de l'hélicoptère, quand elle avait constaté qu'on l'y avait laissé. Après chaque vol, elle le passait toujours en revue avec une attention minutieuse. Elle était méticuleuse dans tout ce qu'elle faisait. Et bon sang, Levi était pareil.

Ils étaient parfaitement assortis.

Il ne savait pas ce qui avait mal tourné entre eux, mais se doutait que quelque chose de grave s'était produit, puisque leur rupture avait été claire et définitive. Pour autant, ni l'un ni l'autre ne s'était mis en couple avec quelqu'un d'autre depuis la fin de leur histoire.

Ice passa devant lui. Sa longue tresse simple tressautait dans son dos à chacun de ses pas. Ses yeux d'un bleu océan profond, aussi froids que son nom, se posèrent sur lui. Elle lui adressa un bref signe de tête et continua sa route.

Il rejoignit Mason et le reste de ses coéquipiers en deux enjambées. Le silence qui s'était installé sur leur groupe était pesant.

— Comment va Levi ? demanda-t-il.

— Il est en vie. Ils le sont tous. Mais nous n'en savons pas plus, l'informa Mason en haussant les épaules.

— Dans ce cas, occupons-nous de leurs affaires jusqu'à ce qu'ils soient de nouveau sur pieds.

C'était la meilleure chose à faire pour le moment.

# CHAPITRE 3

MEGAN SE RÉVEILLA le lendemain matin, endolorie et fatiguée. Elle ne savait pas pourquoi son corps était courbaturé à ce point ni pourquoi elle ne se sentait pas reposée après sa nuit de sommeil, mais elle essaya de passer outre et se leva pour enfiler ses vêtements de jogging. Une fois dehors, elle écouta les oiseaux gazouiller tout en remplissant ses poumons de plusieurs grandes bouffées d'air frais matinal.

Après quelques étirements, elle s'élança. Ses jambes étaient cotonneuses et ne semblaient pas vouloir se coordonner, comme si elle avait besoin de retourner au lit pour quelques heures de plus. Mais elle ne comptait pas se recoucher, alors elle devrait composer avec ses muscles peu coopératifs.

Elle aimait courir. Ignorant la lourdeur de ses membres, elle s'engagea donc sur les sentiers et accéléra l'allure jusqu'à atteindre un rythme qui ferait assurément pulser le sang dans ses veines. C'était une journée magnifique. Il était encore tôt et la fraîcheur de l'air la revigorait. Ses poumons appréciaient grandement ce bol d'air frais. Elle avançait à un rythme régulier en regardant le monde se réveiller lentement.

Au bout des huit kilomètres qu'elle avait l'habitude de parcourir, elle s'arrêta à quelques rues de sa petite maison et fit le reste du chemin en marchant pour faire refroidir ses muscles. Elle étira ses bras à plusieurs reprises pour les détendre. Lorsqu'elle serait de retour chez elle, elle prendrait une douche chaude puis se remettrait au travail. Une longue journée l'attendait, et elle espérait qu'elle ne serait pas aussi mauvaise que la précédente.

Les missions comme celle de la veille étaient difficiles pour tout le monde, surtout quand plusieurs des leurs étaient blessés. Perdue dans ses pensées, elle ne faisait plus attention à ce qui l'entourait. C'est alors que l'odeur d'un parfum qu'elle connaissait la prit par surprise et elle sut, avant même de regarder sa porte d'entrée, qu'Evan était là.

En fait, il était presque à côté d'elle. Elle ralentit jusqu'à s'arrêter et étudia ce visage qu'elle aimait, tout en s'interrogeant sur la nostalgie qu'elle ressentait en repensant à ce fameux week-end qu'ils avaient passé ensemble. Comment l'attraction qu'il exerçait sur elle pouvait-elle être encore si forte après autant de temps, et se raviver aussi vite ? Il était dangereux pour le bon fonctionnement de sa raison.

— Tu as l'air d'aller mieux, déclara-t-elle en guise de salutation.

— Ce qui n'a pas l'air d'être ton cas, remarqua-t-il en la fixant de son regard intense.

— Sympa, répondit-elle en secouant la tête. C'est comme ça que tu charmes toutes les femmes de ton entourage ?

— Tu appartiens à mon entourage ?

Le sourire qui étira les lèvres du soldat illumina la solitude qu'elle ressentait au fond de son cœur.

Néanmoins, elle lui lança un regard noir qui ne recelait aucune chaleur.

— Non.

— Est-ce que tu aimerais en faire partie ? demanda-t-il

avec un nouveau sourire diabolique.

— Sûrement pas.

Son sourire s'effaça.

— Dans ce cas, je peux laisser tomber le prétexte du séducteur en quête d'une nouvelle conquête maintenant ? questionna-t-il d'une voix calme.

Elle se figea.

— Alors tout ça, ce n'était que des faux-semblants ?

— Absolument, confirma-t-il.

Il rit, mais sa jovialité avait disparu. Elle faisait désormais face à un homme calme et sérieux, qui paraissait sûr de lui.

— J'étais peut-être comme ça il y a longtemps, mais les années ont passé. Je ne suis plus le même qu'avant. Toi non plus, tu n'es plus la même. Nous avons changé tous les deux. Alors, je te propose qu'on laisse de côté ce qui appartient au passé et qu'on se concentre sur le présent.

— Ça marche pour moi.

Et elle était réellement d'accord pour tourner la page avec lui. Elle n'avait pas besoin de s'accrocher à toutes ces conneries. Elle avait failli se marier avec un autre. C'était sa faute à elle s'ils n'étaient pas allés jusqu'au bout. Mais il n'avait pas besoin de le savoir. En plus, s'il avait vraiment changé pour devenir l'homme qui se tenait aujourd'hui devant elle, alors elle ne pouvait qu'admettre en son for intérieur qu'elle aimait ce qu'elle voyait. C'était même plus que ça. Elle aimait vraiment beaucoup ce qu'elle voyait. La dernière fois qu'elle l'avait vu, il ne voulait pas plus qu'une courte aventure, et c'était ce qui l'avait freinée à l'époque. Mais les circonstances avaient conspiré contre eux. Aujourd'hui, ils étaient tous les deux plus âgés, plus matures, et peut-être qu'ils étaient tous les deux intéressés pour aller plus loin. Mais elle avait encore besoin de réfléchir un peu avant de s'engager dans une véritable relation de couple avec lui. Elle ne voulait pas précipiter les choses entre eux, car elle craignait que tout cela se termine sur un échec. C'était un homme bien désormais. Et il méritait d'être traité comme tel.

— Je dois y aller. En plus, je suis déjà en retard. Je suis censée retrouver Ice ce matin, et j'ai une session de mise à niveau sur les outils informatiques plus tard dans l'après-midi.

Bon sang, elle bafouillait comme une idiote.

— Tout ça m'a l'air vraiment excitant, commenta-t-il en souriant.

— Peut-être, mais ce n'est pas aussi excitant que de sauver de grands méchants *SEALs* en détresse, rétorqua-t-elle sur un ton taquin.

— On avait besoin d'être exfiltrés, pas d'être sauvés, nuança-t-il sans perdre son sourire. Mais merci quand même. Je pense sincèrement qu'on vous doit une fière chandelle.

— De rien.

Elle rit et monta les marches en courant jusqu'à arriver devant sa porte d'entrée. Elle l'ouvrit, entra, puis la claqua derrière elle avant de se diriger vers la douche. Tomber sur Evan lui avait fait perdre de précieuses minutes.

L'eau chaude lui fit beaucoup de bien. Mais après s'être habillée, elle se rendit compte qu'elle n'avait plus suffisamment de temps pour manger quelque chose et dut donc sauter le petit déjeuner. Elle ne voulait pas être en retard, et pour une fois, elle aurait aimé arriver avant Ice. Cela ne s'était encore jamais produit.

Et aujourd'hui ne faisait pas exception.

— Bonjour, lança tranquillement Megan à sa coéquipière en se dirigeant vers l'endroit où l'hélicoptère était stationné.

Ice l'avait ramené à North Camp après qu'elles avaient reçu l'autorisation de rentrer à la base. L'appareil devait faire l'objet de quelques réparations en raison des dommages qu'il avait subis lors du vol de la veille. Elle regarda sa coéquipière examiner l'hélicoptère comme si c'était son propre bébé. Et il l'était, en quelque sorte.

— Comment va-t-il ?

— Il a reçu deux impacts de balles. Il va falloir réparer ces deux endroits, mais il est solide.

Megan hocha la tête. Elle n'était pas étonnée que le fuselage ait été percé de plusieurs trous. Elle se souvenait que des balles avaient frappé l'appareil lorsqu'elles avaient atterri, mais avec le chaos du moment puis leur retour en toute sécurité à la base, cela lui était totalement sorti de la tête. Ice, pour sa part, n'avait pas oublié ce qui était arrivé à son hélicoptère. Elle s'approcha pour voir les dégâts. Heureusement, ceux-ci étaient mineurs.

— Comment va Levi ? voulut-elle savoir.

Ice haussa les épaules.

— Ils sont tous en soins intensifs. Aucun d'eux ne pourra reprendre le travail avant un long moment… si jamais ils le peuvent un jour.

— Il y aura sûrement bientôt de nouvelles recrues, soupira Megan.

— Ces quatre hommes sont irremplaçables.

La voix d'Ice s'était faite plus froide que jamais.

— Aucun de nous n'est réellement remplaçable, commenta Megan à voix basse.

Ice ferma les yeux.

— Je suis désolée. Je ne voulais pas m'emporter contre toi.

— Ne t'inquiète pas pour ça. Ta colère est tout à fait

compréhensible et légitime.

— Plus que tu ne le crois. Stone est mon frère.

Le souffle de Megan resta coincé dans sa gorge sous l'effet du choc que lui causa cette annonce.

— Quoi ?

— C'est plus exactement mon demi-frère. On a passé une dizaine d'années sous le même toit, mais ensuite, il a déménagé et nos parents se sont séparés. C'était le second mariage pour chacun d'eux, et aux dernières nouvelles, ils en sont tous les deux à leur troisième mariage maintenant.

— Tu es allée le voir à l'hôpital ?

Ice secoua la tête.

— Il est encore au bloc opératoire et sera en soins intensifs pendant un certain temps. J'irai le voir plus tard, déclarat-elle avant de se retourner pour regarder Megan. Comment va Evan ?

— Il est toujours aussi insolent.

— Vraiment ? s'étonna-t-elle en fronçant les sourcils. Il n'a pas été comme ça depuis longtemps.

— Eh bien, nous avons eu une histoire ensemble, ce qui pourrait expliquer pourquoi il a ce type de comportement avec moi. Il m'a dit qu'il ne savait pas que j'étais de retour. Bon sang, ça fait quand même un mois que je suis revenue ici. S'il avait vraiment voulu me revoir, il m'aurait trouvée.

— Il n'est plus le même qu'avant depuis qu'il a réussi l'entraînement des *SEALs*. Quelque chose a changé en lui. Il n'est plus un simple soldat. Il fait maintenant partie de l'élite militaire, mais cette nouvelle fonction s'accompagne d'une tonne de responsabilités qui pèsent désormais sur ses épaules. C'est ce qui l'a façonné, expliqua Ice avant d'agiter la main. Et je dois bien avouer que j'apprécie grandement l'homme qu'il est devenu.

Megan rit.

— Pas de problème, tu peux l'avoir pour toi. Il fait partie de mon passé, pas de mon présent.

Peut-être que si elle le disait assez souvent, elle pourrait y croire.

— Non. L'homme qu'il était avant fait partie de ton passé tout comme cette personne fait partie de son passé, souligna Ice en souriant, une petite étincelle dans le regard. Mais celui qu'il est aujourd'hui est très différent de celui que tu as connu. Cet homme pourrait faire partie de ton futur.

Soudain, son téléphone sonna. Ice répondit, écouta un moment son interlocuteur parler puis raccrocha et se retourna pour regarder Megan.

— Il faut qu'on y aille, annonça-t-elle en lui lançant un regard qui montrait clairement qu'elle n'était pas plus emballée qu'elle par cette idée. Nous sommes convoquées à une réunion spéciale en rapport avec la mission d'hier.

— On a fait quelque chose de mal ? s'inquiéta Megan. Pourtant, nous avons suivi les ordres à la lettre. Nous sommes allées les chercher et sommes revenues avec tout le monde à bord.

— Ouais, mais ils veulent qu'on assiste à la réunion, alors on doit être là-bas à neuf heures précises.

Megan gémit.

— D'accord. Je prends un café et j'arrive.

Elle s'éloigna de quelques pas, puis se retourna. Ice était toujours debout au même endroit. Elle n'avait pas bougé d'un pouce et fixait l'hélicoptère comme si elle regardait un ami mourant.

— Ice, tu vas bien ?

Sa coéquipière haussa les épaules et répondit :

— Ça ira mieux bientôt.

Megan ne savait pas ce qu'elle voulait dire par là. Avec un froncement de sourcils, elle se retourna pour partir et découvrit Evan devant elle.

— Encore toi ? Je rêve ou tu me suis ?

Elle avait dit cela sur un ton léger tout en scrutant son visage. Depuis combien de temps se tenait-il là ? Avait-il entendu leur conversation précédente ? Sa vie était instable en ce moment. Le bordel sans nom qui avait eu lieu la veille ne se cantonnait pas seulement à la mission qui leur avait été confiée, mais affectait aussi tous les aspects de sa vie. Permettre à Evan de revenir au sein de son existence était quelque chose de tout à fait différent, qui aurait des conséquences à la fois bonnes et mauvaises. Et elle n'était pas encore prête à s'engager dans une autre relation amoureuse, car elle craignait de faire face à un autre échec.

— Bien sûr que je te suis, confirma-t-il avec un sourire. Je me suis dit qu'on pourrait aller à la réunion ensemble.

— Je ne suis pas si nouvelle que ça, répliqua-t-elle d'une voix agacée. Je connais le chemin.

— Oui, mais l'humeur n'est pas au beau fixe en ce moment à la base. Alors, je me suis dit que ton joli visage serait peut-être illuminé d'un sourire, et qu'il serait bien plus agréable de m'asseoir à côté de toi plutôt qu'à côté d'un groupe d'hommes en colère.

— Hier était vraiment une sale journée, soupira-t-elle en marchant à ses côtés. J'ai besoin d'un café avant d'aller à cette réunion.

— Je ne suis pas sûr que l'on puisse appeler ça une réunion.

— Tant que ma tête n'est pas sur le billot, tout va bien.

Elle détestait avoir tort et commettre des erreurs, surtout maintenant qu'elle était dans l'armée. Des accidents se produisaient et parfois, les choses dégénéraient sans raison apparente. Mais ça ne voulait pas dire que des têtes ne tombaient jamais. Ils passaient tous des semaines à s'entraîner pour affronter la réalité du terrain. Cependant, il était impossible de tenir compte de toutes les variables éventuelles. Après ce qui était arrivé lors de la mission de Levi, ils recevraient sans doute de nouvelles directives et seraient formés en conséquence. Sa carrière était peut-être terminée, mais il avait laissé un héritage derrière lui.

La salle de débriefing était sobre, mais une atmosphère pesante y régnait.

— Stone a perdu sa jambe droite. Les médecins espèrent que la gauche pourra être sauvée, annonça le commandant d'un ton clair et sans fioritures. Il va rester à l'hôpital pendant plusieurs semaines, puis sera en convalescence pendant les mois qui suivront.

Megan regarda les personnes présentes dans la salle et vit les visages s'assombrir. Le commandant poursuivit :

— Levi a pris trois balles. L'une s'est logée dans l'os du bas de son dos. On lui a déjà retiré les deux autres, mais celle-là va nécessiter une opération délicate qui pourrait le laisser paralysé. Quant à Rhodes et Merk, ils ont pris deux balles chacun. Ils devraient survivre tous les deux, mais ne pourront pas reprendre un service actif avant longtemps, si jamais ils ont la chance de retourner un jour sur le terrain.

Un silence suivit. Les hommes s'agitèrent avec inquiétude.

C'était une équipe entière de quatre hommes qui avait été envoyée à l'hôpital et mise hors service. Ce n'était pas de simples soldats, mais une unité d'élite. Et tout le monde les connaissait ici.

— Alors, bon sang, qu'est-ce qui s'est passé là-bas ? demanda le commandant. Je veux tout savoir dans les moindres détails.

Mason prit la parole.

— Nous ne savons pas ce qui s'est passé lors de la mission de Levi. Nous avons uniquement procédé à leur exfiltration, et tout s'est parfaitement bien déroulé.

Le commandant hocha la tête.

— Dans le sens où tous les hommes ont été ramenés vivants, oui. Mais je veux savoir exactement ce que vous avez vu sur place et quelles actions ont été entreprises à chaque instant. Je veux que chaque personne responsable de ce qui est arrivé à nos hommes là-bas soit arrêtée. Levi était sur une opération spéciale et nous n'avions aucune raison de penser qu'elle impliquait un tel niveau de danger. C'était une simple mission de chasse aux renseignements. Ils auraient dû entrer et sortir rapidement de la zone, de préférence avec des preuves et des noms. Ils ne devaient interrompre la mission que si les choses tournaient mal.

Un silence plana sur eux quelques secondes, avant d'être brisé à nouveau.

— Est-ce que ça pourrait être une embuscade ? Peut-être que l'ennemi savait que Levi viendrait ? hasarda Swede depuis l'autre côté de la pièce en les regardant tous. Mais dans ce cas, pourquoi et comment ont-ils éliminé une équipe entière de *SEALs* ?

Megan faillit sourire. Si le sujet n'était pas aussi grave et ne leur imposait pas de rester sérieux, elle ne se serait pas retenue. Swede la faisait toujours sourire. Ce grand et gentil géant avait porté Stone et l'avait tiré de là tout seul pour le soustraire au danger, ce qui n'avait pas dû être une mince affaire. Effectivement, ce n'était pas pour rien qu'on l'appelait Stone. Ce surnom lui avait été donné pour une raison bien précise : il était loin d'être un poids plume.

— Peut-être. Mais comment auraient-ils pu savoir que Levi allait venir ? Comment savaient-ils que son unité serait sur place à ce moment-là ? questionna le commandant en faisant les cent pas dans la pièce. Mason, je veux que vous m'expliquiez tout ce que vous avez vu là-bas. Et je veux tous les détails, du début à la fin.

Mason se leva et effectua un compte-rendu aussi précis que possible de ce qu'ils avaient vu depuis le moment où ils avaient été déposés à moins d'un kilomètre de la position de leurs camarades.

LE SIMPLE FAIT d'entendre ces détails fit grimacer Evan. L'opération était censée être simple, mais en raison de la nature de leur travail, ils savaient tous que rien n'était jamais aussi simple qu'on pourrait le penser. Le premier hélicoptère les avait largués et ils avaient trouvé l'endroit en moins de dix minutes. Puis, comme toujours, ils avaient appréhendé la configuration du terrain et localisé les *SEALs* en difficulté. Cela leur avait pris plus de temps qu'ils ne l'auraient voulu. Ensuite, ils s'étaient dispersés. Pour sa part, Evan était resté en hauteur et avait éliminé leurs ennemis à mesure qu'ils les repéraient. Il n'avait pas vu tout ce qui se passait en contrebas et n'avait donc pas autant de choses à dire là-dessus que certains de ses coéquipiers. Néanmoins, quand ce fut son tour de s'exprimer, il donna toutes les informations qu'il possédait.

Malheureusement, ce n'était pas ce que le commandant voulait entendre. Il cherchait quelque chose qu'aucun d'eux n'avait à offrir.

Levi avait été trahi. Maintenant, ils voulaient tous savoir

par qui afin d'empêcher cet individu de trahir quelqu'un d'autre.

— Très peu de gens étaient au courant de la mission ou même de la destination de Levi, reprit le commandant d'une voix dure. Je ne vois donc que trois explications possibles : soit il a été suivi, soit nous avons été piratés ou infiltrés, soit quelqu'un a délibérément trahi nos hommes. Nous devons savoir qui a fait ça et comment. Et nous devons savoir si cette personne se trouve parmi nous en ce moment même.

# CHAPITRE 4

— C'EST POUR cette raison que la sécurité a été renforcée ? demanda Dane d'une voix dure et intransigeante. Vous pensez que nous avons foiré à un moment donné ?

Un silence gênant s'installa.

— Non, votre unité a fait exactement ce pour quoi elle avait été envoyée sur place, lui assura le commandant en écartant les pieds pour trouver une position plus stable. Vous avez tiré vos camarades d'une situation difficile et, ce faisant, vous leur avez sauvé la vie.

Il fit une pause, avant de continuer :

— Le problème, c'est que nous avons trouvé quelque chose… d'inattendu. Nous n'avons jamais été confrontés à un tel cas de figure par le passé, et ce n'est pas non plus une stratégie à laquelle nous avons déjà eu recours nous-mêmes.

Le silence qu'il laissa ensuite planer tint tout le monde en haleine.

— Il faut que vous sachiez que vous avez ramené quelque chose en plus de vos camarades.

— En plus ? s'étonna Mason. Qu'est-ce que vous voulez dire ?

Megan se pencha en avant. Elle avait fait le compte des effectifs lorsqu'ils étaient dans l'hélicoptère. Ice et elle avaient récupéré le nombre exact de *SEALs* qu'on leur avait demandé d'exfiltrer.

L'attitude du commandant, qui se tenait le dos droit et les regardait avec gravité, ne présageait rien de bon.

— Nous avons trouvé des mouchards dans les blessures des quatre hommes, finit-il par lâcher.

— Dans leurs blessures ? releva Mason avec incrédulité. Je me suis chargé de leur prodiguer les premiers soins, mais je n'ai rien vu de tel.

— Vous n'auriez pas pu les voir à l'œil nu étant donné qu'ils sont de taille microscopique. Ils ont été repérés par les médecins sur les radios. Ceux qui les ont placés là devaient savoir qu'ils seraient retrouvés, tôt ou tard.

— Des mouchards…, souffla Mason, pensif.

— Vous vous attendez à une attaque ici et maintenant ? s'enquit Megan en calant son dos contre le dossier de sa chaise.

Les faibles murmures qui emplissaient la pièce jusqu'à présent se turent.

— Nous nous préparons à cette éventualité, même si les informations que nous possédons sur ce groupe ne semblent pas indiquer qu'il ait la puissance de feu nécessaire pour attaquer une base militaire, déclara le commandant. Mais comme vos camarades avaient tous les quatre ces dispositifs enfouis dans leur chair, l'ennemi sait déjà exactement où ils se trouvent actuellement.

Mason se leva.

— À quelle profondeur se trouvaient les mouchards dans leur chair ? questionna-t-il d'un ton glacial.

— Il semblerait qu'ils aient été placés dans la plaie ouverte avec une sorte d'injecteur.

— Merde. Ça craint, commenta Cooper avant de braquer son regard furieux sur le commandant. Est-ce que Levi et ses hommes étaient au courant qu'ils avaient ces machins enfouis en eux ?

Le commandant secoua la tête.

— Non. En tout cas, ils n'en ont aucun souvenir. Ils ont dû se battre au corps à corps, mais aucun d'eux ne se souvient qu'on leur ait injecté quoi que ce soit. Ils n'ont pas dû s'en rendre compte sur le moment. Les mouchards sont petits.

— Nous devons envisager tous les dangers éventuels liés à la présence de ces mouchards et mettre en place des plans d'urgence adaptés pour y faire face.

— Des plans d'urgence qui incluent l'attaque de la base militaire ? intervint Hawk en secouant la tête. C'est un peu ambitieux étant donné que nous ne savons pas ce que ce groupe prépare exactement.

Le commandant hocha la tête.

— C'est pourquoi nous devons savoir tout ce que vous avez pu voir, entendre et... oui, même ce que vous avez ressenti au cours de cette mission.

Cela donna le ton pour la suite de leur réunion. Pendant les deux heures qui suivirent, chacun donna ses impressions et détailla ce qu'il avait observé sur place.

Megan hocha la tête en écoutant parler Evan, dont les informations correspondaient à ce qu'elle avait vu. Si elle en avait l'occasion, elle confirmerait sa version des faits.

Lorsqu'on lui donna la parole, elle corrobora les dires des soldats, avant de conclure :

— Mais je n'ai pas pu voir nos ennemis.

Finalement, la réunion prit fin.

Pour le moment, ils n'avaient aucune réponse et la situation manquait toujours autant de clarté, mais au moins, ils savaient tous qui avait fait quoi là-bas et ce qu'ils avaient vu les uns les autres. Chacun d'eux affichait un air morose à la sortie de la pièce. Megan se dirigea vers le hangar et son casier. Il y avait des soldats partout. Elle passa devant plusieurs chariots de pièces détachées. L'alerte avait été donnée pour prévenir tout le monde de la menace, mais elle ne pensait pas que cela changerait grand-chose. Pourquoi serait-ce le cas ? Il faudrait être complètement fou pour s'attaquer à une base militaire. Mais c'était un risque auquel ils étaient tous confrontés chaque jour qui passait, car aucun d'eux n'ignorait que cette possibilité existait.

— Pourquoi quatre mouchards ? murmura Megan.

— Au cas où nous n'aurions récupéré qu'un ou deux de nos hommes.

Elle se figea en entendant la réponse d'Ice, derrière elle, et se retourna pour la fixer d'un air choqué.

— Il est déjà arrivé que l'état-major abandonne des soldats sur le terrain ?

— Oui, c'est déjà arrivé, confirma Ice.

*Bon sang, ça craint*, songea Megan.

— Je suis en congé pour les prochains jours, à moins que les choses ne changent et que les congés soient annulés, ajouta sa coéquipière.

— J'espère que non. Je suis censée être en congé demain.

— Je reviendrai si les choses changent.

Ice retira sa veste d'un crochet, la jeta autour de ses épaules et s'éloigna.

Qu'est-ce que cela signifiait ? Megan la regarda s'en aller avec inquiétude. Elle voulait l'aider, mais la jeune femme était difficile à approcher, encore plus en ce moment. Ice avait érigé de véritables murailles autour d'elle.

Megan sortit au soleil et sentit immédiatement la tension désagréable qui imprégnait l'air. Leurs ennemis ne seraient sûrement pas aussi stupides. La base comptait des milliers d'hommes et de femmes entraînés. Une attaque directe au sol serait facilement repoussée, et une attaque aérienne serait neutralisée avant de pouvoir causer beaucoup de dégâts.

Non. Si elle se trouvait à leur place, elle opterait pour quelque chose de beaucoup plus subtil. Mais leurs ennemis ne semblaient pas comprendre ni même savoir ce qu'était la subtilité. Ils ne semblaient penser qu'au massacre pur et simple de leurs cibles.

Quoi qu'il en soit, l'atmosphère avait changé à l'extérieur. Elle fronça les sourcils.

— Je ne peux pas dire que c'est comme ça que je m'imaginais passer les prochaines heures, déclara Evan à voix basse à côté d'elle.

— Moi non plus. Je n'ai jamais vu la base dans cet état. C'est la première fois que je suis confrontée à un tel dispositif, avoua-t-elle en désignant le hangar qui faisait maintenant l'objet d'une sécurité renforcée.

— Tu as de la chance, commenta-t-il. C'est seulement quand nous sommes attaqués, que ce soit de l'extérieur ou de l'intérieur. Malheureusement, j'ai déjà vu les deux cas de figure.

— Bon sang, mais c'est bien sûr ! s'exclama-t-elle en portant une main à sa bouche. Il va y avoir une attaque de l'intérieur.

— Sur quoi te bases-tu pour affirmer cela ? demanda Evan en la dévisageant. Tu as vu quelque chose ? Est-ce que tu sais quelque chose que tu aurais oublié de nous dire ?

Elle secoua la tête.

— Non, j'ai dit tout ce que je savais lors de la réunion. Mais je n'arrête pas de penser à cette histoire de mouchard. Réfléchis. Pourquoi se donneraient-ils tout ce mal pour ne pas attaquer ensuite ?

— Je ne suis pas sûr de comprendre où tu veux en venir.

— Nous nous attendons tous à une attaque importante de leur part. Nous essayons de comprendre où et comment cette attaque va se dérouler, mais il se pourrait que nous devions faire face à un assaut plus petit qui vienne d'ailleurs. Ils savent que c'est une base militaire. C'est tout ce qu'ils avaient besoin de savoir. S'ils nous envoient quelque chose de gros, on repoussera leur assaut, et ils le savent. Mais que ferons-nous s'ils optent pour une attaque plus subtile ?

Elle étudia le visage d'Evan et sourit en voyant qu'il commençait à comprendre son raisonnement.

— Nous regardons en direction du ciel alors que la menace pourrait tout aussi bien venir du sol… et encore pire, d'ici même.

— Sauf que l'état-major n'est pas stupide. Ils ont forcément envisagé à cette possibilité, remarqua Evan.

— Mais est-ce qu'ils ont réfléchi à cette possibilité en prenant en compte le fait que quelqu'un était au courant de la mission de Levi ? Est-ce qu'ils cherchent le traître qui est en contact avec nos ennemis ?

Il haussa les épaules.

— Bien sûr qu'ils le cherchent. Cette situation n'a rien d'inhabituel. Ce n'est pas la première fois qu'il y a des traîtres au sein de la base, et ça m'étonnerait que ce soit la dernière.

Elle hocha la tête, mais elle sentait au fond d'elle qu'ils étaient proches de mettre le doigt sur la véritable menace. Ils ne devaient pas seulement se concentrer sur les soldats. Non, il leur fallait investiguer ailleurs et augmenter leur périmètre de recherches.

— C'est vrai. Mais est-ce qu'on cherche ce traître au bon endroit ? Il pourrait se trouver sous nos yeux et agir de l'intérieur. Ce que je veux dire, c'est que ça pourrait être l'un d'entre nous.

Il la fixa en fronçant les sourcils.

— Dis comme ça…

— Je sais qu'il est difficile d'imaginer que quelqu'un que nous connaissons puisse être impliqué dans tout ça, continua-t-elle à voix basse en regardant autour d'eux. Même si nous parlons du Mexique et non des pays islamiques, nous ne devons pas oublier qu'il est frappé par les mêmes problèmes que partout dans le monde. Comme dans de nombreux autres pays, des jeunes hommes et des jeunes femmes se radicalisent, souvent dans un laps de temps très court. Bien sûr, je préfère penser qu'un traître est quelqu'un qui agit ainsi parce qu'il n'a pas le choix, parce qu'on l'a poussé à le faire, plutôt que quelqu'un qui choisit délibérément de trahir ses amis et son pays. Mais de telles choses arrivent n'importe où. Nous serions stupides de ne pas envisager que cela puisse être le cas ici.

Evan attrapa son bras et la tira hors du chemin d'un chariot. Celui-ci passa lentement devant eux.

Elle ne connaissait pas l'homme qui le poussait, mais il lui jeta un coup d'œil et elle eut l'impression qu'il la regarda plus longtemps que nécessaire… à moins que ce ne soit son imagination qui lui jouait des tours. Elle laissa échapper le souffle qu'elle avait retenu inconsciemment tandis qu'il s'éloignait.

— Ce n'est pas très agréable d'imaginer que ceux avec qui on travaille puissent être des traîtres, reprit Evan sans détour en remarquant son regard. Et ça l'est encore plus quand on en vient à remettre en question l'intégrité des personnes entre les mains desquelles nous plaçons notre vie au cours des missions, n'est-ce pas ?

— Non, c'est clair, acquiesça-t-elle d'un ton dur. Mais je

ne suis pas idiote. Et ce n'est pas parce que quelque chose me met mal à l'aise que ce n'est pas la bonne chose à faire. Quoi qu'il en soit, je ferai ce qui doit être fait.

— Il n'y a rien que tu puisses faire pour le moment, souligna-t-il. Ce n'est pas comme si tu pouvais accéder à tous leurs dossiers personnels ou espionner qui que ce soit ici.

— Je le sais bien, s'agaça-t-elle en jetant ses mains en l'air. Mais je veux faire quelque chose. Je ne peux pas rester assise à ne rien faire alors qu'un traître se trouve peut-être parmi nous.

— Lâche l'affaire. S'il y a bien un traître parmi nous, on finira par lui mettre la main dessus. Bien sûr, reste sur tes gardes, et si tu vois quelque chose, fais-le-nous savoir, mais à part ça…

Elle se frotta les tempes.

— Je sais. Je suis désolée. J'essaie de ne pas tirer de conclusions hâtives, mais…

— Écoute, c'est un moment difficile pour nous tous. Quand l'un d'entre nous tombe, nous voulons tous faire quelque chose pour l'aider. Mais nous devons avoir une cible bien précise. Nous ne pouvons pas juste en créer au hasard.

— Je n'essaie pas d'en créer au hasard, protesta-t-elle en le fusillant du regard. Et je pense que le moment est venu pour toi de sortir à nouveau de ma vie.

Il ricana.

— Je pense qu'il est peu probable que tu aies à nouveau la joie de me voir disparaître de ta vie. Tout le monde a besoin de quelqu'un, alors tu es coincée avec moi.

— Ne rêve pas trop. Je trouverai quelqu'un d'autre, comme Ice par exemple. Alors, merci pour ta généreuse proposition, mais je préfère la décliner.

— Ça m'étonnerait que ça arrive. Elle est partie à

l'hôpital pour monter la garde.

— Qu'est-ce que tu veux dire par « monter la garde » ? Elle est en congé pour quelques jours. Je le sais puisque c'est elle-même qui me l'a dit.

— Je parle de cette histoire de mouchards. Beaucoup se sont portés volontaires pour rester auprès de nos quatre camarades blessés et veiller sur eux pendant leur temps libre, au cas où ils seraient pris pour cible.

— Un dispositif de sécurité a déjà dû être mis en place pour assurer leur protection, alors pourquoi font-ils ça sur leur temps libre ?

— C'est une question d'honneur, expliqua-t-il. Et puis, nous avons besoin de toute l'aide disponible, et ça tombe bien puisque tout le monde à la base veut donner un coup de main. Donc, cela nous permet aussi de consacrer davantage de temps à la résolution de ce problème.

— Moi aussi, je veux aider.

Il secoua la tête.

— Tu arrives trop tard. Quarante hommes se sont déjà portés volontaires pour prêter main-forte. Ice s'est manifestée depuis longtemps. Elle connaît ce genre de procédure et s'est inscrite rapidement.

— Sans compter que c'est sur Levi et Stone qu'elle va veiller.

— Comme chacun des quarante autres hommes qui se sont portés volontaires.

Elle grimaça.

— Ouais. J'imagine que mes chances d'aider sont désormais inexistantes. C'est l'un des inconvénients auxquels on doit faire face quand on est nouveau, soupira-t-elle.

— Et pourtant, comme tu l'as dit, tu n'es pas si nouvelle que ça.

— C'est vrai. Et il est temps pour toi de me laisser tranquille à nouveau, annonça-t-elle sans ambages.

— À ta place, j'éviterais de prendre mes rêves pour la réalité, parce que je ne te laisserai plus jamais tranquille, répliqua-t-il joyeusement avant d'attraper son bras pour le passer sous le sien. Allez, viens, on y va. C'est l'heure du déjeuner.

— Et si je n'ai pas envie de manger ?

— Tant pis. Les autres se chargeront de manger ta part. Le stress tue l'appétit, mais il faut que tu gardes de l'énergie. On pourrait avoir besoin de toi à un moment ou à un autre.

— J'ai sauté le petit déjeuner pour être à l'heure à la réunion.

— Dans ce cas, je ne te laisserai pas sauter le déjeuner également. Allons-y.

Il la traîna doucement vers la rue.

— Où est-ce qu'on va ?

— Dans un petit café que je connais, répondit-il en souriant. Et je compte bien t'offrir le repas.

IL APPRÉCIA GRANDEMENT l'expression indignée qui se peignit sur son visage à ce moment-là. Elle voulait être cajolée, mais en même temps, elle ne le voulait pas. Elle avait toujours été irritable et susceptible. Peut-être que c'était pour ça qu'il se sentait autant attiré par elle… Il aimait savoir qu'elle était intéressée par lui, mais qu'elle faisait tout pour résister à ce qu'elle éprouvait pour lui. Elle écoutait davantage son esprit que son cœur et son corps. Pour l'instant, elle exerçait un contrôle ferme sur ses émotions, et il voulait lui faire lâcher prise.

Megan était un casse-tête qu'il avait essayé de comprendre et de résoudre depuis qu'il l'avait rencontrée. Mais ils avaient pris des chemins différents à l'époque. Il voulait devenir un *SEAL* et elle suivait une formation pour devenir pilote d'hélicoptère. Ils avaient chacun réalisé leur rêve, avaient fini par se retrouver, et tous deux étaient toujours célibataires.

Il avait entendu les rumeurs qui couraient à son sujet. Apparemment, elle s'était fiancée, mais avait récemment rompu. Cet événement coïncidait avec son retour sur la côte ouest des États-Unis.

C'était une bonne chose pour lui. Il se sentait désolé pour elle et ne pouvait qu'imaginer la douleur qu'elle avait endurée, mais ce n'était pas pour autant qu'il allait lui souhaiter de retourner dans les bras d'un autre homme.

Il valait mieux qu'elle guérisse son cœur brisé ici. Ainsi, il pourrait la soutenir tout au long du processus.

Mais s'il devait faire preuve de bonne foi, il devait bien admettre qu'elle n'avait pas l'air de se languir de qui que ce soit… pas même de lui, malheureusement.

# CHAPITRE 5

L E DÉJEUNER FUT un moment inconfortable pour Megan. Elle se sentait tendue, mais n'arrivait pas à mettre le doigt sur ce qui la troublait autant.

— Tu es vraiment à cran en ce moment, n'est-ce pas ? demanda calmement Evan en prenant la moitié restante de son sandwich.

Elle haussa les épaules et se remit à manger la salade qu'elle avait commandée.

— Connais-tu Levi et son unité ?

— Comme la plupart des gens ici, je le connais seulement de vue, répondit-elle. Mais je doute qu'il sache qui je suis.

— Je ne compterais pas là-dessus. Levi accorde une attention toute particulière aux personnes avec qui il travaille. S'il ne te faisait pas confiance, tu ne ferais déjà plus équipe avec Ice.

Elle leva les sourcils en entendant cette affirmation.

— Tu es sérieux ?

Evan le lui confirma d'un hochement de tête.

— Je ne dis pas qu'il ferait tout son possible pour réduire ta carrière à néant. Mais s'il ne pensait pas que tu étais compétente et faisais partie des meilleurs pilotes de la base, alors je t'assure qu'il serait déjà allé voir ceux qui sont au-dessus de lui pour leur toucher deux mots à ton sujet.

Cela n'aurait pas dû faire de différence pour elle, mais elle savait que Levi était une légende, alors elle se sentait flattée qu'il lui fasse confiance. Elle savait qu'un épais mystère entourait ce *SEAL*, et était consciente qu'elle ne saurait probablement jamais qui il était vraiment ou ce qu'il faisait. Elle doutait même que quiconque le sache. Mais quelque chose avait sérieusement mal tourné lors de sa dernière mission. Laisserait-il tomber toute cette affaire quand il serait rétabli ? Elle se demandait si elle le pourrait dans le cas où leurs positions seraient inversées.

Elle posa sa fourchette et renonça à faire semblant de manger.

— Toute cette situation est vraiment merdique.

— C'est vrai, acquiesça Evan avec un hochement de tête tout en continuant à manger. C'est toujours difficile quand quelque chose arrive à l'un des nôtres. Alors, quand ce sont quatre des nôtres qui sont concernés, c'est encore pire…

— Mais ils sont tous encore en vie.

— Ce n'est pas faux.

Il la regarda par-dessus son sandwich et la fixa de ses yeux un peu trop perçants.

— Tu es sûre de ne pas les connaître ? On dirait que tout cela t'affecte beaucoup.

— Je ne les connais pas, mais j'ai perdu plusieurs hommes dans une mission qui a mal tourné l'année dernière, quand je travaillais encore dans l'Est des États-Unis. L'un d'eux était pilote.

Il baissa lentement son sandwich et mastiqua sa bouchée tout en l'évaluant de son regard affûté.

— Ça a dû être terrible.

— Ça l'a été, confirma-t-elle. J'étais censée leur servir de pilote ce jour-là, mais il y a eu des changements de dernière minute…

— Personne n'aime être confronté à la facilité avec laquelle la mort nous trouve. Mais c'est ce qui donne d'autant plus de valeur à notre vie, et cela nous pousse à l'apprécier et à en profiter encore plus.

— C'est vrai.

Elle prit son café et murmura :

— Mais c'était très différent de ce qui s'est passé ici…

— Ça n'a pas d'importance. Nous sommes une famille, que ce soit dans l'Est du pays ou ici.

Elle étudia sa petite tasse de café.

— Je suis d'accord.

— Qu'est-ce qu'il y a ? J'ai l'impression que tu ne m'écoutes pas vraiment.

Elle cligna des yeux et le fixa avant de baisser le regard sur la table.

— Je ne cesse de repenser à quelque chose que j'ai vu, avoua-t-elle.

— C'est-à-dire ? Explique-moi ce que tu as vu exactement.

La jovialité avait disparu du visage d'Evan.

Elle lui lança un regard noir.

— Aux dernières nouvelles, tu n'es pas mon supérieur et je n'ai donc aucun ordre à recevoir de toi.

Mais cela n'eut aucun effet sur le soldat, dont le regard de félin était toujours braqué sur son visage. Ses yeux semblaient verrouillés sur elle et ne la lâchaient pas.

— Dis-moi ce que tu as vu, exigea-t-il de nouveau.

Elle jeta sa serviette sur la table, et c'est alors qu'elle réalisa qu'elle l'avait déchiquetée et froissée au point d'en faire une boule.

— Hier, quand nous sommes revenus, il y avait un

groupe de quatre hommes qui étaient en train d'installer un nouveau panneau pour la climatisation, commença-t-elle avant de hausser les épaules. Il faut obtenir toutes sortes d'autorisations et passer le contrôle de sécurité pour ce genre de choses. Alors, peut-être que je fais simplement des idées à cause de tout ce qui s'est passé au cours de ces dernières heures. En plus, il serait stupide de penser que ces hommes étaient autre chose que ce qu'ils étaient censés être.

— Qu'est-ce qui les rendait suspects à tes yeux ?

— Je ne voyais pas pourquoi ils avaient besoin d'être quatre hommes pour ce travail. Le panneau était petit. Ils auraient très bien pu l'installer à deux, peut-être même à trois s'ils avaient besoin d'un assistant pour effectuer des tests… mais le fait qu'ils soient quatre en tout me semblait exagéré.

— Pas nécessairement, objecta-t-il lentement. Quand nous n'avons personne sur la base qui est suffisamment qualifié pour effectuer une tâche précise, nous faisons appel à des civils, et nous nous attendons à ce qu'ils viennent, fassent le travail et repartent rapidement. Il est donc logique qu'il y ait eu un homme supplémentaire pour accélérer la réalisation du travail.

Elle lui adressa un rapide hochement de tête.

— C'est vrai.

Puis un sourire se dessina sur ses lèvres et éclaira son visage auparavant soucieux.

— Je me fais des idées. J'invente juste trop de choses en m'attachant à des détails futiles.

— Mais ça te titille toujours ? questionna-t-il.

— Pas vraiment…

Mais en réalité, cela la titillait toujours. Elle ne parvenait pas à s'ôter de la tête que quelque chose clochait. Quatre hommes pour ce travail, c'était trop. Elle prit une décision et demanda prudemment :

— Je suppose qu'il existe un moyen de vérifier combien d'hommes ont reçu l'autorisation de pénétrer sur la base pour effectuer ce travail de réparation, n'est-ce pas ?

— L'entrée dans la base pour les civils est très contrôlée. Chaque personne qui est autorisée à y pénétrer est répertoriée à son arrivée et surveillée tout au long de sa visite. Donc si quatre hommes sont entrés, quatre sont ressortis.

— Je l'espère, mais…

Il termina son café et se leva en lui tendant la main.

— Allons-y.

Elle le dévisagea, un peu confuse.

— Où allons-nous ?

— Nous pouvons aller vérifier combien de personnes sont entrées et sorties, si tu veux.

Le visage de Megan s'illumina.

— Vraiment ? s'exclama-t-elle. C'est une super idée ! Comme ça, je saurai avec certitude ce qu'il en est vraiment, et je pourrai oublier tout ça.

Elle plaça sa main dans la sienne et se leva à son tour.

C'EST UN JOLI premier pas en avant dans leur relation. Il n'y avait rien de tel qu'un objectif partagé pour gagner sa confiance. Il ne demandait pas grand-chose… juste le monde. Il ne savait pas pourquoi elle l'attirait autant. Il avait essayé de l'oublier, de trouver une autre partenaire. Mais elle semblait tenir son cœur dans sa main, même si cela n'avait pas beaucoup d'importance, étant donné qu'elle essayait de l'éviter depuis l'aventure qu'ils avaient eue ensemble.

Il la conduisit vers l'endroit où il savait qu'il trouverait Mason.

Evan entra dans la grande salle de réunion où celui-ci se préparait pour une présentation importante et se racla la gorge.

Mason se retourna et fronça les sourcils.

— Qu'est-ce qu'il y a ? demanda-t-il.

L'hésitation de Megan se voyait dans ses mouvements.

— Megan est inquiète, annonça Evan. Elle a vu quelque chose hier qui l'a perturbée. On peut facilement aller vérifier ce qu'il en est vraiment, mais je voulais d'abord t'en parler. Tu sauras peut-être nous répondre.

Mason posa la craie qu'il tenait et se tourna vers Megan.

— Qu'est-ce que tu as vu ? l'interrogea-t-il.

Evan écouta la jeune femme lui expliquer ce qui la titillait. Une fois qu'elle eut terminé, elle haussa les épaules et conclut :

— J'en fais probablement un peu trop. C'est juste que ça m'a semblé bizarre.

— Tu n'as rien constaté d'autre ? voulut savoir Mason.

Le regard inquisiteur de son chef d'équipe était braqué sur elle, mais il contenait de la curiosité, comme si ce qu'elle leur avait confié avait suscité son intérêt et qu'il attendait qu'elle en dise davantage.

Elle grimaça et jeta un coup d'œil incertain à Evan.

— Il y a autre chose, n'est-ce pas ?

— Ce n'est rien d'important et honnêtement, je ne veux pas porter de jugements hâtifs en me basant sur l'ethnie de ces hommes, répondit-elle.

Mason l'étudia.

— Ils étaient d'une autre ethnie ?

— Oui, ils semblaient tous être d'origine mexicaine, et ils parlaient espagnol. Mais je ne veux pas les juger trop rapidement en me basant sur quelque chose comme ça.

— L'origine d'une personne ne doit en aucun cas faire l'objet d'une discrimination. C'est inscrit dans le règlement de la base. Mais l'intuition n'est pas à négliger pour autant.

Mason appela la sécurité. Même s'ils n'entendaient que la moitié de la conversation, il était facile de comprendre les informations que Mason recevait à l'autre bout du fil simplement en observant l'expression de son visage et en écoutant ses réponses.

Il finit par raccrocher et ranger son téléphone dans sa poche, puis se retourna pour la dévisager.

— Une camionnette est bien passée pour réparer le système d'aération dans le hangar où tu étais, mais les gars de la sécurité viennent de me dire que seuls deux hommes sont entrés et sortis.

— Dans ce cas, peut-être qu'ils ont juste été rejoints par deux autres hommes pendant qu'ils étaient ici, avança Evan. Ce ne serait pas étonnant.

— Et ce ne serait pas non plus étonnant qu'ils se soient cachés à l'arrière de la camionnette, remarqua Megan d'une voix aigre. Tout ce que je sais, c'est qu'il y avait quatre hommes au même endroit au même moment.

— Merci de m'en avoir informé, déclara Mason d'un ton lent et bas. Je vais me renseigner plus en détail sur tout ça.

— Ou alors, on pourrait s'en charger, proposa Evan. Si quelque chose la dérange, le fait qu'elle retourne au hangar et pose des questions ne semblera pas déplacé ni étrange.

— Et toi, quelle sera ton excuse si on te demande pourquoi tu te trouves là-bas également ? l'interrogea lentement Mason.

Evan lui jeta un coup d'œil.

— Je trouverai quelque chose, éluda-t-il.

— Stone a perdu sa croix porte-bonheur. Vérifie si elle se trouve dans l'hélicoptère et demande aux gens qui travaillent dans le hangar si quelqu'un l'a vue, lui commanda Mason.

Evan lui adressa un sourire de remerciement et poussa Megan hors de la pièce.

— Allons-y.

— Je n'ai pas besoin que tu viennes avec moi, protesta-t-elle en le forçant à lâcher son bras. Ce n'est probablement rien.

— Sauf que maintenant, c'est quelque chose dont on doit s'occuper, même si ce n'est qu'un élément à rayer de notre liste de choses à vérifier.

Il n'accepterait aucun refus de sa part. Alors, pour contrer toute contre-argumentation, il ajouta :

— En plus, de cette façon, je vais pouvoir passer un peu plus de temps avec toi.

Elle rit.

— Et pourquoi diable voudrais-tu passer plus de temps avec moi ? rétorqua-t-elle d'une voix amère.

# CHAPITRE 6

ELLE N'AVAIT PAS l'intention de laisser passer ça. Du moins, pas sans le confronter un minimum. Sa question était sincère, mais elle ne voulait pas qu'il voie la douleur qu'elle ressentait en elle ni l'inquiétude qu'elle éprouvait dans l'attente de sa réponse.

— Parce que je t'aime bien, expliqua-t-il avec légèreté. J'ai beaucoup aimé ce qu'il y a eu entre nous à l'époque. Et j'aimerais qu'on réessaie.

— Je ne suis rien pour toi, répliqua-t-elle calmement. Ce qui s'est passé lors de ce week-end était vraiment sympa, mais nous savions que ça n'irait pas plus loin. Pourquoi voudrais-tu revenir à cette époque de notre vie ?

— Je ne dis pas que je veux revenir à cette époque. Je dis simplement que ce que nous avons connu lors de ce week-end était merveilleux, mais que le moment n'était peut-être pas le bon.

Le sourire qui étirait les lèvres d'Evan était lumineux et captivant.

— Beaucoup de choses ont changé depuis la dernière fois que nous nous sommes vus, poursuivit-il. Nous ne sommes plus les mêmes personnes qu'autrefois. Alors, peut-être que maintenant, c'est le bon moment pour retenter le coup.

— Je ne sais pas si je suis prête pour ça. Je viens juste de sortir d'une relation à long terme.

— Parfait. Ça veut dire que tu es célibataire et que je peux te convaincre de me laisser une chance.

Il afficha à nouveau ce sourire rayonnant.

Elle ne put s'empêcher de rire malgré elle et fit semblant de réfléchir.

— Peut-être que je te laisserai une chance… ou peut-être pas.

— Tant que tu ne dis pas non, alors tout va bien.

Elle était justement sur le point d'ouvrir la bouche pour prononcer ce petit mot de trois lettres et le rembarrer lorsqu'il la coupa d'un baiser avant de se reculer rapidement.

— Ne le dis pas.

— Et toi, ne m'embrasse pas, siffla-t-elle. On n'est pas ce genre d'amis.

— De quel genre d'amis parles-tu ? De ceux qui se soucient les uns des autres et se soutiennent entre eux ? Ou encore de ceux qui n'hésitent pas à se serrer dans leurs bras et à se montrer réconfortants quand l'un d'eux en a besoin ? demanda-t-il en passant un bras autour de ses épaules.

— Tu prends vraiment tout à la légère. Tout ça n'est qu'un jeu pour toi, déplora-t-elle en secouant la tête. Tu n'as pas changé.

— J'ai bel et bien changé, contesta-t-il. Je te le jure. Mais j'essaie de trouver un terrain d'entente entre nous. Il faut qu'on trouve un moyen d'avancer et tu n'y mets vraiment pas du tien.

Elle lui lança un regard en coin alors qu'ils approchaient du hangar.

— Tu te comportes vraiment comme un petit chiot.

Il ricana.

— Je ne me suis jamais comporté comme tel il y a trois

ans et je ne me suis pas non plus comporté comme ça en mission hier. À moins que je me trompe ? questionna-t-il en tournant son regard vers elle.

— Non, tu as raison, admit-elle avec un sourire. Tu t'es comporté comme un homme hier.

Il lui adressa un clin d'œil.

Elle sentit alors la chaleur remonter le long de son cou et colorer son visage. *Bon sang.*

— Tes arguments sont redoutables.

— Nous sommes redoutables ensemble, chuchota-t-il. Souviens-toi de ça.

— C'était il y a longtemps.

— Pour moi, c'est comme si c'était hier.

— Vraiment ? s'étonna-t-elle en tournant abruptement la tête vers lui.

Il gigota, mal à l'aise, et elle comprit que c'était à son tour de se sentir embarrassé. Puis il releva les yeux et la laissa entrevoir l'homme se dissimulant derrière le visage jovial qu'il affichait constamment, afin de lui montrer qu'il était sérieux. Elle lui répondit par le plus doux des sourires.

— Cela me fait plaisir de savoir que je suis inoubliable.

— Tu es partie peu après, et je n'ai pas eu l'occasion de te dire à quel point tu l'es, soupira-t-il. Je ne pensais pas que tu partirais si vite.

Sa voix contenait une certaine douleur. Elle soupira et posa une main sur son bras.

— Avant ce qui s'est passé lors de ce week-end, cela faisait un an que j'avais envie de passer du temps avec toi, mais tu ne faisais jamais attention à moi. J'étais comme invisible à tes yeux. Tu étais toujours avec quelqu'un d'autre, et je ne voulais pas être juste quelqu'un d'autre pour toi. Mais après avoir su que je partais, j'étais déterminée à emporter une petite partie de toi avec moi sous la forme d'un souvenir agréable.

Les lèvres d'Evan s'étirèrent avec une grande lenteur, mais le sourire qu'il lui offrit la toucha au plus profond de son âme. Elle secoua la tête.

— Tout s'est passé très rapidement ensuite, continua-t-elle. Je suis passée à autre chose. Je suis tombée amoureuse. Je me suis fiancée avec un autre homme. Et quand ça s'est terminé entre lui et moi, je suis revenue ici.

— Pour moi, compléta-t-il en hochant la tête. Je n'aurais pas pu rêver mieux.

— Non, rit-elle. Pas pour toi. Tu as toujours été dans mon cœur, mais je n'en pince plus pour toi aujourd'hui. Et puis, si je me souviens bien, on était tous les deux heureux de se quitter.

— Je ne suis pas totalement d'accord avec toi là-dessus. Si je l'étais à ce moment-là, ça n'a pas duré, car très vite après, je ne l'étais plus. J'ai très vite réalisé qu'il y avait quelque chose de spécial entre nous. Et cela m'a manqué pendant toutes ces années… *tu* m'as manqué pendant toutes ces années.

ELLE CLIGNA UNE fois des yeux, puis deux.

Il grimaça.

— J'y suis peut-être allé un peu fort… Et peut-être que je vais un peu trop vite également.

Il posa la main sur la poignée de la porte devant eux et ajouta sur le ton de la plaisanterie :

— Qui aurait cru que je m'y prendrais aussi mal ?

Il lui lança un léger sourire en espérant qu'il ne dépassait pas les bornes, mais elle était sexy en plus d'être une sacrée bonne pilote, et elle serait courtisée par de nombreux autres hommes en un rien de temps. Il voulait s'assurer d'être le premier à la convaincre de lui donner une chance.

— Pas moi, marmonna-t-elle.

Elle secoua la tête et entra dans l'immense hangar. Six hélicoptères étaient disposés à divers endroits à travers l'espace qui s'étendait devant eux, tous en cours de réparation pour différentes raisons.

— Mason t'a réellement demandé de trouver quelque chose appartenant à Stone ? demanda-t-elle en marchant à grands pas vers son appareil. Ou est-ce qu'il te fournissait simplement une excuse au cas où quelqu'un te demanderait ce que tu fais ici ?

— Les deux.

Des réparations étaient en train d'être effectuées sur l'hélicoptère qu'ils avaient utilisé la veille. Le panneau latéral avait été retiré en vue d'un remplacement rapide. Elle constata que personne ne travaillait sur l'appareil en ce moment. Mais en plus des nouveaux soupçons qui s'étaient éveillés en elle, une certaine méfiance l'avait envahie, et elle devait bien admettre que voir l'appareil abandonné ici sans aucune protection la rendait légèrement nerveuse, car tout le monde y avait accès.

— Est-ce que c'est normal qu'il n'y ait personne pour le surveiller ? souffla-t-elle à Evan.

— Oui, c'est normal. Des gens s'occupent de la sécurité autour du hangar et viennent parfois jeter un œil à l'intérieur, mais ils ne peuvent pas rester plantés là, près de chaque hélicoptère, à se méfier de tout le monde.

Elle fronça les sourcils. Sa réponse ne l'aidait pas à se sentir mieux.

— Mais cela signifie aussi que n'importe qui pourrait

venir ici et saboter les appareils.

— En théorie, n'importe qui sur la base pourrait le faire, mais il faudrait que la personne travaille déjà sur ces appareils ou ait une raison spécifique pour y avoir accès, et les bâtiments sont tous sous vidéosurveillance. North Island n'est pas ouvert à n'importe qui.

— Ça me rassure un peu, même si on devrait aussi prendre en considération le fait que généralement, les films de vidéosurveillance ne sont visionnés que lorsque le crime a déjà été commis…, grommela-t-elle.

— Tu ne serais pas un peu paranoïaque ?

— Non, je ne suis pas paranoïaque. C'est juste que lorsqu'on doit faire face à un changement de paradigme dans notre vie, le monde autour de nous nous apparaît tout à coup différent. Et ce n'est que maintenant que je réalise à quel point les hélicoptères sont exposés et vulnérables ici.

Il rit.

— Ils ne sont pas exposés ni vulnérables. Ils se trouvent dans un endroit sûr et sécurisé, et des vérifications sont effectuées sur chaque appareil avant et après chaque vol. S'il y avait un sabotage ou quoi que ce soit qui n'allait pas, on le verrait.

Elle hocha la tête, même si elle ne semblait pas convaincue.

Mais après tout, c'était elle qui se trouvait derrière les commandes de ces appareils, et non lui. Il aimerait apprendre à les piloter également, mais n'avait pas encore eu le temps ni même l'opportunité de participer à ce genre de formation. Sa vie dépendait souvent de l'habileté du pilote et du bon fonctionnement de l'hélicoptère. En fixant celui qui se trouvait devant eux, il réalisa qu'elle avait raison d'être inquiète. Si quelqu'un avait saboté l'extérieur de l'appareil, alors tout ce qu'il venait de dire s'appliquait. Mais si le sabotage avait eu lieu à l'intérieur, ils n'avaient aucune garantie de le remarquer lors des dernières vérifications d'usage avant le décollage. Et si un individu malintentionné avait placé un dispositif spécial pouvant être déclenché à distance, il pouvait causer d'importants dégâts et s'en tirer sans que personne ne s'aperçoive de rien. Et puis, il ne devait pas non plus oublier qu'il était possible que la base compte parmi ses membres des personnes récemment radicalisées qui pourraient être désireuses de devenir des kamikazes.

Ses sourcils se froncèrent. Il n'aimait vraiment pas la direction que prenaient ses pensées.

L'inquiétude de Megan était à la fois compréhensible et contagieuse.

Elle grimpa dans l'hélicoptère, se releva et regarda autour d'elle.

Il l'observa. Ses mouvements étaient tranquilles. Elle se tenait immobile, comme si elle voyait, entendait, ou peut-être même sentait quelque chose. Il avait assisté à ce type de comportement maintes et maintes fois chez d'autres personnes. Les mécanismes internes du cerveau refusaient souvent d'être limités par la science de ce qui était possible. Il connaissait beaucoup de pilotes qui entretenaient une connexion étrange et presque contre nature avec leurs machines, et qui étaient capables de les faire réagir d'un simple toucher. C'était à la fois fascinant et terrifiant.

En la regardant en cet instant, il songea qu'elle ressemblait beaucoup à Ice. Il l'avait déjà vue se comporter d'une manière similaire. Cette fois-là, elle avait trouvé un problème dans une conduite de carburant. C'était une conduite défectueuse, pas un sabotage, mais elle avait insisté pour que toute la machine soit révisée.

Quand il s'était retrouvé à bord de cet appareil plusieurs heures plus tard, il avait apprécié sa perception sensorielle développée.

Il ignorait si Megan avait le même instinct que sa coéquipière, mais aimerait beaucoup que ce soit le cas.

Il attendit en la regardant faire. Elle tourna lentement sur elle-même en posant son regard sur chaque section de l'hélicoptère, comme si elle évaluait les composants de sa machine un par un et vérifiait mentalement que tout allait bien en cochant dans sa tête des éléments sur une liste connue d'elle seule.

Soudain, elle se dirigea vers son siège et s'y assit. Il ne savait pas trop comment réagir face à ce comportement étonnant.

— Quelque chose ne va pas ? demanda-t-il prudemment.

— Non, je pense que tout va bien, répondit-elle. Du moins, je n'ai rien trouvé d'inquiétant pour le moment.

Il hocha la tête, la rejoignit à l'intérieur de l'hélicoptère et se déplaça jusqu'à l'endroit où Stone était allongé au cours du vol de retour. L'arrière de l'habitacle avait déjà été nettoyé au jet d'eau, donc si quelque chose se trouvait là auparavant, soit c'était parti dans les égouts… soit cela avait été récupéré par quelqu'un. Quoi qu'il en soit, ça n'y était sûrement plus désormais. Malgré tout, il se mit à quatre pattes et examina le sol métallique. Il ne trouva rien à gauche ni à droite.

Il était sur le point de se relever lorsque Megan s'exprima dans son dos :

— Qu'est-ce que c'est que ça ?

Il se tourna vers elle, puis braqua ses yeux dans la direction qu'elle indiquait et découvrit un minuscule morceau de tissu.

— Ça ressemble au tissu utilisé pour confectionner nos uniformes. Mais il y a pas mal de bouts de métal ici. L'une des personnes de l'équipe de nettoyage a sûrement accroché sa manche à l'un d'eux quand elles ont tout nettoyé à l'intérieur.

— Tu as probablement raison.

Un silence s'installa entre eux. Il se retourna et la vit se diriger vers l'arrière de l'appareil. Il termina d'examiner l'endroit où il se trouvait et la rejoignit.

— Je n'ai rien trouvé.

— C'est vraiment dommage. On dirait bien que Stone a perdu sa chance en même temps que sa croix porte-bonheur, commenta-t-elle.

— Tu es superstitieuse ?

Elle secoua la tête. Mais il savait que de nombreux soldats l'étaient sur la base. Certains portaient des chaussettes porte-bonheur lors de leurs missions, d'autres gardaient une photo de la femme qu'ils aimaient, d'autres encore avaient sur eux un objet qui les protégeait. Il pouvait s'agir d'une croix, d'un caillou, en passant par le foulard d'une femme ou un bonbon à la réglisse désormais recouvert de poussière et de saletés.

Peu importe ce que c'était, tant qu'ils estimaient que cela fonctionnait et leur assurait une plus grande chance.

Et puis, qui était-il pour juger leurs croyances ? Après tout, il s'était secrètement langui de la femme en face de lui, et était même allé jusqu'à acheter et garder chez lui une bouteille du même vin qu'ils avaient bu lors de la première nuit qu'ils avaient passée ensemble lors de ce fameux week-end, au cas où elle reviendrait. Maintenant, pour la première fois depuis longtemps, il se demandait s'il n'allait pas enfin pouvoir la déboucher.

# CHAPITRE 7

C'ÉTAIT DIFFICILE DE ne pas se sentir un peu stupide, mais Megan avait eu besoin de venir au hangar et d'inspecter l'hélicoptère par elle-même. Tout semblait normal en apparence, mais elle se sentait mieux maintenant qu'elle s'était assurée que c'était effectivement le cas. Même si une maintenance était en cours, cela ne changeait rien au fait que personne ne se trouvait à l'intérieur du hangar pour surveiller les appareils et que n'importe qui aurait pu leur faire quelque chose. Ce qui l'inquiétait surtout, c'était que si quelqu'un voulait jouer au connard, cette personne parviendrait à ses fins d'une manière ou d'une autre.

Après avoir pris quelques secondes pour regarder autour de lui, Evan sauta au sol.

Alors qu'elle descendait à son tour, elle entendit quelqu'un l'appeler.

Elle se tourna en direction de la provenance de la voix. Fred, l'un des plus vieux mécaniciens de la base, marchait vers elle, un cookie entamé à la main. Il était en grande forme physique, mais les sucreries étaient son péché mignon et sa plus grande faiblesse. On le voyait presque toujours avec une pâtisserie, même s'il ne pouvait parfois s'agir que d'une barre de chocolat dépassant de sa poche.

— Quelque chose ne va pas ? interpella-t-il Megan, les sourcils froncés.

Elle secoua la tête et lui sourit.

— La journée d'hier a été difficile. J'ai voulu revenir pour vérifier que tout était en ordre. C'est idiot, hein ?

Elle désigna ensuite Evan qui se tenait à ses côtés.

— Stone a perdu sa croix porte-bonheur, alors Evan est là pour la chercher, expliqua-t-elle en regardant ce dernier avant de reporter son attention sur Fred. Est-ce que tu l'aurais vue, par hasard ?

— Non. Personne n'a rien trouvé qui y ressemble dans l'hélicoptère, répondit Fred en secouant la tête. C'est vraiment moche ce qui est arrivé. Stone est un chic type. Je ne souhaite à personne de perdre un membre. Mais il a un bon état d'esprit et si quelqu'un peut surmonter ça, c'est bien lui.

— Oui. Même si ce sera difficile, il saura surmonter cette épreuve, acquiesça Evan.

Personnellement, Megan se fichait de savoir s'il avait un bon état d'esprit ou non. Perdre un membre était vraiment terrible, et Stone pourrait justement ressentir encore plus de pression, car tout le monde semblait penser qu'il surmonterait cette épreuve sans problème. Il avait le droit d'être en colère et de se sentir abattu, le temps d'accepter la situation. Mais il ne devait pas s'apitoyer sur son sort. La vie méritait d'être vécue, avec ou sans jambes. Elle espérait juste qu'il pourrait garder celle qu'il lui restait. Évidemment, il aurait pu lui arriver quelque chose de bien pire qu'une amputation, mais ça allait quand même être un sacré défi à relever pour lui.

— Il saura le relever, déclara Fred en lui faisant réaliser qu'elle avait marmonné à voix haute. Stone et Levi sont tous les deux de gros durs à cuire.

— Merk et Rhodes aussi, ajouta Evan en riant.

Fred hocha la tête.

— C'est une super équipe, sûrement l'une des meilleures qu'on ait jamais eues dans les forces spéciales. Quand je pense qu'ils ont été trahis… Bon sang, ça craint.

Il cracha par terre et mit dans sa bouche ce qu'il restait de son cookie.

— Je me demande bien où va le monde…

Il n'existait pas de bonne réponse à cette interrogation, alors elle s'éloigna après l'avoir salué d'un hochement de tête.

— Hé, Evan ! s'écria Fred dans leur dos.

Evan se retourna et vit que l'un des mécaniciens de Fred, qui était monté dans l'hélicoptère pendant qu'ils discutaient, se tenait désormais à la porte de l'appareil avec un téléphone portable à la main.

— C'est le tien ? questionna Fred en désignant le téléphone d'un signe de la tête.

Evan tâtonna ses poches puis jura.

— Merci. J'ai dû le laisser tomber pendant que je cherchais la croix porte-bonheur de Stone.

Il le récupéra et rejoignit Megan qui l'attendait quelques mètres plus loin.

— Alors, satisfaite ? l'interrogea-t-il une fois qu'ils furent de nouveau dehors, sous la lumière du soleil.

— Le fait de n'avoir rien trouvé ne signifie rien, rétorqua-t-elle. Il faudrait qu'on puisse visionner les films de vidéosurveillance. Peut-être que plusieurs personnes étaient cachées à l'intérieur de la camionnette ?

— On peut aller y jeter un œil, si tu veux.

Elle tourna la tête pour pouvoir le regarder.

— C'est vrai ? s'étonna-t-elle.

— Mason va faire le nécessaire pour qu'on obtienne l'autorisation de les visionner.

Au même moment, le téléphone d'Evan sonna. Il le sortit de sa poche et lut le message à voix haute.

— « Autorisation accordée. Vous pouvez visionner les caméras de l'angle nord-est du hangar dans lequel la réparation du système d'aération a été effectuée ».

Le visage de Megan s'illumina d'un sourire ravi.

— C'est génial ! s'exclama-t-elle.

Ils seraient limités à cette seule caméra, mais tant que la vidéosurveillance leur permettait de vérifier que personne d'autre n'était entré ou sorti, elle serait satisfaite. Du moins, jusqu'à ce que son esprit élabore un autre scénario et ne lui souffle d'autres hypothèses.

— Où est-ce qu'on doit aller pour les voir ?

— À la section dédiée au sein du bâtiment de la sécurité.

Elle hocha la tête, comme si elle savait où c'était.

— Je te suis.

Il prit la tête de leur duo pour les y conduire. Avant d'atteindre la pièce renfermant les écrans de toutes les caméras de sécurité, ils durent franchir deux points de contrôle. Elle était heureuse de constater que la base prenait la menace au sérieux.

Mais Evan ne semblait pas s'apercevoir de ces changements, ou alors agissait comme si de rien n'était.

À l'intérieur, on leur indiqua un écran situé sur le côté. Le film de vidéosurveillance qu'ils avaient demandé à consulter était déjà affiché dessus pour qu'ils puissent le visionner immédiatement.

Evan appuya sur le bouton de lecture et ils regardèrent la camionnette s'approcher puis disparaître au coin de la rue avant de réapparaître devant le hangar.

— Mets sur pause, ordonna Megan. Combien de temps restent-ils hors de vue de la caméra ?

Il rejoua la vidéo et ils vérifièrent le timing.

— Huit secondes, annonça-t-il après les avoir comptées.

— OK. Ce laps de temps n'est pas suffisant pour que quelqu'un soit descendu. En huit secondes, la camionnette n'aurait pas pu s'arrêter pour déposer quelqu'un et repartir.

Ils repassèrent la vidéo. Cette fois, ils la visionnèrent jusqu'au bout. La camionnette s'arrêta. Le conducteur et le passager en sortirent, planchettes à pince à la main. Un instant plus tard, les deux hommes ouvrirent les portières à l'arrière de la camionnette et sortirent des tuyaux, des gaines ainsi qu'une grande boîte.

Elle retint son souffle devant la taille de la boîte. Les deux hommes la posèrent par terre et l'ouvrirent pour révéler un nouveau panneau latéral destiné à être installé sur l'un des systèmes d'aération.

— Pourquoi un nouveau panneau latéral ? murmura-t-elle.

Evan rit.

— Le système d'aération est à l'écart et hors de portée, mais ce n'est pas pour autant qu'il ne peut pas subir de dégâts. Quelqu'un ou quelque chose a dû le percuter.

— Il n'est pas sur le toit ?

— Si, confirma-t-il avec un hochement de tête. Mais cela ne veut pas dire grand-chose. L'ancien panneau a pu se détacher pendant la tempête de la semaine dernière. Si c'est le cas, c'est trop compliqué de le raccrocher. C'est pourquoi on préfère le remplacer.

— Ça a du sens.

Elle avait vu suffisamment de boulons dénudés et de trous percés devenus trop larges pour maintenir quoi que ce soit en place pour comprendre la logique de ce raisonnement. Ils continuèrent de regarder les images qui défilaient à l'écran. Les hommes étaient rapidement entrés dans le hangar, sûrement pour vaquer à leurs occupations et faire ce pour quoi ils étaient venus. Ils restèrent hors du champ de la caméra pendant un long moment, et leur camionnette ne bougea pas de l'endroit où ils l'avaient laissée. Evan avança légèrement la vidéo.

— Je suppose que cela répond à la question, commenta-t-il alors que les deux hommes retournaient vers la camionnette.

Ils firent demi-tour et s'en allèrent. Mais elle ne put s'empêcher de constater qu'ils partaient plus rapidement qu'ils étaient arrivés.

— Ils roulent plus vite maintenant, remarqua-t-elle.

— C'est normal, puisqu'ils rentrent chez eux. Ils ont fait le travail pour lequel ils étaient venus et ont sûrement réussi à mieux se repérer au sein de la base qu'à l'aller, ce qui leur a permis de retrouver le chemin de la sortie plus vite.

Elle hocha la tête.

— Donc, ça te semble normal ? voulut-elle savoir malgré tout.

— Je ne vois pas en quoi ça ne serait pas normal.

Il se redressa et la regarda attentivement.

— Tu es satisfaite maintenant qu'on a regardé la vidéo ?

Elle baissa les yeux sur l'écran.

— Peux-tu revenir au moment où la camionnette arrive et disparaît de l'écran pendant huit secondes ? demanda-t-elle.

Il lui jeta un coup d'œil, mais ne dit rien et se contenta de manipuler les commandes du moniteur pour revenir en arrière sur le film de vidéosurveillance. Parvenu au passage qui les intéressait, il appuya de nouveau sur le bouton de lecture. Elle étudia les mouvements à l'écran, puis appuya sur pause et revint encore une fois en arrière pour visionner à nouveau le moment qui la dérangeait.

— Qu'est-ce qu'il y a ?

— C'est stupide, mais je ne peux pas m'empêcher de me demander s'il est possible que des hommes aient pu descendre de la camionnette à ce moment-là, même si elle était probablement toujours en mouvement. Est-ce qu'ils auraient eu le temps de sortir et de refermer les portières derrière eux en seulement huit secondes ?

EVAN LA DÉVISAGEA. Elle semblait vraiment préoccupée par ces huit secondes pendant lesquelles ils n'avaient plus aucun visuel sur la camionnette. Il revint au début de la séquence, juste avant que le véhicule ne disparaisse dans le coin du bâtiment. Puis il zooma sur la fenêtre du conducteur. Ce dernier était penché en avant comme s'il regardait où il était censé aller, ce qui n'avait rien d'anormal. Il observa ensuite la position de ses mains. Toutes les deux étaient posées sur le volant, de chaque côté, et étaient parfaitement visibles. Encore une fois, tout était normal. Puis il s'intéressa au côté de la camionnette. Elle ne possédait pas de fenêtres latérales et portait le logo de l'entreprise Aston's Heating and Plumbing. Ils pourraient facilement vérifier si c'était bien la société qui détenait le contrat de maintenance pour les systèmes d'aération. Il étudia ensuite l'arrière de la camionnette même si, compte tenu de l'angle de la caméra, il ne pouvait pas voir grand-chose. La plaque d'immatriculation n'apparaissait pas sur les images, mais il lui serait possible de la voir sur le film de vidéosurveillance des autres caméras.

— Pourquoi les feux-stops sont-ils allumés ? questionna Megan en tapotant le moniteur.

— Il regarde devant lui comme s'il cherchait l'endroit où il allait se garer, avança Evan. Il y a de fortes chances qu'il ait ralenti jusqu'à rouler au pas.

— Donc, il appuie sur la pédale de frein ?

— On dirait bien, acquiesça Evan en fronçant les sourcils. Mais ça n'a rien d'anormal.

C'est à ce moment-là qu'il repéra quelque chose.

— Merde.

— Qu'est-ce qu'il y a ? demanda-t-elle en se penchant en avant pour étudier l'image à l'écran.

Brusquement, Evan réalisa que la pièce était devenue beaucoup trop silencieuse. Les personnes présentes s'étaient retournées sur leurs sièges pour voir ce qu'ils faisaient et ce qu'ils avaient peut-être trouvé.

Son vieil ami Steven s'approcha d'eux. Celui-ci était dans l'armée depuis longtemps et s'était élevé au rang de chef de la sécurité.

— Que cherchez-vous ? Et que pensez-vous avoir trouvé exactement ? les interrogea-t-il.

Il étudia le moniteur une seconde, puis se pencha et appuya sur quelques boutons pour déplacer la vidéo sur le grand écran mural à leur gauche.

— Est-ce que c'est mieux comme ça ?

— Oui, opina distraitement Evan en se dirigeant vers le mur. Megan, tu vois ça ?

— Oui, je le vois maintenant, chuchota-t-elle.

— Ne nous tenez pas en haleine, s'impatienta Steven. Qu'est-ce que vous avez vu ? Nous avons accédé à la requête de Mason, mais il ne nous a donné aucune explication.

— Je n'arrivais pas à m'ôter de la tête l'idée que peut-être, d'une manière ou d'une autre, des hommes étaient entrés sur la base sans en avoir reçu l'autorisation.

Le visage de Steven devint plus sévère.

— Expliquez-vous, ordonna-t-il.

Evan le mit rapidement au courant de ce qui les avait conduits jusqu'ici.

— Nous n'avions donc rien de précis sur quoi nous appuyer, conclut-il. Mais maintenant, nous avons un peu plus d'éléments probants.

Steven le rejoignit devant l'écran mural et étudia l'indicateur temporel ainsi que l'image.

— Huit secondes, ce n'est pas très long, marmonna-t-il.

— Non, mais c'est suffisant.

Soudain, Steven jura à voix basse. Il tendit le bras et tapota l'arrière de la camionnette.

— Exactement, confirma Evan en souriant.

Steven avait déjà sorti son téléphone pour passer un coup de fil.

Sur la vidéo mise sur pause, la poignée était abaissée… et la porte était légèrement entrouverte. Or, elle n'aurait pu être ouverte que de l'intérieur à ce moment-là. C'était comme si quelqu'un tenait la poignée de l'autre côté et était prêt à sauter de la camionnette.

Les lèvres d'Evan étaient étirées d'un sourire, mais celui-ci était loin d'être avenant. Et toutes les personnes de la pièce affichaient la même expression pleine de gravité.

— Tu avais raison, Megan. Une ou plusieurs personnes sont entrées clandestinement sur la base.

— Et ces individus ont eu accès aux hangars, ajouta-t-elle d'une voix dure. Ce n'est pas bon du tout. Je ne sais pas ce qu'ils faisaient là exactement, mais toute cette histoire ne me dit vraiment rien qui vaille…

# CHAPITRE 8

ELLE ÉTAIT PILOTE et, en tant que telle, n'était pas concernée par les prises de décisions relatives à ce genre d'événements. Elle fut donc sommairement remerciée et chassée de la pièce.

Elle sortit du bâtiment et s'immobilisa dans l'air frais de l'après-midi pour fixer le ciel chargé de nuages.

— Qu'est-ce qu'on fait maintenant ?

— Rien, répondit Evan. Ils s'occupent de tout.

— Je savais que tu dirais ça, soupira-t-elle en se tournant vers lui pour l'étudier. Mais j'espérais quand même entendre une réponse différente.

— Tu as déjà fait beaucoup. Personne n'avait ne serait-ce qu'envisagé cela, et tu leur as donné quelque chose de spécifique sur lequel s'appuyer ainsi qu'une preuve tangible. Ils sont sur le coup, alors maintenant, on doit les laisser s'en occuper.

Elle secoua la tête.

— Je ne peux pas attendre les bras croisés juste parce qu'ils s'en occupent. On sait tous les deux qu'il est possible que certaines personnes sur la base soient en train de préparer une attaque. Et toi, tu voudrais que je lâche l'affaire ?

— Ce serait bien, oui, acquiesça-t-il avant de l'inviter à avancer vers le hangar. Au fait, tu n'es pas censée assister à une formation cet après-midi ?

Elle jeta un coup d'œil à sa montre, grimaça et confirma d'un hochement de tête.

— Je suis déjà en retard. Ça ne sent pas bon pour moi…

— Allons-y.

Elle se précipita vers le lieu de sa formation et il l'accompagna en courant à ses côtés. Elle arriva sur place en un peu moins de cinq minutes. Sauf que c'était quand même cinq minutes de retard. Il déposa un rapide baiser sur ses lèvres et lui murmura :

— Souviens-toi de ne rien dire à personne.

Elle hocha la tête, se retourna pour rejoindre le reste des pilotes qui allaient suivre la nouvelle session de mise à niveau informatique avec elle… et tomba nez à nez avec Tête de gland qui attendait devant la porte. Le lieutenant Gerard, de son vrai nom, était l'un de ses nombreux supérieurs sur la base, mais elle détestait avoir affaire à lui.

— J'imagine que vous avez une bonne raison d'être en retard ? l'interrogea-t-il.

— J'en ai une, confirma-t-elle en passant devant lui pour entrer.

Elle s'installa sur un siège et essaya de se calmer.

— J'étais dans le hangar à la recherche d'une croix porte-bonheur appartenant à l'un des hommes blessés lors de la mission d'hier, déclara-t-elle en optant pour une vérité partielle.

Même lui ne pouvait plus s'offusquer de son retard après une telle excuse. Il se contenta donc de hocher la tête et se désintéressa d'elle.

Cet après-midi devait être assez tranquille. Ils étudiaient la dernière mise à jour du système radar installé à bord des hélicoptères, étant donné que celle-ci comportait de nombreuses nouvelles fonctionnalités. Tout comme elle, Ice était obligée d'assister à cette formation, jours de congé ou pas. Or, Megan remarqua qu'elle n'était pas là. Elle sortit son téléphone et lui envoya un message. La réponse fut immédiate.

« Je suis à l'hôpital. Prends des notes pour nous deux. »

Avec un soupir, Megan se cala au fond de son siège et écouta leur instructeur.

Plus les minutes passaient, et plus elle se rendait compte à quel point cette mise à jour et toutes ses nouvelles fonctionnalités allaient être avantageuses.

Le temps dédié aux questions et aux réponses fut animé et intéressant. Lorsqu'ils décidèrent d'en rester là pour la journée, elle avait la tête dans les nuages et avait hâte de retourner dans les airs pour tester ce nouveau programme informatique.

— C'est tout pour aujourd'hui, annonça l'entraîneur en haussant la voix pour se faire entendre par-dessus le vacarme qui avait envahi la pièce.

Il attendit que le bruit diminue et ajouta :

— Je serai disponible pour répondre à vos questions toute la journée de demain.

Les pilotes commencèrent à rejoindre la sortie.

— Megan Hemmingway, entendit-elle dans son dos.

Elle se retourna. Tête de gland se tenait en face d'elle et la regardait en plissant les yeux.

— Combien de temps cela vous a-t-il pris ?

Elle haussa les sourcils, peu certaine de savoir ce qu'il sous-entendait par là. Mais il était son officier supérieur, ce qui signifiait qu'elle lui devait respect et obéissance. Elle jeta un coup d'œil à sa montre et essaya de se souvenir de l'heure à laquelle ils étaient entrés dans le hangar.

— Je pense que j'y suis restée un peu plus d'une heure et

demie, estima-t-elle.

— Autant de temps pour chercher une babiole ?

La voix de son supérieur était sèche et critique.

Elle se raidit. Elle n'aimait vraiment pas ce qu'il semblait insinuer, mais s'efforça de ne pas perdre son sang-froid et confirma en le regardant calmement dans les yeux.

La plupart des hommes dans l'armée étaient des pères de famille formidables, mais ce n'était pas le cas de tous, puisque quelques-uns pouvaient rendre la vie très désagréable à tout le monde, surtout aux femmes.

— Et bien sûr, vous étiez seule, continua-t-il.

*Intéressant*, songea-t-elle.

— Bien au contraire. J'étais avec l'un des membres de l'équipe de *SEALs* qui a participé au sauvetage. C'est lui qui était à la recherche de la croix porte-bonheur de l'un des hommes hospitalisés pour pouvoir la lui rendre.

Tête de gland ne répondit rien et un silence s'installa entre eux.

Elle avait toujours eu du mal avec cet homme, mais les militaires, en plus de former des soldats, forgeaient aussi le caractère de leurs effectifs plus que dans n'importe quelle autre carrière, donc cela n'avait rien d'étonnant.

Il lui adressa un signe de tête assez raide et elle se faufila devant lui pour sortir.

Une fois dehors, elle se ressaisit. Elle avait apprécié cet après-midi, mais c'était surtout parce qu'elle aimait énormément apprendre de nouvelles choses. Et puis, tout ce qui concernait des améliorations liées à son travail lui paraissait à la fois important et incroyable.

Le ciel s'était assombri pendant qu'elle était à l'intérieur du bâtiment. Elle se dirigea vers son véhicule. Il était plus tard qu'elle ne s'y attendait, car la formation avait pris plus de temps que prévu. Cependant, cette session de mise à niveau lui avait permis d'obtenir de nombreuses informations intéressantes et d'acquérir de nouvelles connaissances. Il lui était donc difficile de regretter le temps qu'elle avait passé dans la salle.

Elle aimait vraiment voler parmi les nuages. Mais ce qu'elle avait entraperçu du combat de la veille lui avait donné un aperçu de bien d'autres choses qui lui avaient laissé un goût amer dans la bouche.

Qu'il s'agisse de faire la guerre à la drogue ou à des personnes, les conflits armés étaient compliqués pour tout le monde.

Elle roula jusqu'à chez elle et se gara devant la porte d'entrée de sa petite maison. Cette dernière était mignonne et juste assez grande pour qu'elle s'y sente bien. Elle détestait faire le ménage, alors sa petite taille lui convenait parfaitement. Après avoir fermé la porte derrière elle, Megan jeta ses clés sur la table qui se trouvait dans l'entrée et se dirigea vers sa cuisine. Elle était affamée. Elle ouvrit son réfrigérateur et gémit. Elle n'avait pas encore pris le temps de faire des courses, et c'était bien la dernière chose qu'elle souhaitait faire en ce moment. Son regard se porta sur la pile de prospectus posés sur son comptoir qui affichaient des photos de plats à emporter. Elle ne supportait pas l'idée de commander une pizza. Elle aimait vraiment cuisiner, mais quel était l'intérêt étant donné qu'elle était la seule à manger ce qu'elle préparait ? Quand elle recevait du monde, elle trouvait que cuisiner était agréable.

Mais lorsqu'elle mangeait seule, c'était beaucoup moins amusant. Comme elle avait vécu avec quelqu'un pendant plusieurs années, elle s'était habituée à préparer des repas pour deux personnes et à planifier des soirées spéciales sur certains week-ends. Maintenant, il n'y avait plus qu'elle et elle seule.

Ça craignait.

Néanmoins, elle ne comptait pas se plaindre. Elle avait juste besoin de quelques amis supplémentaires. Elle fronça les sourcils et pensa à Ice qui était probablement encore en train de veiller sur les soldats alités à l'hôpital. Elle prit rapidement sa décision et lui envoya un SMS pour lui demander si elle était toujours là-bas. La réponse de sa coéquipière fut instantanée et ne contenait qu'un « oui » laconique.

« Tu as mangé ? »

« Je n'ai pas faim. »

*Dommage*, songea Megan. Ice pouvait parfois se montrer obstinée quand elle avait une idée en tête, mais elle n'était pas une machine et avait besoin de manger comme tout le monde pour entretenir son corps qui était déjà maigre. Megan revint sur ses pas, prit ses clés et ressortit par la porte d'entrée. Elle était soudainement d'humeur à manger une spécialité grecque. Elle fit un léger détour par le seul restaurant proposant de la nourriture grecque authentique qu'elle avait trouvé jusqu'à présent. Le fait qu'elle ait eu l'occasion d'en essayer plusieurs n'avait rien à voir avec ses talents de cuisinière.

En fait, cela en disait davantage sur la solitude qu'elle ressentait.

Une fois arrivée sur le parking de l'hôpital, elle se gara et se rendit à la réception pour demander le numéro de la chambre de Levi. La réceptionniste lui répondit instantanément que les hommes n'étaient pas autorisés à recevoir de la visite pour le moment.

— Est-ce que je peux au moins aller voir les hommes et les femmes qui montent la garde ? demanda-t-elle en levant doucement le sac qu'elle tenait pour le montrer.

Elle reçut un regard apathique en retour.

— D'accord, soupira-t-elle. Je vais leur envoyer un message.

Elle s'éloigna et téléphona à Ice.

— Ice, je suis devant la réception avec des plats à emporter. Ce sont des spécialités grecques. Où es-tu et comment est-ce que je peux te rejoindre ?

Un léger silence lui répondit au bout du fil, comme si Ice hésitait. Puis sa coéquipière lui indiqua d'une voix dénuée de tout enthousiasme :

— Prends l'ascenseur à gauche et monte au quatrième étage. Quelqu'un t'y rejoindra.

Après avoir raccroché, Megan poussa un soupir de soulagement. Elle avait eu du mal à se faire des amis depuis qu'elle était ici – ce qui remontait à deux semaines – et même si elle avait posé de bonnes bases qui pourraient mener à une amitié plus profonde avec Ice, elle était venue la voir sans savoir le type d'accueil qu'elle lui réserverait en apprenant sa présence à l'entrée du bâtiment.

Au quatrième étage, elle fut accueillie par quatre hommes. Elle fixa leurs visages durs et réalisa qu'au moins, ici, personne ne minimisait la question de la sécurité.

Elle leur montra le sac de nourriture à emporter qu'elle tenait.

— Je me suis dit qu'Ice ne mangerait pas si elle n'y était pas forcée, expliqua-t-elle.

Les soldats échangèrent un regard et reculèrent d'un pas.

— Merci, souffla-t-elle.

Elle traversa le couloir en suivant un homme. Un autre avançait à ses côtés et les deux autres fermaient la marche. Y avait-il autre chose qu'elle ignorait ?

— Attendez ici, lui commanda l'homme qui avait pris la tête de leur groupe.

Elle s'arrêta et ne bougea pas de l'endroit où elle s'était immobilisée. Elle n'était pas idiote et savait qu'il valait mieux qu'elle obéisse sans faire d'histoires.

La porte à sa gauche s'ouvrit et se referma.

Puis elle se rouvrit et Ice sortit de la pièce.

— Tu n'aurais pas dû venir, lança-t-elle à Megan.

— Pourquoi ça ? s'enquit cette dernière avec curiosité. Je me soucie aussi de ces hommes, tu sais. Je ne les connais pas personnellement, mais ça ne veut pas dire que je veux qu'ils souffrent.

Ice étudia son visage pendant un long moment.

Megan faisait en sorte de garder une expression amicale et avenante, mais sa voix contenait une froide détermination. Elle ne voulait pas s'imposer alors qu'elle ne semblait pas être la bienvenue, mais comment quelqu'un allait-il savoir qui elle était si elle ne s'imposait pas au moins un peu ?

— Dans ce cas, tu peux entrer un instant, proposa Ice en lui adressant un hochement de tête.

Ice la conduisit à l'intérieur de la pièce qui avait été aménagée avec deux lits.

Megan reconnut Levi et Stone.

— C'est une bonne chose qu'ils soient ensemble.

— Ce n'est pas le protocole normalement, mais étant donné qu'il est plus facile de les protéger s'ils sont dans le même espace, nous avons réussi à convaincre les médecins de les mettre tous les deux dans la même pièce après leur sortie du bloc opératoire.

— Il n'y a beaucoup de place pour s'asseoir, remarqua Megan en regardant autour d'elle.

— Il n'y a pas besoin de s'asseoir.

— D'accord.

Il aurait été plus agréable de s'asseoir, mais tant pis, elle s'accommoderait de la situation. Elle jeta un coup d'œil au soldat debout dans un coin de la pièce. Il l'observait et semblait attendre qu'elle fasse quelque chose qui justifierait qu'il lui saute dessus.

Elle se tourna pour faire face à Ice.

— Est-ce qu'il y a quelque chose que tu sais et que je ne sais pas ? demanda-t-elle.

Ice haussa les épaules.

— Mieux vaut s'attendre à quelque chose qui peut ne pas arriver, plutôt que d'être mal préparé et de perdre une vie.

Megan voulait lui demander si elle avait entendu parler de la camionnette et des éventuels suspects qui pourraient se trouver sur la base, puis estima qu'elle ferait mieux de se taire. Ces hommes et Ice semblaient déjà être suffisamment paranoïaques comme ça, alors il était préférable de ne pas en rajouter une couche et de ne pas leur parler de ce qu'elle avait découvert un peu plus tôt dans la journée.

Se sentant mal à l'aise, elle tendit le sac contenant les plats de nourriture à Ice, puis se tourna vers la porte dans l'intention de partir. Mais au même moment, celle-ci s'ouvrit devant elle pour laisser apparaître Evan.

IL SOURIT EN la voyant.

— Hé, mais regardez qui voilà ! s'exclama-t-il.

Les quatre hommes qui étaient restés dans le couloir se pressèrent dans l'embrasure de la porte ouverte derrière eux.

Elle soupira.

— Ne vous en faites pas, je m'en vais.

— Pas besoin de partir à cause de moi.

— Ce n'est à cause de toi que je pars, rétorqua-t-elle. J'étais juste sur le point de m'en aller.

— Attends quelques minutes et je partirai avec toi.

Il appuya sa proposition d'un clin d'œil.

— Pourquoi es-tu là ? l'interrogea-t-elle.

— Je suis venu voir comment allait Levi, expliqua-t-il avant de jeter un coup d'œil à la petite pièce avec un air surpris. Bon sang, Ice, je ne pensais pas que tu réussirais à convaincre les médecins de les mettre dans la même chambre.

— Il m'a fallu user d'un peu de persuasion, répondit Ice avec un sourire chaleureux. Je sais qu'ils sont plus heureux quand ils sont ensemble.

Evan hocha la tête.

— Est-ce qu'ils se sont réveillés ?

Elle secoua la tête.

— Non, pas encore.

Le sourire qui étirait les lèvres d'Ice quelques secondes auparavant n'était désormais plus qu'un souvenir.

Le grand homme qui se tenait dans un coin de la pièce prit alors la parole.

— Ils ne le peuvent pas à cause des médicaments.

Megan grimaça.

— Je suppose que c'est une bonne chose.

*Bon sang, quelle situation merdique…*, pensa-t-elle.

— Je suis contente que vous soyez là pour veiller sur eux, ajouta-t-elle.

— Pourquoi ? demanda Ice avant que quiconque n'ait le temps de prononcer le moindre mot.

— En fait, c'est ce dont je suis venu vous parler, déclara Evan à voix basse avant d'expliquer rapidement ce que

Megan et lui avaient trouvé.

Quand il eut terminé, l'air semblait s'être considérablement réchauffé dans la pièce.

Megan jeta un coup d'œil autour d'elle. Les soldats présents ne la considéraient plus avec froideur désormais. Non, ils la regardaient davantage avec ce qui ressemblait à de la curiosité mêlée d'un certain respect.

— Est-ce qu'on a une confirmation par rapport à cela ? questionna Ice tandis que ses yeux sombres s'assombrissaient encore plus.

— Non, pas encore. La poignée était tournée vers le bas, comme si quelqu'un était sur le point de sortir, et la portière était suffisamment ouverte pour que l'on puisse voir une grande ombre noire à l'intérieur de la camionnette. La seule autre explication possible, c'est que la portière était attachée dans cette position.

— Et ce n'est pas arrivé quand ils étaient en train de ressortir de la base ?

— Non.

Ice hocha la tête.

— Dans ce cas, nous allons supposer le pire.

Sa coéquipière s'approcha ensuite de l'un des deux hommes inconscients et le fixa. Jusqu'à présent, Megan n'avait pas eu l'occasion de voir Levi dans son lit d'hôpital. Le simple fait d'être dans cette pièce la mettait particulièrement mal à l'aise, et son sentiment de ne pas être à sa place ici était exacerbé par l'expression pleine de nostalgie et de douleur qui s'était peinte sur le visage d'Ice. Cette vision était vraiment déchirante.

Elle baissa la tête et attendit. Finalement, Ice revint sur ses pas pour se poster en face d'elle.

— J'ai un service à te demander, annonça-t-elle brusquement.

Surprise, Megan releva les yeux et la regarda en lui adressant un petit signe de tête, dans l'attente d'en savoir plus.

— J'ai besoin de plusieurs vêtements de rechange et de quelques objets personnels qui se trouvent chez moi, poursuivit Ice avant de désigner les deux hommes allongés dans leurs lits d'un geste de la main. Je ne les quitterai pas tant que toute cette histoire ne sera pas réglée d'une manière ou d'une autre.

— Je peux aller te chercher ce dont tu as besoin, acquiesça Megan en hochant lentement la tête.

Ice sortit un trousseau de clés de sa poche et lui donna son adresse. Celle-ci lui était inconnue, mais elle entendit le commentaire que prononça Evan à voix basse :

— Je vois où c'est.

Elles passèrent quelques minutes à discuter de ce dont elle avait besoin, puis Megan se tourna vers la porte pour partir.

— Je serai de retour dans une demi-heure, estima-t-elle avant de poser les yeux sur le sac de nourriture qu'elle lui avait donné. Assure-toi d'en avoir mangé au moins la moitié avant mon retour.

Affichant toujours la même expression butée, Ice ne répondit rien. Megan se tourna alors vers les autres hommes présents dans la pièce.

— Je serais ravie de vous rapporter de quoi vous remplir l'estomac également, mais elle a besoin de manger.

Les hommes sourirent et hochèrent la tête.

— Nous y veillerons, promirent-ils.

— Ce sera une pizza pepperoni pour moi, lança l'un des hommes.

— Pareil pour moi, grogna un autre homme. Et je veux

autant de garniture et de viande qu'il est possible d'en mettre sur une pizza.

Les hommes étaient encore en train de se chamailler quand Evan conduisit Megan jusqu'à la deuxième pièce dans laquelle Merk et Rhodes étaient allongés. Ils étaient réveillés et parlaient avec les deux autres soldats qui montaient la garde. Evan les mit tous les quatre au courant de ce qu'ils avaient découvert et leur proposa de leur rapporter à manger également.

— On va chercher des pizzas pour ceux qui sont dans l'autre pièce. Est-ce que l'un de vous veut qu'on lui rapporte quelque chose en particulier ?

Ils prirent toutes les commandes et quittèrent la pièce quelques minutes plus tard. Alors qu'ils marchaient dans le couloir pour retourner à l'ascenseur, Megan demanda :

— Sont-ils vraiment capables d'engloutir chacun une grande pizza tout seuls ?

— Oui, et ils peuvent manger bien plus encore si on leur en donne l'occasion.

— Pas étonnant qu'ils soient si balaises, commenta-t-elle en secouant la tête.

Il rit.

— Et encore, tu ne les as jamais vus devant un buffet à volonté, plaisanta-t-il en passant son bras sous le sien.

# CHAPITRE 9

C'ÉTAIT AGRÉABLE DE retrouver ce sentiment de camaraderie qu'elle avait connu par le passé avec Evan et, même si elle n'avait pas prévu de retomber dans la relation qu'ils avaient eue ensemble, il lui semblait naturel que leurs retrouvailles évoluent dans ce sens.

Peut-être cela semblait-il encore plus naturel maintenant que le monde était devenu encore plus inquiétant. Elle ne pouvait que constater que les mesures de sécurité avaient été renforcées partout tandis qu'ils se rendaient chez Ice. Ils passèrent à la maison de sa coéquipière pour récupérer ce dont elle avait besoin, puis allèrent à la pizzeria pour passer commande. Elle se demandait comment certaines personnes arrivaient à manger autant. Quoi qu'il en soit, les propriétaires du restaurant semblèrent assez heureux de les voir entrer et d'apprendre qu'ils souhaitaient emporter autant de pizzas.

— Vous n'avez pas grand monde aujourd'hui, constata Megan en observant le restaurant vide.

— Ça s'est vidé il y a une heure environ et depuis, c'est devenu une vraie ville fantôme, se désola le gérant.

En entendant ces mots, Megan se tourna pour regarder par la fenêtre. La rue était déserte, à l'exception de quelques voitures qui roulaient lentement. S'agissait-il d'une coïncidence ? Ou était-ce la manifestation d'un instinct qui poussait tout le monde à rester chez lui et à l'abri du danger ? Elle espérait que tous étaient en sécurité.

L'odeur des pizzas flotta dans la voiture tout au long du trajet de retour vers l'hôpital et la fit saliver, alors même qu'elle pensait s'être lassée de ce type de nourriture. Elle aurait aimé goûter à l'une d'entre elles maintenant, mais ça n'aurait pas été juste vis-à-vis de ceux à qui étaient avant tout destinées ces pizzas. Et puis, ils en avaient tellement pris qu'elle ne pouvait pas imaginer que les soldats puissent tout engloutir. Evan n'avait pas non plus voulu la laisser payer. Elle avait prévu qu'il agirait ainsi et avait donc insisté pour régler la note, mais il avait été catégorique en arguant qu'elle avait déjà fait sa part en apportant des plats grecs à Ice.

Quand ils arrivèrent, les yeux des soldats qui veillaient sur les quatre blessés s'illuminèrent. Comment une simple pizza pouvait-elle réchauffer le ventre d'un homme et apporter du réconfort à son âme ? Elle n'avait pas eu la même réaction qu'eux. Mais peut-être était-ce parce que sa faiblesse à elle était le thé. Tout allait bien dans son monde si elle pouvait prendre un moment dans sa journée pour savourer une tasse de thé et apprécier ce breuvage à sa juste valeur.

Et en cet instant, l'atmosphère de la pièce contenait un peu de cette joie qu'elle ressentait chaque fois qu'elle en buvait.

Les hommes sortirent des chambres et, malgré la présence de chaises dans le couloir, restèrent debout pour manger. Appuyés contre les murs, ils mangeaient quelques morceaux avant de retourner à l'intérieur pour se relayer et laisser le suivant sortir. Mais ce faisant, ils réussirent à engloutir presque une pizza grand format chacun.

Elle tenait les boîtes vides plutôt que de les poser sur le sol, et ne voulait pas non plus les poser sur les chaises pour ne pas les salir. Autour d'elle, les soldats discutaient à voix basse, mais leur conversation était loin d'être fluide. Lorsque tout le monde eut fini, elle empila les quelques parts restantes dans deux cartons à pizza et en déposa un dans chaque chambre.

Puis ils partirent.

Ils étaient restés un peu plus d'une heure à l'hôpital.

De retour dehors, elle songea que c'était comme si le temps s'était arrêté. Le même nuage sombre était toujours en surplomb dans le ciel et les rues semblaient encore plus désertes qu'avant. Elle passa ses doigts dans ses cheveux et réalisa que tout ce qu'elle avait réussi à faire, c'était d'y transférer la graisse qui maculait ses mains à cause des morceaux de pizza qu'elle avait touchés. *Super*, grogna-t-elle intérieurement. *Maintenant, je vais vraiment avoir besoin d'une bonne douche.*

— Et maintenant, on fait quoi ? demanda Evan alors qu'ils marchaient vers le parking.

— Je rentre chez moi pour me débarrasser de cette charmante odeur de pizza qui s'est accrochée à ma peau et à mes vêtements.

— Pourquoi voudrais-tu t'en débarrasser ? C'est une bonne odeur.

— Ça allait, jusqu'à la pizza avec supplément d'anchois, répliqua-t-elle en faisant semblant de frissonner de dégoût.

Elle déverrouilla sa voiture et il lui ouvrit sa portière galamment.

— On se voit demain, reprit-elle.

— Je vais te suivre. Après tout, tu n'habites qu'à un pâté de maisons de chez moi.

Elle le fixa tandis que son esprit était soudainement inondé d'images de la chambre d'Evan. C'est là qu'ils avaient passé l'entièreté de leur week-end torride, il y a quelques années. Elle se détourna et regarda les rues en essayant de chasser ces pensées parasites.

— Vraiment ?

— Ouais, confirma-t-il en souriant. En fait, j'habite juste derrière chez toi, ou plutôt derrière la maison qui est juste derrière chez toi.

— Je n'en avais aucune idée.

Elle était sur le point de monter dans son véhicule quand il rouvrit la bouche.

— Tu en es sûre ? Je pensais que tu essayais juste de te rapprocher le plus possible de moi.

Il lui adressa un gros clin d'œil et sauta dans sa propre voiture.

Elle claqua sa portière avec un peu plus de force que nécessaire. Puis elle rit. Au moins, Evan parvenait à la divertir. Mais son esprit fut à nouveau envahi d'images du passé. Elle repensa à leurs deux corps glissant l'un sur l'autre et s'agitant sur des draps trempés de sueur. Elle n'avait jamais connu des ébats aussi torrides avec qui que ce soit, que ce soit avant ou après ce week-end, y compris avec son fiancé. Leurs rapports sexuels étaient agréables, super même, mais ils n'avaient rien de comparable à ce qu'elle avait vécu avec Evan. Elle s'était dit que c'était dû aux circonstances. Le moment qu'ils avaient passé ensemble avait eu une tout autre saveur, car elle savait que tout cela serait bientôt fini.

Mais le fait de le revoir avait fait remonter ces souvenirs à la surface de son esprit.

Elle conduisit prudemment jusqu'à chez elle. Elle pouvait le voir derrière elle, dans ses rétroviseurs. Il se gara devant chez elle et attendit en la regardant sortir de sa voiture. Il resta là jusqu'à ce qu'elle ait fermé la porte de sa maison, afin de s'assurer qu'elle était bien rentrée saine et sauve. Elle appréciait son attitude de gentleman, même si elle était tout à fait capable de prendre soin d'elle-même.

Une fois à l'intérieur, elle verrouilla sa porte d'entrée, puis monta à l'étage pour rejoindre sa petite chambre et sa salle de bain. C'était l'heure de la douche. Ensuite, elle siroterait peut-être une tasse de thé devant la télévision. Cette soirée lui aurait semblé un peu ennuyeuse en temps normal, mais c'était exactement ce dont elle avait besoin après une journée comme celle d'aujourd'hui.

Elle se déshabilla dans sa chambre et entra dans la douche. Elle ouvrit le robinet d'eau et, le temps que celle-ci se réchauffe, attrapa son peignoir pour l'accrocher au dos de la porte.

Un nuage de vapeur s'échappa de la douche lorsqu'elle ouvrit la porte vitrée pour y entrer. Instantanément, la chaleur enveloppa sa peau nue. Elle adorait cette sensation. Quel plaisir ! Elle resta immobile pendant un long moment, laissant la chaleur de l'eau pénétrer son corps. Elle n'avait pas eu spécialement froid lorsqu'elle était dehors, mais pour une raison quelconque, la chaleur lui apportait un confort pour lequel elle ressentait désormais un besoin dont elle ne soupçonnait même pas l'existence quelques minutes auparavant.

Elle attrapa sa bouteille de shampoing et commença par s'occuper de ses cheveux auburn épais et ondulés. Une fois ses cheveux lavés, elle appliqua de l'après-shampoing avant de prendre le savon et de frictionner son corps pour en retirer la saleté.

Quand elle eut terminé, elle sortit de la cabine de douche et posa les pieds sur son tapis de bain, enveloppée dans une serviette. La salle de bain était pleine de vapeur. Elle ouvrit la fenêtre pour l'évacuer tout en se séchant. Elle termina sa toilette, attrapa son peignoir et l'enfila. De retour dans la chambre, elle rabattit le haut de sa literie, se tourna vers sa commode pour prendre son pyjama….

… et se figea.

Un homme se tenait devant sa commode, une arme à la main, et cette dernière était nonchalamment pointée sur elle. Elle ne reconnaissait pas cet individu. Mais ce n'était pas étonnant. La base comptait des dizaines d'hommes qui lui ressemblaient, avec des cheveux bruns et la peau bronzée.

Elle secoua la tête en essayant de garder son sang-froid alors même que son cœur battait la chamade dans sa poitrine et que sa peau récemment séchée devenait moite.

— Que me voulez-vous ? demanda-t-elle à voix basse.

Il ne répondit rien, mais dirigea le canon de son arme vers le lit, comme si ce simple geste devait lui permettre de comprendre ce qu'il voulait. Au fond de son cœur, elle craignait de savoir ce que cela signifiait. Le fait qu'elle soit en robe de chambre et debout à côté d'un lit n'aidait pas beaucoup.

Elle déglutit difficilement et le fixa, encore sous le choc de la présence de cet inconnu visiblement malintentionné dans sa maison, pendant que son esprit s'activait en quête d'une échappatoire. Sa tenue ne lui donnait pas beaucoup d'indices. Il portait une salopette de mécanicien standard qu'elle aurait pu voir n'importe où dans les hangars de la base et dans de nombreux autres endroits, d'ailleurs.

— Bouge, lui commanda-t-il.

Bouger pour aller où ? Elle lui renvoya un regard belliqueux. Elle venait seulement de réaliser qu'il désignait en réalité les vêtements qu'elle avait retirés avant d'aller à la douche. Ceux-ci gisaient par terre, à côté du lit. Il voulait qu'elle s'habille, ce qui signifiait qu'il comptait l'emmener quelque part.

*Merde*, songea-t-elle. Bien sûr, ça aurait pu être pire. Il aurait pu lui demander de s'allonger sur le lit.

Elle se pencha, ramassa le tas de vêtements pour le placer sur le lit et s'habilla rapidement en utilisant sa robe comme écran de protection le plus longtemps possible.

Elle choisit de ne pas le regarder pendant qu'elle s'habillait, mais elle était parfaitement consciente de chacun de ses mouvements qu'elle épiait du coin de l'œil. Elle possédait d'excellentes compétences en arts martiaux, même si elle était moins forte pour les combats de rue. Cependant, rien n'était comparable à la vitesse d'une balle. Elle ne faisait pas le poids face à un coup de feu, et en plus, le pistolet que l'homme tenait était une arme de police.

Où diable l'avait-il trouvée ? Elle se donna une claque mentale pour recentrer son esprit sur des choses plus urgentes. La provenance de cette arme n'avait pas d'importance. On pouvait tout obtenir quand on avait de l'argent. C'était triste, mais vrai.

La fenêtre de sa chambre était ouverte. Elle fronça les sourcils en remontant la fermeture éclair de son jean. Elle ne se trouvait pas très haut par rapport au sol, mais elle était au premier étage. Pourrait-elle sauter, atterrir dans son jardin sans se blesser et ensuite courir ? Serait-elle capable d'échapper à son agresseur ? Il y avait de fortes chances qu'elle prenne une balle, mais le bruit des coups de feu réveillerait ses voisins.

— Dépêche-toi, lui ordonna-t-il d'une voix neutre qui laissa néanmoins apparaître un léger accent.

Elle hocha rapidement la tête et s'exécuta. Elle ne voulait pas être traînée dehors alors qu'elle n'était qu'à moitié habillée, mais son esprit était resté bloqué sur sa pensée précédente, notamment sur le mot « voisin ».

Evan n'habitait qu'à quelques rues de là.

Comment pouvait-elle lui faire savoir qu'elle avait des ennuis ? Elle jeta un coup d'œil à l'homme qui se tenait derrière elle. Bien sûr, il lui lança un regard noir en retour. Elle attrapa son tee-shirt et le passa par-dessus sa tête puis, en sortant un bras à la fois de son peignoir, elle réussit à l'enfiler. Une paire de sandales se trouvait à côté de la fenêtre, là où elle les avait jetées l'autre jour. Elle se pencha, enfila la première sandale et verrouilla la boucle autour de sa cheville. Ce n'était pas la meilleure option, mais c'était mieux que d'être pieds nus.

Après avoir verrouillé la boucle de sa deuxième sandale, elle jeta un coup d'œil en direction de l'homme. Il l'attendait patiemment. Apparemment, il devait l'emmener quelque part où elle devait être habillée normalement.

Mais malheureusement pour lui, elle n'était pas d'humeur à se sociabiliser.

Alors, elle se jeta par la fenêtre.

EVAN ÉTAIT ASSIS devant son ordinateur et essayait de faire le tri parmi les différentes actualités pour voir ce qui se passait vraiment dans le monde. Il avait envie d'aller courir. Il avait l'impression d'être une boule de nerfs débordante d'énergie, mais ne savait pas pourquoi il se sentait comme ça.

Il ne pouvait pas faire grand-chose pour changer la situation actuelle, qui était vraiment merdique soit dit en passant. Il ne serait pas mobilisé par ses supérieurs à moins qu'on ait besoin de lui. La base entière était remplie d'hommes et de femmes compétents, et la plupart n'avaient aucune idée de ce qui se passait en ce moment. La seule chose qu'ils avaient, c'était une supposition et une poignée de portière inclinée vers le bas, autrement dit rien qui puisse justifier de boucler totalement la base pour la fouiller. Et comme il l'avait dit à Megan, l'équipe de sécurité était sur le coup. En plus, le niveau de sécurité avait été relevé et une certaine nervosité imprégnait désormais l'air, comme si quelque chose d'autre se passait et que personne ne comprenait vraiment de quoi il s'agissait. Mais les choses étaient en train de changer.

Il se leva et fit les cent pas dans son salon. Peut-être qu'il devrait aller courir, afin de se débarrasser d'une partie de cette énergie débordante. Ou alors, il pourrait aller à la salle de sport. Il regarda l'heure. Il n'était que vingt-deux heures trente. Il restait encore une heure avant la fermeture. Une heure d'entraînement suffirait. Il attrapa son sac de sport et enfila ses chaussures de course.

Il ouvrit sa porte d'entrée et s'immobilisa, ses clés et son sac à la main.

Que venait-il d'entendre ?

Le bruit continua. Quelqu'un courait en respirant bruyamment, et les pas de cette personne étaient lourds.

Il laissa tomber son sac par terre et se précipita à l'extérieur, mais ne vit personne.

Après avoir regardé devant sa maison, il se dirigea vers l'arrière-cour. Il ne trouva rien non plus.

— Il y a quelqu'un ? lança-t-il à voix basse.

— Evan ?

— Megan ? s'étonna-t-il en s'empressant de la rejoindre.

Elle était de l'autre côté de la clôture au fond du jardin, blottie derrière un énorme buisson fleuri. Il jeta un coup d'œil autour de lui, mais la nuit était tombée sur les environs qui étaient désormais sombres et silencieux… peut-être trop silencieux.

— Qu'est-ce qu'il y a ? la questionna-t-il en s'accroupissant à ses côtés. Que s'est-il passé ?

— Il y avait un homme armé dans ma chambre, expliqua-t-elle en essayant de reprendre son souffle. J'ai sauté par la fenêtre.

— Mon Dieu ! Tu vas bien ?

— Je crois que oui.

Puis elle attrapa son bras lorsqu'il commença à se relever.

— Fais attention. Il est probablement toujours quelque part dans le coin, le prévint-elle.

— Est-ce que tu l'as revu depuis que tu t'es enfuie ?

— Non, chuchota-t-elle. Je ne l'ai pas revu. Mais j'étais plus préoccupée par le fait de sortir de là qu'autre chose.

— Et tu as eu raison. T'enfuir était une priorité. C'était même la bonne chose à faire compte tenu de la situation. Maintenant, nous allons nous occuper de retrouver ce connard.

Il l'aida à se relever et tous les deux veillèrent à rester en dessous de la ligne de clôture d'un mètre quatre-vingts.

— Est-ce que tu peux marcher ?

— Eh bien… j'ai couru. Est-ce que ça compte ?

Elle lui offrit un grand sourire effronté, mais il voyait bien l'effort que cela lui demandait.

— Rentrons à l'intérieur, proposa-t-il.

Elle essaya de faire un pas, mais grimaça, et le petit cri qui lui échappa s'éleva dans le silence de la nuit. Il ne lui laissa pas l'occasion de dire quoi que ce soit et la prit dans ses bras avant de courir à l'intérieur. Il avait des appels à passer et une chasse à l'homme à organiser.

Une fois dans son salon, il l'assit sur le canapé puis envoya un message aux hommes sur lesquels il pouvait compter pour assurer ses arrières, et les arrières de Megan par extension. Ensuite, il reporta son attention sur le pied de la jeune femme.

— Ce n'est rien de grave, protesta-t-elle en repoussant les mains d'Evan. Mes compétences en parkour sont loin d'être exceptionnelles.

Il s'assit sur ses talons et étudia son visage.

Elle lui adressa un sourire en coin.

— Ma chambre… elle est au premier étage.

Une ombre passa sur le visage d'Evan, mais il hocha la tête en signe de compréhension.

— Tu ne t'es fait aucune blessure grave. C'est une bonne nouvelle.

Il déboucla rapidement la sandale de son pied droit, souleva sa cheville et la palpa doucement avec ses doigts. Elle ne grimaça qu'une seule fois.

— Tu n'as rien de cassé, à ce que je vois.

— Je te l'avais bien dit, rétorqua-t-elle d'une voix moqueuse.

— Est-ce que tu es blessée autre part ? l'interrogea-t-il en se relevant pour la regarder.

Au loin, il entendit un véhicule qui approchait à vive allure et des pas précipités. C'était la camionnette de Swede, qui venait de tourner au coin de la rue, et probablement un autre de ses coéquipiers qui arrivait à pied.

— Je ne pense pas, répondit-elle en secouant la tête.

Il sourit.

— Les renforts sont là.

— Les renforts ?

La porte d'entrée s'ouvrit brusquement et des pas précipités résonnèrent à l'intérieur. Shadow et Hawk étaient au coude à coude pour la première place. Cooper et Swede arrivèrent ensuite. Evan les rejoignit dans l'entrée et leur donna l'adresse de Megan.

— Un homme armé était dans sa chambre. Elle a sauté par la fenêtre du premier étage de sa maison et est venue ici, les informa-t-il d'un ton laconique en montrant du doigt la direction dans laquelle se trouvait la maison de la jeune femme. Ça s'est passé il y a moins de dix minutes.

— Ça reste encore trop long comme délai, commenta Hawk avant de se précipiter silencieusement vers l'arrière-cour et de sauter par-dessus la clôture.

— Mason et Dane se rendent directement chez elle, ajouta Evan à l'attention de ceux qui étaient encore là.

Après cet échange rapide, la maison se vida tandis que les hommes se dispersaient. Ils savaient ce qu'ils avaient à faire et allaient le faire avec une efficacité qui surprendrait n'importe qui.

Evan se retourna pour voir Markus entrer à grands pas par la porte d'entrée. Il sourit.

— Tu es en retard.

— Comme si j'avais un jour été en retard dans ma vie, ricana son ami.

Evan expliqua la situation à Markus, qui jeta un long regard à Megan.

— Pourquoi toi ? demanda-t-il prudemment.

Le regard de la jeune femme se porta sur Evan.

Ce dernier lui raconta alors ce qu'ils avaient vu sur la vidéo, et les soupçons de Megan à l'égard des jeunes ouvriers. Il était déjà au courant pour les mouchards qui avaient été trouvés sur les hommes blessés.

— À quoi ressemblait l'homme qui était chez toi ? voulut savoir Markus en tournant son regard féroce aux sourcils froncés vers Megan. Et quel genre d'arme avait-il ?

Elle lui dit ce qu'elle put, même si ce n'était pas grand-chose.

— Je me tenais dos à lui la plupart du temps étant donné que j'essayais de m'habiller et de trouver une solution.

— Et la solution qu'elle a choisie a été de sauter par la fenêtre du premier étage et de voir si elle savait voler, compléta Evan d'une voix sèche.

— Ça a quand même marché, non ? se défendit-elle en lui lançant un regard noir et en s'agitant. Je ne voyais aucune autre solution qui ne m'aurait pas valu une balle dans le dos. Et puis, honnêtement, je pensais qu'il me tirerait dessus quoi que je fasse.

Markus ricana en passant derrière elle.

— Tu as sûrement été touchée. Mais tu ne le sais pas encore, souligna-t-il.

Elle se tordit pour le regarder et poussa un cri de douleur.

Evan accourut à ses côtés.

— Tu as été touchée ?

— Non, c'est impossible, protesta-t-elle en secouant rapidement la tête. Si j'avais été touchée, je l'aurais su.

— Pas forcément. Souvent, on ne s'en rend compte qu'une fois la panique retombée, déclara Markus. Tu peux encore bouger, donc il y a de fortes chances que ce soit une blessure superficielle ou, si tu as de la chance, juste une écorchure. Quoi qu'il en soit, tu mets du sang partout sur mon canapé.

# CHAPITRE 10

MEGAN SE LEVA d'un bond.

— Oh, mon Dieu ! s'écria-t-elle. Je suis désolée !

Puis la douleur explosa dans son corps et elle vacilla sur place.

Evan se précipita vers elle pour la rattraper et la tint contre lui tandis que Markus soulevait la chemise de la jeune femme. Elle frissonna lorsque l'élancement sourd qu'elle ressentait s'accompagna d'une prise de conscience aiguë et atroce de la réalité de sa blessure.

— Merde, souffla-t-elle. Est-ce que c'est grave ?

— Non, ce n'est rien de grave. Tu as une plaie au niveau des côtes. Une balle t'a entaillé la peau et le muscle semble avoir été légèrement touché également, mais ça pourrait être bien pire, déclara-t-il en rabaissant doucement sa chemise. Il est étrange que tu aies été touchée à cet endroit.

Elle se retourna pour lui faire face.

— Ce n'est peut-être pas aussi étrange que tu le penses. J'ai attrapé le rebord de la fenêtre, puis j'ai sauté. J'étais tournée sur le côté à ce moment-là. Ensuite, j'ai essayé de me réceptionner par terre. J'ai roulé sur moi-même et me suis relevée avant de me mettre à courir. Je me souviens de l'instant où j'ai atterri sur le sol. J'ai pensé que mon agresseur m'avait sûrement tiré dessus, mais je ne pouvais pas prendre le temps de vérifier ce qu'il en était vraiment.

— Il te faut des points de suture.

— Non, ne vous embêtez pas pour ça. C'est juste une égratignure. Je suis sûre que ça va aller, affirma-t-elle en s'éloignant des soldats.

La dernière chose qu'elle voulait, c'était qu'ils sachent qu'elle détestait les aiguilles. En fait, elle était même connue pour s'évanouir à leur vue, ce qui n'était vraiment pas bon pour sa réputation.

Mais en voyant les sourires qui étiraient les lèvres des deux hommes, elle comprit qu'ils le savaient déjà, ou qu'ils avaient simplement deviné tout seuls.

Elle perdit son sourire et leur lança un regard noir.

— Je ne veux pas de points de suture, s'entêta-t-elle.

— Malheureusement pour toi, ce n'est pas en option, répondit doucement Markus. On ne te laisse pas le choix. Alors, soit c'est Evan qui t'emmène à l'hôpital, soit c'est moi. Ou alors, si cela t'aide à te sentir mieux, on peut appeler une ambulance qui viendra te chercher ici.

Le regard noir de Megan s'intensifia.

— Et puis, comme ça, tu pourras revoir les gars, ajouta Evan.

Markus lui lança un regard interrogateur.

— On a apporté de la pizza et des spécialités grecques à Ice et aux autres qui montent la garde à l'hôpital, expliqua Evan.

— Je suppose que tu es le garde du corps de Megan maintenant.

— Je n'ai pas besoin d'un garde du corps, protesta-t-elle en sentant la colère monter en elle.

Peut-être que la douleur exacerbait sa contrariété. Ou peut-être était-ce dû au fait qu'ils la pensent incapable de prendre soin d'elle-même. Ou alors, c'était peut-être parce qu'elle savait qu'elle allait perdre la bataille à venir et devoir faire face à sa peur des aiguilles… Quoi qu'il en soit, tout cela la mettait de très mauvaise humeur.

— Bon, d'accord, capitula-t-elle avec un soupir.

Evan partit dans le couloir et récupéra ses clés à côté de son sac de sport, là où il les avait laissé tomber lorsqu'il s'était précipité dehors.

— Allons-y. Tu peux monter avec moi ou avec Markus… à moins qu'on ait besoin d'être deux pour te surveiller jusqu'à l'hôpital.

Elle grogna et sortit par la porte d'entrée. La tête haute, elle se retourna pour rétorquer quelque chose, puis se ravisa.

C'est alors qu'elle manqua de se faire tirer dessus une deuxième fois. La balle se logea dans le cadre de la porte à quelques centimètres d'elle.

Immédiatement, des mains l'attrapèrent pour la ramener à l'intérieur et la porte se referma devant son nez. Elle se retourna juste à temps pour voir Markus se précipiter vers la porte de derrière et disparaître dans la nuit. Il comptait probablement attraper le tireur. Evan, pour sa part, avait déjà attrapé son téléphone et pianotait furieusement sur l'écran tactile.

Comment le tireur avait-il su qu'elle serait ici ? L'avait-il suivie ? Cette hypothèse n'était pas à exclure. Après tout, ce n'était pas comme si elle était allée très loin après avoir sauté par la fenêtre de sa chambre. À moins que ce ne soit Evan qui était visé cette fois-ci ?

Elle fixa le plafond et se rendit compte qu'elle était restée au même endroit depuis qu'Evan l'avait traînée à l'intérieur. Elle était assise dans le couloir derrière la porte d'entrée. La balle n'avait pas traversé le battant. Dieu merci. Elle pouvait donc rester ici pour le moment.

Puis elle réalisa brusquement qu'Evan avait un pistolet dans une main et terminait d'écrire son message d'alerte de l'autre.

Markus avait-il une arme également ? Ou était-il un dur à cuire au point de pouvoir maîtriser le tireur à mains nues ?

Cette pensée la fit presque rire. Elle était convaincue d'avoir entendu des exploits similaires attribués à divers *SEALs* dans l'histoire. Ils avaient une réputation à défendre, après tout. Elle se déplaça jusqu'à être appuyée contre la porte… et son regard se posa sur le canapé en face d'elle. Des taches rouges maculaient le dossier et l'accoudoir. Il était donc probable qu'elle ait également laissé des traces de sang rouge vif derrière elle et que son agresseur l'ait retrouvée grâce à cela. *Merde*, songea-t-elle.

Comment avait-elle pu ne pas remarquer qu'on lui avait tiré dessus ? Qu'aurait-elle pu faire différemment pour éviter cette situation ? Rien. Avant que Markus lui annonce qu'elle était blessée, elle l'ignorait.

Et c'était trop tard désormais. Son agresseur avait déjà remonté sa piste jusqu'ici.

Mais une demi-douzaine d'hommes s'étaient lancés à sa recherche. Quelles étaient les chances qu'un membre de l'unité d'Evan se soit déjà fait tirer dessus ? Le tireur était embusqué à l'extérieur, et elle avait failli se faire abattre lorsqu'elle avait mis un pied dehors.

— Tes coéquipiers ont-ils fait leur rapport ? Est-ce qu'ils vont bien ? demanda-t-elle quand il la regarda.

— Je n'ai pas eu aucune nouvelle d'eux pour l'instant. Ils feront le point avec Mason. Je les ai avertis que le tireur était encore dans les parages.

Il rangea son téléphone et s'accroupit devant elle.

— Il a manqué de m'avoir deux fois, chuchota-t-elle en

lui adressant un léger sourire. Quelle est la probabilité qu'il soit déterminé au point d'essayer de me tuer une troisième fois ?

Il se leva et jeta un coup d'œil à travers le panneau de verre de la porte d'entrée.

— Allons dans le salon, suggéra-t-il.

Il l'aida à se relever et la conduisit dans la grande pièce où se trouvait le canapé taché de sang.

— On va lui mettre la main dessus, lui assura-t-il. La base sera bouclée jusqu'à ce qu'on le retrouve.

Envahie par une détestable sensation de vulnérabilité, elle s'immobilisa au centre de la grande pièce. Elle se sentait trop exposée ici.

— Il y a beaucoup trop de fenêtres. Je me sentirais plus en sécurité dans la salle de bains, avoua-t-elle. Au moins, dans cette pièce, on ne peut pas nous voir.

— Va là-bas, lui suggéra-t-il en lui indiquant le coin de la salle à manger. Tu peux t'y asseoir sans être vue, tout en ayant une bonne visibilité sur ce qui t'entoure.

Elle hocha la tête et suivit ses instructions. Il devait connaître les meilleures cachettes de sa maison depuis longtemps. C'était même probablement l'une des premières choses qu'il avait regardées après avoir emménagé.

Sa propre maison était si petite qu'elle pouvait sûrement être vue de l'extérieur dans chaque pièce, à l'exception de la salle de bain, ce qui en faisait l'endroit le plus sûr de son habitation… à moins qu'elle n'y soit coincée, auquel cas elle deviendrait une cible facile à éliminer.

Elle tira une chaise dans le coin de la pièce, s'assit avec raideur dessus et se positionna de sorte à pouvoir voir le jardin désert. La fenêtre du premier étage de la maison située à l'angle de celle d'Evan était visible d'où elle se trouvait… et ouverte. Elle sursauta et se recula immédiatement. Mais pour autant qu'elle sache, les propriétaires voulaient peut-être juste aérer leur habitation. C'était le soir et la journée avait été chaude. Elle aurait fait la même chose si elle avait été chez elle en ce moment. Au bout d'un moment, constatant qu'elle n'avait toujours pas entendu d'autre coup de feu, elle finit par se détendre légèrement.

— Et maintenant, on fait quoi ? s'enquit-elle quand Evan la rejoignit.

— Pour le moment, on reste assis dans le noir.

— Je n'avais même pas remarqué que tu avais éteint toutes les lumières.

Elle se passa une main sur le visage et soupira.

— Ce n'est pas la fin de soirée que j'espérais.

— Dès que la voie sera libre, on t'emmènera à l'hôpital pour que les infirmiers te fassent des points de suture, puis on te planquera dans un endroit sûr jusqu'à ce que ce soit fini.

— Je pensais que j'étais en sécurité chez moi et je ne m'attendais pas à ce que cet homme me suive après que je lui ai échappé. Je suis désolée de te causer tant d'ennuis, s'excusa-t-elle à voix basse. Je ne serais jamais venue chez toi si j'avais su que je le conduirais également ici.

— Ne dis pas ça, la réprimanda Evan d'un ton sec. À moins que tu n'aies quelque chose à voir avec ce que ce type manigance, tu n'as rien à te reprocher. Tu es autant une victime que n'importe qui d'autre.

— Je n'aime pas vraiment le terme « victime »…

Il sourit et ses dents brillèrent dans la pénombre.

— Aucun de nous ne l'aime, souligna-t-il.

Elle étendit ses bras sur la table et baissa la tête pour la poser dessus.

Il lui tapota le dos.

— Essaie de dormir.

— Il est peu probable que j'y parvienne, marmonna-t-elle d'une voix endormie. Mais je vais quand même essayer de me reposer quelques minutes.

Elle n'avait aucune raison d'être fatiguée. Après tout, elle n'avait pas fait grand-chose aujourd'hui. Et tant qu'elle ignorait la douleur qui pulsait dans ses côtes, elle ne se sentait pas trop mal. Mais bon sang, c'était dur. Quant à sa cheville… cette douleur refusait de disparaître. Elle aurait tant aimé être en train de dormir, emmitouflée dans les draps de son lit. Ce sentiment d'insécurité était nouveau pour elle. Quelqu'un avait violé son espace personnel, et elle ne s'y sentait désormais plus en sécurité. C'était une chose d'avoir un travail dangereux, mais c'en était une autre quand ce danger s'invitait littéralement chez soi.

Elle laissa lentement les muscles de son dos se détendre. C'était vraiment merveilleux de ne pas être seule en ce moment. Savoir que quelqu'un se souciait d'elle, sans qu'elle ne comprenne vraiment pourquoi, n'avait pas de prix.

DÈS QUE LA respiration de Megan s'apaisa, il se leva et fit le tour de la table de la salle à manger pour se diriger vers l'endroit où elle gisait, affalée sur sa chaise. La chemise de la jeune femme était imbibée de sang frais, mais il ne repéra aucune goutte vermeille sur le sol. Elle ne semblait pas avoir d'autres blessures. Néanmoins, ils devaient la faire examiner au plus vite. Le fait qu'elle se soit endormie rapidement avait-il quelque chose à voir avec son épuisement, ou était-ce dû au stress et à la situation instable actuelle ? Bien sûr, le choc et la perte de sang pouvaient aussi expliquer sa fatigue.

Il avait vu des réactions allant d'un extrême à l'autre. Il voulait qu'elle fasse tout ce qui était nécessaire pour que son corps se régénère. Il consulta son téléphone, mais il n'avait pas reçu de nouveau message. La police serait bientôt là, et ils devraient passer par la procédure habituelle. Il espérait pouvoir d'abord l'emmener à l'hôpital, mais il n'osait pas quitter sa maison pour le moment. Il ne sortirait pas avant de savoir si elle était la véritable cible du tireur qui se trouvait à l'extérieur. Se pouvait-il que ce soit lui qui était visé par le coup de feu qui l'avait frôlée quand elle avait mis un pied dehors, et non elle ?

Tout en y réfléchissant, il fronça les sourcils. Il avait participé à un certain nombre de missions et s'était probablement fait de nombreux ennemis, mais aucun ne s'attaquerait à lui directement. Personne ne savait qui il était. Tous les *SEALs* pouvaient constituer une cible à abattre, et l'armée américaine dans son ensemble encore plus. Mais juste lui ? C'était peu probable.

À moins que quelqu'un ait découvert qui faisait partie de chaque équipe de *SEALs* et à quelles missions ils avaient participé… Cela n'était pas impossible à savoir, mais il était peu probable que quelqu'un en dehors d'ici connaisse ces informations.

Sauf que les chances que quelqu'un réussisse à infiltrer la base et leur causer des ennuis comme ce mystérieux tireur le faisait en ce moment même étaient également minces.

Il tourna et retourna cette pensée dans tous les sens, puis la mit de côté. Non, Megan était probablement la cible du tir qui avait failli la toucher lorsqu'elle avait voulu sortir. Son agresseur était entré dans sa chambre puis l'avait suivie jusqu'ici. Mais des armes différentes avaient été utilisées entre chez elle et ici. Soit cet individu avait un fusil en bandoulière et gardait son arme de poing à la main, soit il avait un complice, ce qui serait le plus logique.

Son portable sonna. C'était Mason qui lui annonçait que la voie était désormais libre et qu'ils arrivaient dans cinq minutes.

*Bien*, songea-t-il. Mais où était Markus ? Les autres étaient en train de revenir, ou du moins certains d'entre eux. Alors maintenant, s'il pouvait trouver Markus et s'assurer qu'il n'avait pas reçu de balles, ce serait encore mieux. C'était un sacré bonhomme. Ils l'étaient tous. Néanmoins, il était plus proche de Markus que la plupart de ses autres coéquipiers. Les rangs des *SEALs* étaient remplis de guerriers chevronnés. Leurs équipes étaient appelées à gérer les pires situations imaginables.

Et ils le faisaient régulièrement.

Evan était arrivé dans l'unité en même temps que Markus. C'était peut-être pour ça qu'ils s'étaient rapprochés. Ce n'était pas facile de s'introduire parmi les vieux de la vieille et de se faire une place dans leur groupe, mais ils y étaient parvenus tous les deux. À présent, Evan ne pouvait pas imaginer que quoi que ce soit se passe différemment entre eux.

Les plus vieux avaient pris leur retraite pour laisser la place au sang neuf.

Et parfois ils étaient forcés de prendre leur retraite à cause de circonstances particulières, comme cela était en train d'arriver à Stone.

Il pourrait être réaffecté ailleurs, mais aucun métier ne lui conviendrait ni ne lui plairait autant que celui-ci.

Evan préférait se prendre une balle plutôt que de s'asseoir à un bureau et être puni à vie pendant que le reste de ses amis étaient libres comme l'air et voyageaient partout dans le monde. Mais inévitablement, il arrivait un temps où les réflexes cessaient d'être affûtés à leur capacité maximale et où les yeux n'étaient plus aussi aiguisés qu'avant.

Il n'y avait pas d'anciens *SEALs*. *SEAL* un jour, *SEAL* toujours, comme ils disaient. Mais cela n'impliquait pas de toujours rester en service actif.

Et il existait de nombreuses carrières auxquelles les *SEALs* qui n'étaient plus actifs pouvaient prétendre. Il en connaissait deux qui travaillaient désormais dans le domaine de la sécurité privée. Qui savait ce que lui réservait l'avenir ? Tant qu'il en avait un, tout irait bien.

La situation dans laquelle se trouvait Stone actuellement avait été pour lui un sacré rappel des risques qu'ils couraient tous. Merk était aussi en mauvais état. Les muscles de ses mollets avaient été réduits en miettes. De multiples opérations chirurgicales l'attendaient et, au bout du compte, une occupation différente. Evan observa Megan.

Cette femme était pilote d'hélicoptère. Tout comme eux, elle exerçait un travail dangereux. Mais si elle acceptait le travail d'Evan, alors il pouvait accepter le sien également.

Certes, elle n'avait rien dit qui pourrait laisser penser qu'elle veuille qu'ils tentent quoi que ce soit ensemble, mais il prenait le fait qu'elle soit venue chez lui comme un bon signe. Bien sûr, il n'habitait pas très loin de chez elle. Cependant, le quartier possédait de nombreuses autres maisons.

Elle le connaissait et était venue le voir instinctivement, tel un pigeon voyageur qui retournait chez ses véritables propriétaires.

Et ça lui plaisait.

# CHAPITRE 11

L ORSQU'ELLE SE RÉVEILLA, elle constata que la maison était désormais envahie de soldats.

Mais elle prit aussi conscience que son corps était fourbu de douleur. Bon sang, elle avait l'impression d'être passée dans une machine à laver.

Pendant qu'elle se reposait, ses muscles s'étaient raidis et ses côtes lui faisaient maintenant un mal de chien. De peur d'aggraver sa souffrance, elle n'osait pas faire le moindre mouvement, mais les toilettes n'allaient pas venir jusqu'à elle. En plus, elle ne connaissait pas la plupart des gens qui avaient investi l'habitation.

Et elle n'était pas non plus une personne très sociable. Ce qualificatif correspondait plutôt à Evan. C'est peut-être pour cela qu'elle craignait qu'ils n'aient rien en commun. Il avait des dizaines d'amis et avait toujours des sorties planifiées jour après jour.

Elle aimait avoir son propre espace, et avoir du temps pour elle.

Mais elle avait aussi adoré vivre en couple avec un homme. Elle avait vraiment apprécié le fait d'être dans une bulle avec quelqu'un d'autre qui ressentait la même chose qu'elle. Elle aimait se sentir désirée et séduisante.

Mais elle avait besoin de plus que ça, et c'était pour cette raison qu'elle avait interrompu sa relation avec Peter. Il n'avait cessé de la pousser à fixer une date pour leur mariage, et elle avait fini par comprendre pourquoi elle voulait éviter ce moment à tout prix. Elle ne voulait pas fixer de date. Elle ne voulait pas se marier. Et cela avait été un choc, autant pour lui que pour elle.

Ils avaient rompu peu de temps après.

Elle s'était sentie très mal. Elle avait l'impression de l'avoir induit en erreur. Mais elle se sentait à l'aise avec lui et ne voulait pas changer l'état actuel de leur relation ni aller à l'encontre de l'opinion publique. C'était lui qui avait voulu qu'ils se marient, pas elle.

Du moins, elle ne désirait pas se marier avec lui.

Et désormais, elle ne savait plus ce qu'elle voulait.

Cependant, elle n'avait pas l'intention d'entraîner qui que ce soit d'autre sur ce chemin tant qu'elle ne serait pas certaine de vouloir aller aussi loin. Elle devait s'y engager d'elle-même. Autrement, elle n'irait jamais dans cette direction. Et cela pouvait signifier qu'elle serait seule pendant encore un long moment.

Son cœur se serrait chaque fois que le visage de Peter lui revenait en mémoire. Cela lui avait fait mal de voir la douleur et le choc se peindre sur les traits de son visage. Il avait eu l'air de se sentir trahi. Il l'avait aimée profondément. Elle l'avait aimé également, mais pas assez pour se marier avec lui. Et c'était uniquement sa faute à elle.

Plusieurs mois plus tard, elle était toujours sur ses gardes.

Elle se méfiait des relations amoureuses, des hommes, mais plus encore, elle se méfiait d'elle-même.

Et si elle ne pouvait pas aimer ses partenaires aussi profondément qu'eux réussissaient à l'aimer ? Et s'il y avait quelque chose qui n'allait pas chez elle ? Elle avait aimé être en couple avec Peter. Il était facile à vivre, beau et avait tout du parfait amant. Il mettait ses chaussettes dans la machine à laver et faisait la vaisselle. Alors, pourquoi n'avait-elle pas souhaité se marier avec lui ?

Parce qu'il était trop tranquille. Aucun feu ne brûlait entre eux. Il n'y avait jamais eu de fougue, jamais de dispute dans leur relation. C'était comme manger du pudding fade tous les jours. Elle voulait aussi du steak bien saignant de temps en temps, comme une enfant de deux ans capricieuse.

*Bon sang.*

Ses parents avaient été dévastés en apprenant qu'elle avait rompu ses fiançailles. Sa mère l'avait réprimandée et sermonnée pour sa décision. Elle lui avait reproché d'avoir laissé partir un homme aussi bon. Peter était peut-être un homme bon, mais il n'était pas celui qu'elle attendait dans sa vie.

Son père l'avait prévenue que la voie professionnelle qu'elle avait choisie faisait d'elle une mauvaise candidate pour un possible mariage. N'était-elle pas harassée après ses journées de travail remplies d'agitation ? Ne voulait-elle pas rentrer chez elle, et se retrouver dans l'environnement calme et paisible que Peter pouvait lui offrir ?

C'était autant d'arguments valables.

Mais ils ne changeaient rien à la réalité. Elle ne pouvait pas se forcer à l'épouser.

Peu de temps après, quand elle avait appris qu'une unité de pilotes d'hélicoptères était transférée à North Island, en Californie, elle avait rapidement demandé à en faire partie. Elle n'avait pas eu de nouvelles pendant des mois. Puis lorsque la bonne nouvelle était tombée, elle avait commencé à se débarrasser discrètement des vestiges de sa vie dans l'Est des États-Unis. Pendant longtemps, elle n'avait rien dit à personne à propos de son départ prochain, pas même à ses parents. Elle ne le leur avait annoncé qu'après avoir obtenu la date de son déménagement.

Au moment de s'en aller, elle avait eu l'impression d'avoir vécu un marathon. Elle avait dû déplacer sa vie et ses affaires, en plus de devoir gérer ses émotions liées à la libération qu'elle avait ressentie en quittant cette partie de son monde.

Ça n'avait pas été facile. Mais quand elle avait embarqué dans ce vol pour l'Ouest du pays, elle avait eu la sensation de se débarrasser d'une vieille peau et d'en revêtir une nouvelle.

Et elle n'avait pu contenir son excitation.

Seulement, elle n'aurait jamais imaginé se faire agresser dans sa propre chambre un mois plus tard.

Après avoir fait la vaisselle, elle retourna à la table de la salle à manger, s'assit prudemment sur une chaise et attendit. Ils finiraient par venir la voir. Elle en était convaincue. L'armée suivait toujours une procédure stricte, et les chances de la faire accélérer étaient presque nulles.

Au bout d'un moment, Evan entra dans la pièce.

— Tu es enfin réveillée, constata-t-il avec un sourire en s'approchant pour s'asseoir à côté d'elle. On t'a laissée dormir un peu plus longtemps que prévu. On a pensé que tu aurais meilleure mine après une petite sieste.

— Merci, répondit-elle.

Cependant, elle n'était pas sûre d'apprécier cette attention. Cette sieste lui avait fait du bien. Elle ne pouvait pas le nier. Mais le seul fait de savoir qu'elle avait dormi pendant qu'une demi-douzaine d'hommes allaient et venaient dans la maison tout en gardant un œil sur elle la mettait mal à l'aise.

— Ne t'inquiète pas. Tu n'as dormi que quelques minutes, l'informa-t-il.

Elle secoua la tête. Comment avait-il fait pour savoir à

quoi elle pensait ?

— Tu as lu dans mes pensées ?

— Non. Si j'en étais capable, je ne serais pas assis ici.

Il remua les sourcils d'un air malicieux et lui lança un regard entendu qui la fit rire.

Plusieurs hommes prirent place à la table. Aucun d'entre eux ne souriait. Elle étouffa son hilarité, retrouva son sérieux et se prépara à être interrogée.

Elle était prête à leur répondre. Mais elle perçut une légère pointe d'impatience dans leur voix, comme s'ils avaient été contraints d'attendre jusqu'à présent. Evan les avait-il empêchés de la réveiller ? À moins que ce ne soit son imagination. En ce moment, il se passait assez de choses pour énerver n'importe qui.

Elle répondit à leurs questions avec un doux sourire et leur donna autant d'informations qu'elle le pouvait.

— Je suis désolée, mais je ne peux pas vous aider davantage, termina-t-elle. C'est arrivé tellement vite… Je me suis enfuie et je ne l'ai plus revu ensuite.

Les soldats lui posèrent une dizaine de questions différentes, de diverses manières, mais elle n'avait toujours rien de nouveau à leur offrir. Puis ils lui demandèrent ce qu'elle avait vu au hangar. Elle regarda Mason et le questionna silencieusement du regard.

— On a l'autorisation d'en parler, lui confirma-t-il avec un hochement de tête.

— Bien. Dans ce cas, je vous laisse tout expliquer à ma place, répliqua-t-elle.

Elle se pencha en arrière et cala son dos contre le dossier de son siège. La fatigue et la douleur la tiraillaient. Elle ne voulait pas aller à l'hôpital, mais pour l'instant, cette option lui apparaissait comme étant la meilleure. En tout cas, c'était mieux que de rester ici. Evan se chargea d'expliquer tout ce qu'ils savaient aux hommes présents. Quand il eut terminé, elle fut à nouveau assaillie de questions.

Mais peu à peu, l'attention générale se détourna d'elle à mesure que d'autres soldats se joignaient à la discussion. Le bruit était difficile à supporter.

Une tasse de café fumante fut posée devant elle. Elle adressa un sourire plein de gratitude à Evan.

— Merci.

— Tu tiens le coup ?

— Ça va.

Elle accentua son sourire pour le convaincre, mais sut instantanément qu'elle avait échoué.

— Je vais bien. Je te le jure, reprit-elle. Le choc s'estompe et ma blessure commence à me faire mal. Je n'aime pas trop les analgésiques, mais…

Au même moment, le téléphone d'Evan sonna. Il lut le message et se leva.

— Je l'emmène à l'hôpital, annonça-t-il. Elle sera examinée par les médecins puis elle restera sur place avec Levi et Stone pour le reste de la nuit.

— En fait, j'espérais pouvoir dormir dans mon propre lit, protesta-t-elle.

Evan secoua immédiatement la tête.

— Nous ne pouvons pas te laisser retourner chez toi. J'ai une chambre d'amis, mais la meilleure option est que tu restes à l'hôpital pendant quelques heures.

— Leurs chambres sont bondées. Il n'y a pas de place pour mettre un autre lit.

— Et pourtant, ils t'ont donné la chambre voisine de celle devant laquelle Ice monte la garde.

*Ice ?* songea Megan avec un sourire.

— D'accord, céda-t-elle. Peut-être que je pourrai me reposer un peu une fois là-bas.

— Quand les médecins auront terminé de soigner ta blessure, il ne te restera plus beaucoup de temps pour dormir.

IL SAVAIT QU'ELLE ne voulait pas y aller, mais sa blessure, qui était certes superficielle pour le moment, risquait de s'infecter et de se transformer en quelque chose de plus grave. Or, ils n'avaient vraiment pas besoin de ça. Elle serait mise en arrêt de travail jusqu'à ce qu'elle soit totalement rétablie. De toute façon, elle n'avait pas d'autre choix avec sa cheville foulée. Il ne voulait pas que les pilotes entre les mains desquels il mettait sa vie ne soient pas au maximum de leurs capacités pendant leur service.

Et puis, elle n'était plus totalement mobile.

Ignorant son regard noir, il se concentra sur sa mission qui consistait à l'emmener à l'hôpital. Il la souleva sommairement dans ses bras et la porta jusqu'à son véhicule sans tenir compte de ses cris de protestation.

— Je peux marcher ! Tu le sais, non ?

— Tu es blessée, en état de choc, et tu as une cheville foulée. Tu pourrais aussi être encore en danger, rétorqua-t-il calmement. Et puis, je voulais avoir une chance de te tenir dans mes bras et de m'assurer moi-même que tu es toujours en vie après avoir failli te perdre plusieurs fois. Peut-être que tu pourrais au moins me faire plaisir et m'accorder ce moment ?

Elle se figea. Il pouvait sentir son regard sur son visage.

— Je n'étais pas si en danger que ça, murmura-t-elle.

Evan baissa les yeux sur elle, un sourcil haussé si haut

qu'il atteignait presque la racine de ses cheveux.

— Tu aurais pu mourir à deux reprises, répliqua-t-il brusquement. Je ne sais que trop bien à quel point ce genre d'histoire peut vite mal tourner et se terminer en drame.

Elle ne répondit rien et se chargea de lui ouvrir la portière, avant de se glisser maladroitement sur le siège passager. Il ferma la portière derrière elle puis fit rapidement le tour et monta à ses côtés.

Quelques secondes plus tard, ils étaient en route pour l'hôpital.

— Comment as-tu su que j'étais dans ton jardin ? s'enquit Megan après un moment. Je n'ai pas fait le moindre bruit.

— On en revient toujours à cette histoire de radar. Mon sixième sens te détecte quand tu es dans les parages.

Il avait prononcé ces mots en riant, mais à l'intérieur, il ne ressentait aucune allégresse.

Tout cela était préoccupant. Elle avait fait l'objet de deux tentatives de meurtre, et c'était deux de trop. Il était temps de renverser la situation.

Le reste du trajet se déroula dans un silence total. Une fois arrivé à l'hôpital, il se gara sur le parking et sortit pour la rejoindre de l'autre côté du véhicule. Elle était debout sur ses deux pieds, déterminée à dissimuler sa faiblesse et à montrer sa volonté d'indépendance. Il la comprenait. Mais il ne voulait pas qu'elle soit indépendante au point de se blesser. Si cela signifiait qu'il devait la surveiller et la harceler pour s'assurer qu'elle prenait soin d'elle-même, alors qu'il en soit ainsi. Il souhaitait veiller sur elle.

Sauf que c'était bien la dernière chose qu'elle voulait.

Et c'était vraiment dommage.

Néanmoins, il ne perdait pas espoir. Tôt ou tard, ils finiraient par s'entendre. Il en était convaincu.

# CHAPITRE 12

’HÔPITAL ÉTAIT BONDÉ. Elle s’assit sur un siège dans la salle d’attente et se recula au fond pour caler son dos contre le dossier. Puis elle posa l’arrière de sa tête contre le mur et ferma les yeux. Ses côtes lui faisaient un mal de chien. Son pied la faisait aussi souffrir. Elle n’avait vraiment pas besoin de tout ça en ce moment.

— Ça va ?

Elle rouvrit les paupières et hocha la tête avec un sourire fatigué.

— Oui, ça va.

— L’attente ne sera pas longue, la rassura-t-il en prenant sa main pour la serrer doucement dans la sienne.

— Megan Hemmingway ? appela une voix.

Elle sauta sur ses pieds et se mit immédiatement à vaciller. Elle serait tombée si Evan ne l’avait pas rattrapée pour la soutenir.

— Merci, murmura-t-elle.

— Allons-y. Les médecins vont t’examiner.

Il l’aida à entrer dans la petite pièce et à s’installer sur le lit, puis prit place sur une chaise dans un coin. Elle lui fit signe de partir.

— Tu n’as pas à attendre ici avec moi. Va faire ce que tu as à faire, lui lança-t-elle en lui désignant la porte.

— Pour le moment, ma mission consiste à m’occuper de

toi, rétorqua-t-il calmement. Donc je resterai ici avec toi jusqu'à ce que je puisse passer le relais à Ice et son groupe.

Elle lui lança un regard noir. Mais à l'intérieur, elle était soulagée. Elle n'avait pas envie d'être seule, même si elle ne l'admettrait jamais à voix haute.

Le médecin entra à ce moment-là.

— Alors, quel est le problème ? questionna-t-il.

Elle montra sa cheville.

Evan prit la parole et expliqua :

— On lui a tiré dessus. La balle a effleuré ses côtes.

Tout compte fait, peut-être qu'elle aurait préféré être seule.

— C'est juste une égratignure, contesta-t-elle.

— Et cette égratignure, comme tu dis, a besoin d'être recousue.

Ignorant leur joute verbale, le médecin garda une attitude professionnelle et choisit d'examiner d'abord sa blessure aux côtes. Lorsqu'il lui demanda de retirer sa chemise, elle se retrouva assise avec seulement son soutien-gorge et fusilla Evan du regard. Le soldat n'avait même pas l'amabilité de détourner les yeux et de regarder ailleurs. Elle ne portait pas quelque chose d'aussi révélateur qu'un maillot de bain et il avait déjà vu tout ce qu'elle avait à offrir, donc cela n'avait pas d'importance. Mais qu'il la regarde dans cette tenue en cet instant la dérangeait. Elle ferma les yeux en réfléchissant à la raison de sa gêne. Si cela avait été l'un des autres hommes avec qui elle travaillait, se serait-elle souciée qu'on la voie ainsi ? Pas vraiment, puisqu'ils feraient juste leur travail. Et puis, l'intimité qu'elle avait connue avec Evan ne compterait pas dans l'équation, parce que bien sûr, elle ne pensait pas à d'autres hommes comme ça. C'était seulement lui qui lui faisait cet effet, ce qui en disait long.

Elle était nerveuse à l'idée d'aller dans cette direction avec lui. Il voulait plus qu'une simple aventure d'un soir. Comment était-elle censée gérer cette foutue relation et toutes les conneries qui y étaient liées alors qu'elle avait déjà tellement merdé ? Evan était un homme bien. Elle ne voulait pas le blesser comme elle avait blessé Peter.

Mais peut-être qu'elle ne le blesserait pas. Peut-être que ce serait différent cette fois.

Pouvait-elle prendre ce risque ?

Elle ne voulait pas non plus être seule pour le restant de ses jours.

Le médecin s'intéressa ensuite à sa cheville. Après un examen minutieux, il se redressa.

— Vous avez besoin de points de suture, et vous devez aussi passer une radiographie pour votre cheville, afin que l'on soit sûr qu'elle ne soit pas cassée. Je vais demander à l'infirmière de s'en occuper.

Là-dessus, il s'en alla.

Elle n'était pas sûre de savoir ce qu'elle était censée faire à présent, mais une infirmière arriva quelques instants plus tard.

— Je vais vous faire une piqûre pour endormir la zone afin que le médecin puisse poser les points de suture, la prévint-elle.

Megan détourna précipitamment le regard et ne parvint que difficilement à avaler sa salive.

Elle s'obstina à fixer le mur pendant que l'infirmière anesthésiait la zone. Elle allait y arriver. Elle serra ses mains l'une contre l'autre et compta lentement jusqu'à cent. Evan s'approcha d'elle pour couvrir ses mains avec les siennes. L'infirmière nettoya légèrement la plaie avant que le médecin ne revienne et pose quatorze points de suture. Quatorze !

Qui aurait cru que cette éraflure était aussi longue ? L'instant d'après, elle avait un bout de papier dans la main.

— Prenez ces analgésiques au besoin, lui conseilla le médecin tout en se dirigeant vers la porte. L'infirmière va vous emmener passer une radio. Vous pourrez partir si c'est seulement une entorse. Mais s'il s'agit d'une fracture, il faudra que l'on vous pose un plâtre.

Dès que l'infirmière eut placé un pansement propre sur ses points de suture, Megan, avec son aide, remit sa chemise.

Evan ne prononça pas un seul mot tout du long. Mais il ne lâcha sa main que lorsqu'elle en eut besoin.

L'infirmière disparut pendant quelques instants puis revint avec un fauteuil roulant.

— Il vaut mieux que vous ne vous appuyiez pas sur votre cheville jusqu'à nouvel ordre.

Protester était inutile et les médicaments qu'on lui avait donnés n'avaient pas suffi à éloigner la douleur. Elle commençait à se sentir vraiment mal.

Evan lui prit le papier des mains et l'emmena vers le service de radiologie. Heureusement, une seule personne attendait devant elle.

Elle entra dans le service et ressortit moins de dix minutes plus tard. Elle espérait en avoir terminé avec tout ça, mais ensuite, il fallut attendre pour s'assurer que les images étaient claires et n'avaient pas besoin d'être refaites. Puis ils patientèrent quelques minutes supplémentaires, le temps que le radiologue les examine.

Enfin, le technicien en radiologie revint.

— Votre cheville n'est pas fracturée, annonça-t-il. Vous pouvez donc rentrer chez vous.

Elle esquissa son premier vrai sourire depuis longtemps.

— À ta place, je ne serais pas aussi heureuse, lui glissa

Evan. Les entorses mettent souvent plus de temps à guérir que les véritables fractures.

— Peut-être, mais j'ai déjà l'impression que ça va mieux.

— Allez, viens. Je t'emmène à ta chambre, déclara-t-il en la poussant vers l'ascenseur.

— Ça n'a aucun sens, protesta-t-elle. L'hôpital est bondé. Je ne suis pas blessée. Je n'ai pas besoin d'être admise ici, donc je ne devrais pas rester.

Puis un bâillement la prit de court.

— Tu ne resteras pas longtemps, juste le temps de dormir un peu. Tu ne peux pas retourner chez toi après ce qui s'est passé. Et je ne peux pas encore retourner chez moi non plus. Tu es blessée, tu ne peux pas marcher, et tu es en danger. C'est le meilleur endroit pour toi, du moins pour le moment et jusqu'à ce qu'on trouve une solution.

Elle devait bien admettre qu'avec l'anesthésie qui s'estompait peu à peu, elle n'en menait pas large… Son corps, endolori à cause de son saut par la fenêtre du premier étage de sa maison, ainsi que sa cheville foulée et ses côtes éraflées se rappelaient à elle de plus en plus. Et puis, ses blessures lui faisaient tellement mal qu'elle commençait à comprendre la réelle signification du mot « élancement ».

Lorsqu'ils parvinrent au quatrième étage, elle découvrit que les mêmes hommes qu'elle avait rencontrés plus tôt l'attendaient à la sortie de l'ascenseur.

Leurs regards perçants l'étudièrent.

Elle sourit aussi naturellement qu'elle le put.

— C'est juste une entorse et quelques points de suture, affirma-t-elle.

La tension qui contractait les muscles des soldats s'apaisa, mais ils regardèrent Evan, comme s'ils attendaient sa confirmation. Le hochement de tête qu'il leur adressa fut presque imperceptible. Ils se retournèrent et ouvrirent le chemin jusqu'aux chambres dans lesquelles elle s'était rendue plus tôt. Elle aurait voulu dire quelque chose, mais n'avait pas assez d'énergie pour se soucier de savoir si ces hommes la croyaient ou non.

— Ce qu'ils voulaient savoir, ce n'était pas si tu disais la vérité à propos de tes blessures, lui souffla Evan comme s'il lisait dans ses pensées. En fait, ils demandaient simplement si tu étais toujours en danger.

Ses yeux s'écarquillèrent. Elle se tordit sur son fauteuil roulant pour lever les yeux vers lui et poussa un cri de douleur.

— Ne bouge pas, la gronda-t-il. Tes points de suture vont te faire mal pendant un moment.

— C'est déjà le cas, marmonna-t-elle d'une voix dénuée de chaleur.

Elle était rassurée de savoir que des gens veillaient sur elle, mais en tant que militaire, et plus encore en tant que femme, elle travaillait dur pour ne jamais avoir besoin d'aide. C'était elle qui était censée aider les autres, et non l'inverse.

L'un des soldats ouvrit la porte d'une troisième chambre dans laquelle Evan la fit entrer. La pièce comportait deux lits, tous deux vides. Evan l'aida à s'installer sur le plus proche et la recouvrit de la couverture soigneusement pliée qui avait été placée au pied du matelas.

— Dors, lui ordonna-t-il.

— Si tu veux que j'y arrive, dans ce cas, tu ferais mieux de t'en aller. Tu es bien trop distrayant.

Le bâillement qui lui décrocha la mâchoire juste après démentit ses propos. Elle laissa tomber sa tête sur l'oreiller et poussa un profond soupir. Puis elle ferma les yeux et laissa les souvenirs de cette journée disparaître derrière ses paupières closes tandis que le sommeil l'emportait.

IL ATTENDIT QUE sa respiration devienne régulière et s'approfondisse. Les médicaments que le médecin lui avait donnés allaient faire effet pendant quelques heures et avec les antidouleurs qui figuraient sur la prescription qu'il tenait dans sa main, la douleur causée par ses blessures serait atténuée le temps de sa guérison. Ce n'était pas agréable comme situation, mais elle était jeune, en bonne santé et forte. Cependant, l'état de sa cheville le préoccupait. Il la souleva pour la poser délicatement sur un deuxième oreiller. La jeune femme ne bougea pas. Il ne savait pas si elle avait l'habitude de s'agiter dans son sommeil. Si elle ne bougeait pas, sa jambe resterait au même endroit jusqu'à son réveil. Il avait vu beaucoup d'hommes dormir avec des membres blessés surélevés.

L'un des hommes qui montaient la garde dans le couloir entra dans la pièce en laissant la porte ouverte. Il se déplaça jusqu'à la fenêtre qui se trouvait légèrement derrière la porte, de sorte à ne pas être repéré immédiatement par un potentiel intrus.

Evan lui adressa un signe de tête.

— Merci de prendre la relève, Benji. Je vais descendre pour chercher les médicaments que le médecin lui a prescrits et les lui rapporter.

— Je reste là jusqu'à ton retour, répondit Benji.

Evan ne connaissait pas bien cet homme, mais si Ice se portait garante pour lui, alors il n'avait pas d'inquiétude à avoir le concernant. Il sortit de la pièce et découvrit la coéquipière de Megan en pleine discussion avec Mason. Que Mason la connaisse n'était pas une surprise, mais qu'il la serre dans ses bras avec bienveillance le surprenait davantage.

Il attendit qu'ils aient terminé.

Mason ajouta quelques mots à l'attention d'Ice puis adressa un signe de tête à Evan.

Ice se retourna alors et lui sourit.

— Elle est couchée ?

— Oui, confirma-t-il. Elle est en train de dormir.

Les autres hommes se pressèrent autour d'eux.

— Maintenant, dis-nous exactement ce qui s'est passé pour qu'on sache à quoi on a affaire, lui commanda Mason.

Il leur donna la version longue, avec le plus de détails possible.

— Il a réussi à accéder à sa chambre à coucher au premier étage et tenait le modèle de Glock dont sont normalement équipés les policiers quand ils sont en service, ajouta-t-il à la fin de son récit. Mais les coups de feu qui ont été tirés sur ma porte d'entrée provenaient d'un fusil automatique.

— D'accord, donc il y avait plusieurs tireurs, commenta l'un des hommes.

— Ou alors, c'était un homme bien armé qui a l'habitude d'utiliser des fusils de sniper et d'entrer par effraction chez les gens, mais qui n'aimait pas l'idée de sauter par la fenêtre pour garder sa prisonnière, rétorqua Ice.

Sceptiques, plusieurs hommes pincèrent les lèvres en entendant cette hypothèse.

— Gardez à l'esprit que soit il avait un complice, soit il a réussi à la suivre jusqu'à chez moi. Dans tous les cas, elle a non seulement failli se faire tuer chez elle, mais aussi chez moi, rappela Evan.

— Et les tirs l'ont manquée.

— Oui, mais pas de beaucoup. Alors peut-être que ses

agresseurs n'ont pas eu de chance jusqu'à présent, ou peut-être qu'ils ne sont pas aussi compétents qu'ils le voudraient. Aucun de nous ne veut pas que leur troisième tentative soit la bonne. S'ils la soupçonnent d'avoir vu quelque chose de compromettant, cela pourrait expliquer pourquoi ils essaient de l'éliminer.

— Ou alors, ils essayaient de tous nous débusquer.

— Pourquoi feraient-ils ça ? On est nombreux. Certains vivent sur la base, mais la plupart habitent en dehors. Il leur serait beaucoup plus facile d'attaquer la base que d'essayer de localiser chacun d'entre nous pour nous éliminer un par un.

Sa remarque fut suivie d'un silence méditatif tandis que chacun réfléchissait à ce que tout cela impliquerait.

— Ne tirons pas de conclusion hâtive, temporisa Ice de cette voix basse et calme qu'il avait toujours associée à sa personne. Laisse-la avec nous pour le moment, Evan. Je t'enverrai un message quand elle se réveillera.

Evan hocha la tête.

— D'accord, merci. Il est probable qu'elle essaie de s'échapper quand elle se réveillera.

Les hommes sourirent. Benji, qui se tenait à présent dans l'embrasure de la porte, lui assura :

— Elle peut essayer, mais elle n'y arrivera pas.

Evan hocha la tête et la laissa entre leurs mains compétentes pour aller chercher les médicaments dont elle avait besoin.

# CHAPITRE 13

QUAND MEGAN SE réveilla, elle prit conscience de l'horrible silence qui régnait autour d'elle. Elle se redressa vivement sans réfléchir et agrippa son flanc avec un gémissement de douleur, le corps secoué de frissons. Puis elle prit instantanément conscience de son environnement. Une main plaquée sur sa blessure, elle tâcha de garder une respiration calme et étudia la pièce dans laquelle elle se trouvait. Où était-elle exactement et pourquoi était-elle là ? La pièce ressemblait à une chambre d'hôpital. Mais elle était entièrement habillée. Elle jeta un coup d'œil à son pied posé sur un oreiller. Quelqu'un l'avait probablement placé dessus pour tenter de le maintenir en hauteur. Son esprit fut alors envahi de souvenirs.

Evan… L'intrus dans sa maison… Les coups de feu… Et toutes ces fichues questions sans réponses.

Au moins, elle était désormais en sécurité, à l'hôpital. Tout était calme et elle était seule.

Il existait des situations pires que celle-là.

Elle posa ses pieds sur le sol, mit progressivement et prudemment son poids sur sa cheville blessée afin de la tester, puis se dirigea en boitant vers la salle de bain. Une fois à l'intérieur de la petite pièce, elle s'arrêta devant le miroir et fixa son reflet. *Mon Dieu*, songea-t-elle. Sa chemise, son visage et même ses bras étaient maculés de sang. Elle soupira puis, après avoir soulagé sa vessie, prit le gant de toilette ainsi que le savon et se nettoya comme elle put. Elle démêla ses cheveux mi-longs avec ses mains et les rejeta en arrière avant de retourner dans la chambre. Elle ne pouvait rien faire pour sa blessure aux côtes. La douleur était encore vive, mais seul le temps pourrait la faire disparaître. Quant à sa cheville, elle mettrait aussi du temps à guérir… peut-être même beaucoup de temps. Elle ne pouvait pas marcher sur de longues distances, ce qui la rendait inapte pour son travail. Elle devrait penser à prévenir ses supérieurs qu'elle risquait de ne pas être en mesure de travailler pendant quelques jours.

Son téléphone n'était pas dans sa poche. Assise au bord de son lit d'hôpital, elle essaya de se rappeler où elle l'avait laissé. Elle réalisa alors qu'il était resté branché sur sa table de nuit chez elle. Elle le mettait toujours à recharger avant de se coucher. *Merde.* L'homme qui s'était trouvé dans sa chambre l'avait probablement récupéré. Dans ce cas, il aurait accès à toutes sortes de contacts, mais trouverait seulement ceux de ses amis. Elle savait qu'il ne fallait rien garder de plus sur son téléphone.

Malgré tout, il lui manquait. Pouvait-elle retourner chez elle et le récupérer ? Et qu'en était-il de son sac à main et de ses effets personnels ? Pour le moment, elle préférait ne pas penser à ce qui avait pu lui être dérobé. Elle désirait simplement enfiler une chemise propre. Quand la police aurait terminé, elle la laisserait retourner dans sa maison afin qu'elle puisse prendre quelques affaires. Peut-être même la laisserait-on rentrer chez elle définitivement. Ce serait l'option idéale. Elle était sûre que les empreintes digitales de son agresseur ainsi que d'autres choses devaient être collectées sur place, mais à part ça, il n'y avait pas grand-chose à faire… sauf s'ils craignaient que ce connard revienne pour s'en prendre de nouveau à elle.

Le coin de ses lèvres s'affaissa à cette pensée. Elle ne voulait pas rester cachée jusqu'à ce qu'ils mettent la main sur ce type.

Elle ne l'avait pas reconnu. La tenue de mécanicien qu'il portait aurait pu venir de n'importe où, et elle n'avait vu aucun badge nominatif. Mais il n'était pas difficile de trouver ce type de vêtements. Après tout, les hangars en regorgeaient.

Son agresseur avait pris et utilisé le plus simple des déguisements.

Il ne s'était donc pas pris la tête et avait simplement saisi l'opportunité qui lui était offerte sans chercher à mettre en œuvre une approche plus élaborée.

Que pouvait-elle apprendre d'autre sur lui en se basant sur ce qui s'était passé ?

De toute évidence, il avait prévu de s'attaquer à elle. Mais était-elle sa cible initiale, ou en était-elle devenue une malgré elle pour une raison quelconque ?

Elle aurait aimé savoir pourquoi il en avait après elle.

Et puis, l'avait-il réellement suivie jusqu'à chez Evan ? Ou quelqu'un d'autre avait-il pris Evan pour cible ? Cela signifierait qu'elle s'était simplement trouvée au mauvais endroit au mauvais moment. Et si c'était le cas, ceux qui l'avaient attaqué étaient des enfoirés. Pourquoi quelqu'un voudrait-il s'en prendre à lui ? C'était un homme bon. C'était même un homme vraiment bon.

Irritée par toute cette histoire, elle se rallongea sur le lit et leva son pied pour le poser sur l'oreiller. Instantanément, elle se sentit beaucoup mieux. Elle avait besoin d'une attelle pour sa cheville. Elle voulait aussi rentrer chez elle. Au moins, là-bas, elle pourrait se reposer tout en travaillant sur son ordinateur portable. Pour le moment, elle se sentait complètement inutile et détestait cette sensation.

La porte s'ouvrit et Ice entra.

— Je vois que tu es réveillée. Tant mieux. J'allais mettre ça sur ta cheville, mais en même temps, je me disais que tu risquais de ne pas apprécier que je te réveille de cette manière, déclara-t-elle en agitant la poche de glace qu'elle tenait à la main.

— Je suis contente que tu te sois retenue, sourit Megan avant de pousser un soupir d'aise quand la glace fraîche entoura sa cheville douloureuse. Mon Dieu, ça fait beaucoup de bien.

— Comment te sens-tu ?

— Ça va. J'ai juste besoin de ne plus penser à tout ce qui s'est passé pour le reste de la journée. Ensuite, je suis sûre que tout reviendra à la normale. Mais je dois bien avouer que je préférerais être chez moi actuellement, et non ici.

Ice secoua la tête.

— Tu ne sortiras pas d'ici tant qu'Evan ne sera pas revenu.

— Pourquoi devrais-je attendre son retour ? s'étonna Megan. C'est à la police de décider si je peux rentrer chez moi ou non, pas à lui.

— Eh bien… ce ne sera pas pour tout de suite. Ils n'ont pas encore fini de tout vérifier chez toi, et ils sont aussi en train de s'occuper de la maison d'Evan en ce moment, donc tu ne peux pas y aller non plus.

— Je n'en avais pas l'intention.

Ice lui lança un long regard circonspect et Megan sentit le rouge lui monter aux joues.

— Quoi qu'il en soit, tu resteras ici jusqu'à nouvel ordre, reprit Ice.

— Merde, soupira Megan. Je suis loin d'être une très

bonne patiente.

Soudain, la porte s'ouvrit et Benji passa la tête dans l'embrasure.

— Ice ? Levi a l'air de refaire surface, annonça-t-il.

Megan se redressa, mais Ice leva la main pour l'arrêter.

— Non. Toi, tu restes ici.

Là-dessus, elle tourna les talons et se dirigea vers la porte. Juste avant de sortir dans le couloir, elle lança par-dessus son épaule :

— Benji va rester et te tenir compagnie.

— Je n'ai pas besoin d'une baby-sitter, protesta Megan en offrant un regard noir à Benji.

Mais le soldat, qui était bâti comme un tank malgré son visage poupin, lui sourit en retour.

— Je suis une excellente baby-sitter, plaisanta-t-il.

— Je n'en doute pas. Simplement, je pensais que j'allais enfin pouvoir partir. J'aimerais bien manger quelque chose et prendre un café. Peut-être même que j'aurais pu rentrer tranquillement chez moi pour prendre une douche et changer de vêtements.

— Sauf que ce n'est pas près d'arriver. Mais je peux peut-être faire en sorte que tu aies du café. L'un de nous va bientôt aller en chercher, alors il pourra sûrement t'en prendre un au passage.

— Et ce ne serait pas à toi de t'en charger, par hasard ? demanda-t-elle avec espoir.

— Non, ce n'est pas à moi de m'en charger.

— Bien sûr que non, marmonna-t-elle avec un grogne-ment.

De mauvaise grâce, elle s'adossa aux oreillers et soupira.

— Existe-t-il la moindre chance pour que l'un de vous accepte d'aller chez moi afin de récupérer mon téléphone portable ou mon ordinateur et, dans le même temps, me prenne quelques vêtements ?

— Evan est parti il y a peu de temps. Je sais qu'il avait prévu de se rendre chez toi. Si tu as de la chance, il est encore sur place et pourra prendre ce dont tu as besoin.

Benji sortit son téléphone et passa un appel.

Megan l'observa attentivement. Evan connaissait plein de gens ici, alors qu'elle ne connaissait personne.

— Evan ? Megan est réveillée et elle veut que tu prennes quelques affaires chez elle.

Benji hocha la tête puis lui tendit son téléphone.

— Il veut te parler, précisa-t-il.

Reconnaissante, elle prit le téléphone et le colla contre son oreille.

— Evan ?

— Oui, c'est moi. Où est ton téléphone ? Je suis dans ta chambre. Au fait, joli lit.

*Bon sang.* Sa voix s'était transformée en un chuchotement sexy. Sauf qu'elle pouvait difficilement lui répondre comme elle le voulait avec Benji qui se tenait à côté d'elle et la regardait.

— Mon téléphone est sur ma table de nuit, l'informa-t-elle. Je l'avais connecté au chargeur.

— Non, il n'y est pas. Je ne vois que le chargeur.

Elle fronça les sourcils.

— Il est peut-être dans mon sac à main. Tu le trouveras dans le placard de la cuisine. C'est le premier à gauche en entrant.

Elle l'entendit marcher à l'autre bout du fil, puis descendre les escaliers pour se diriger vers sa cuisine. Elle reconnut ensuite les bruits d'ouverture et de fermeture que produisaient habituellement ses placards.

— J'ai ouvert tous les placards, mais je n'ai pas trouvé de sac à main, annonça-t-il.

— J'espère qu'il ne l'a pas volé. Il y avait mon porte-monnaie à l'intérieur, avec toutes mes cartes de crédit et ma carte d'identité.

— Y compris ton badge d'accès à la base ? questionna-t-il brusquement.

Le souffle de Megan resta coincé dans sa gorge une fraction de seconde.

— Oui, il était aussi à l'intérieur, confirma-t-elle.

— Dans ce cas, il est inutile de poursuivre les recherches ici. Il y a de fortes chances que ce soit ce que voulait ce salaud.

— Non, il voulait que je m'habille pour m'emmener quelque part.

Elle voulut changer de position sur le lit et gémit en sentant les points de suture tirer sur sa peau.

— Reste allongée, lui ordonna-t-il.

— Je suis déjà allongée, répliqua-t-elle. Je suis enfermée dans cette pièce et personne ne veut me laisser sortir.

Elle lança un regard noir à Benji qui lui répondit par un sourire angélique.

— Tant mieux. Cela veut dire que les hommes qui sont avec toi font leur travail correctement, commenta Evan. Sois reconnaissante envers eux. Si tu ne peux pas sortir, personne ne peut entrer non plus.

— Je le sais, mais j'espérais rentrer chez moi et récupérer quelques affaires.

— J'y suis et je vais te ramener ce dont tu as besoin, lui assura-t-il d'une voix douce. J'ai bien noté de te prendre des vêtements de rechange. Est-ce que tu veux autre chose ?

— L'intrus a-t-il laissé mon ordinateur portable ?

— Où est-il ? Je ne l'ai pas vu jusqu'à présent.

— Il est par terre sous ma table de nuit. Je l'utilise souvent pendant la nuit quand je n'arrive pas à dormir. Alors, je le range là.

Elle l'entendit remonter les marches en courant légèrement.

— Il est là.

— Oh, génial, s'enthousiasma-t-elle. Tu peux me l'apporter avec mes vêtements de rechange, s'il te plaît ? Et prends aussi ma veste noire. Elle est sur la chaise de la cuisine. Je pourrais avoir besoin d'un manteau.

— OK. Je serai de retour dans une vingtaine de minutes.

Après l'avoir remercié encore une fois, elle raccrocha et rendit le téléphone à Benji.

— Merci de m'avoir laissé lui parler.

— Pas de problème. Ton téléphone a disparu ?

— Tout comme mon sac à main, acquiesça-t-elle avant de regarder sa montre. Je dois appeler ma banque.

— Utilise mon téléphone, proposa-t-il en le jetant sur le lit à côté d'elle.

— Je ne peux pas. Je ne connais pas le numéro.

— Il est connecté à internet, alors cherche le numéro et appelle ta banque.

Elle sourit.

— Merci beaucoup.

Il haussa les épaules et s'installa contre le mur à côté de la fenêtre. Il était juste assez proche de celle-ci pour voir dehors, mais en même temps suffisamment à l'écart ne pas être visible depuis l'extérieur. Autrement dit, il était caché tout en ayant un bon poste d'observation.

Peu importe la situation, un soldat restait toujours sur ses gardes.

Une fois qu'elle réussit à se concentrer, elle trouva rapidement les informations dont elle avait besoin grâce au téléphone de Benji. Puis elle appela sa banque. Elle resta en attente pendant quelques instants avant que quelqu'un finisse par prendre son appel à l'autre bout du fil. Elle fit opposition à ses cartes bancaires et en commanda de nouvelles. Ensuite, elle songea à son téléphone qui lui avait été dérobé. Comment pouvait-elle s'en procurer un nouveau alors qu'elle était coincée à l'hôpital ? Elle ne le pouvait pas. Du moins, pas vraiment. Elle pouvait facilement en connecter un nouveau au même forfait que le précédent, mais tout d'abord, il lui fallait trouver un téléphone. Même un ancien modèle ferait l'affaire.

Elle rendit le téléphone à Benji et se rallongea sur le lit. Elle était fatiguée, même si elle ne savait pas trop pourquoi. Après tout, elle n'avait encore rien fait de la journée. Mais il était évident que si elle fermait les yeux maintenant, elle pourrait s'endormir en un rien de temps.

— Essaie de faire une sieste. Ton corps a besoin de repos.

— Je sais, mais je ne veux pas rater Evan. Il doit me rapporter quelques affaires que je lui ai demandé de prendre chez moi, expliqua-t-elle en laissant ses yeux se fermer. Pourras-tu me réveiller quand il sera là ?

— Pas de problème.

Satisfaite de cette réponse, elle laissa le sommeil la gagner.

EVAN DÉAMBULAIT DANS la maison de Megan. La police était toujours sur place, mais il avait été autorisé à venir chercher quelques objets personnels pour elle. Il devait les montrer aux officiers afin qu'ils ne les comptent pas parmi les objets manquants et sachent ce qu'il avait pris. Il les avait aussi prévenus que le téléphone et le sac à main de la jeune femme avaient disparu.

Ils n'avaient pas été étonnés d'apprendre cela. En fait, ils n'avaient même pas eu l'air de s'en soucier réellement, jusqu'à ce qu'il leur explique qu'elle pensait que sa carte d'accès pour entrer sur la base était peut-être dans le sac à main qui avait été volé. À ce moment-là, ils prirent de nombreuses notes et lui posèrent un tas de questions. Il répondit comme il le put et leur conseilla de la contacter pour le reste de leur interrogatoire, puisqu'elle était la principale concernée.

Il rassembla rapidement quelques vêtements et trouva un petit sac à dos dans son armoire. Il disposa les affaires sur son lit, fit venir l'un des policiers pour qu'il constate la liste des choses qu'il comptait emporter, puis les rangea dans le sac.

Ensuite, il s'arrêta chez lui et récupéra un vieux téléphone qu'il gardait dans le tiroir de sa commode. Il fonctionnait encore, mais n'avait pas toutes les fonctionnalités que l'on pouvait trouver sur les téléphones récents. Peut-être qu'elle pourrait l'utiliser pendant quelques jours jusqu'à ce qu'elle puisse se rendre dans un magasin et en acheter un autre, même s'il savait que cette situation risquait d'être vraiment pénible à supporter pour elle. La prochaine étape consistait à s'arrêter quelque part pour acheter du café. Elle allait avoir besoin d'une bonne dose de caféine à son réveil. Comme beaucoup d'autres sur la base, elle était accro au café. Presque tous ceux qu'il connaissait y étaient accros. Il conduisit jusqu'au drive-in et commanda des cafés pour tout le monde. Devait-il aussi prendre quelque chose à manger, comme des plats à emporter ? Ou devait-il plutôt retourner à l'hôpital et aviser une fois qu'il aurait vu comment elle allait ?

Il décida d'attendre. Il avait la sensation d'être un adolescent qui se rendait à son premier rendez-vous amoureux avec la fille qui lui plaisait tant il était nerveux et ne cessait de s'interroger sur la bonne chose à faire.

Ce n'était pas son style d'être dans un tel état. Il n'avait pas l'habitude d'être aussi fébrile.

Il se gara sur le parking de l'hôpital, puis envoya un SMS à Ice afin de lui demander d'envoyer quelqu'un pour lui donner un coup de main, car il ne pourrait pas prendre à la fois les affaires de Megan et les cafés. Il attrapa ensuite le sac à dos de Megan sur la banquette arrière et attendit dans son véhicule que Tonner arrive pour l'aider à tout transporter.

— Ça fait beaucoup de caféine, commenta ce dernier en découvrant le nombre de cafés à emporter qu'il avait achetés.

— J'aurais dû prendre de la poudre et des tasses vides, acquiesça Evan. Ça aurait été plus facile.

— Et peut-être moins cher.

— Je m'en souviendrai pour la prochaine fois.

Il déchargea l'avant de son véhicule et le verrouilla.

— Pour ce prix, j'aurais pu prendre une cafetière et cinq cents grammes de café puis tout installer dans l'une des chambres, ajouta-t-il.

Les deux hommes échangèrent sur cette idée tout en montant au dernier étage. Chacun des soldats attrapa un gobelet de café et les plateaux furent rapidement vidés. Finalement, il ne resta plus que trois gobelets. Étant donné qu'il avait les mains pleines, Tonner lui ouvrit la porte de la chambre de Megan. Il entra et trouva Benji adossé contre le mur. Quant à Megan, elle était endormie.

Quel dommage. Son café allait refroidir.

— Elle a demandé à être réveillée quand tu arriverais,

l'informa Benji en acceptant l'un des cafés restants. Elle a beaucoup insisté à ce sujet.

— Je suis content de l'apprendre. Merci, Benji.

Bien sûr, il y avait de fortes chances qu'elle lui ait demandé de lui rapporter des vêtements et son ordinateur portable uniquement parce qu'elle en avait besoin et n'avait pas d'autre choix, mais il avait choisi de profiter de chaque petit moment de rêve et de fantasy qu'elle pouvait lui offrir. Quand elle se réveillerait, il savait qu'elle le ramènerait à la réalité assez vite et ferait éclater sa bulle imaginaire.

Il posa les deux derniers gobelets de café sur la petite table et attendit que Benji parte rejoindre les autres hommes, puis il laissa tomber son sac à dos sur le sol au bout du lit, se pencha vers elle et l'embrassa doucement.

— Réveille-toi, belle au bois dormant.

Elle ouvrit les yeux. Un lent sourire se dessina alors sur les lèvres de la jeune femme.

Elle se redressa légèrement et leva les mains vers son visage pour se frotter les yeux.

— Je suis réveillée, murmura-t-elle.

— Non, tu ne l'es pas du tout.

Il se souvenait de ce détail. Elle parlait toujours normalement, comme si elle était totalement éveillée, pour découvrir plus tard qu'elle ne se souvenait pas avoir eu une quelconque conversation. Elle ne se rappelait jamais ce qu'elle disait après son réveil.

— Il ne te suffit pas d'ouvrir les yeux pour être réveillée, poursuivit-il. Je te connais suffisamment pour le savoir. Alors, assieds-toi et regarde-moi.

Avec un petit gémissement, elle roula sur le dos et le fixa.

— Ce n'est pas très gentil.

— Non, mais c'est la vérité. Je me souviens à quel point

c'était difficile de te réveiller avant. Tu as besoin de plus de sommeil que la plupart des gens.

Elle haussa les épaules.

— Ce n'est pas facile de trouver le sommeil quand on débarque dans un nouvel endroit. Je n'ai pas d'amis ici. J'ai quitté ma famille quand j'ai quitté l'Est des États-Unis. J'ai beaucoup de regrets et pas grand-chose de bon dans ma vie pour faire de beaux rêves la nuit.

— Oh. Je suis navré que ta vie ait été aussi difficile. J'aimerais pouvoir la rendre plus facile.

Elle se déplaça prudemment sur le matelas pour s'asseoir et utilisa le bouton de commande pour relever la tête du lit afin de pouvoir s'installer plus confortablement.

— Ce n'est pas ta faute. C'est la mienne.

Ses yeux se posèrent alors sur les gobelets remplis de café.

— Est-ce que ces cafés sont pour nous ? s'enquit-elle.

— En effet.

Elle sourit quand il lui tendit l'un des gobelets.

— C'est encore chaud, alors fais attention à ne pas te brûler, l'avertit-il.

Elle hocha la tête, puis prit une petite gorgée et sourit.

— C'est parfait.

— Tant mieux.

— Tu t'es même souvenu que je prenais de la crème avec mon café.

— Il n'y a pas grand-chose dont je ne me souvienne pas, répondit-il en se tapotant la tempe. Tu te souviens de cette histoire de radar ? Cela englobe tous les détails qui te concernent. Je retiens tout.

Elle sourit.

— Et tu as apporté mon ordinateur portable ou tu as oublié ce détail ?

— Je l'ai récupéré en même temps que les quelques vêtements de rechange que tu m'as demandé de t'apporter. Et j'ai aussi pris ta veste pour que tu aies chaud, peu importe où tu iras une fois que tu seras sortie d'ici.

Le sourire de Megan s'effaça de son visage.

— Merci pour cette piqûre de rappel. J'avais tellement espéré pouvoir retourner chez moi.

— Les flics étaient encore là quand j'y suis allé pour récupérer tes affaires. Je leur ai dit que ton téléphone et ton sac à main avaient disparu. Donc ils sont au courant pour ta carte d'accès à la base.

Elle hocha la tête avant de soupirer.

— Je me sens tellement stupide.

— Pourquoi ? Ce n'est pas comme si tu avais pu faire quoi que ce soit d'autre sur le moment quand tu t'es retrouvée face à cet homme. Tu ne pouvais quand même pas lui dire : « excusez-moi, je dois prendre mon téléphone et retourner au rez-de-chaussée pour récupérer mon sac à main, et promis ensuite, je viens avec vous, mais ne vous inquiétez pas, je ne compte absolument pas sauter par la fenêtre pour m'enfuir ».

Elle rit.

— Dit comme ça…

— Tu vois ? Tu n'as rien à te reprocher.

Il sourit, heureux de voir qu'elle semblait aller mieux.

— Alors, quelle est la prochaine étape ? demanda-t-elle. Si je ne peux pas rentrer chez moi, où puis-je aller ?

# CHAPITRE 14

— AVEC UN peu de chance, tu iras chez moi, déclara Evan. Les flics sont encore là-bas aussi, mais la personne qui t'a tiré dessus n'a jamais eu accès à ma maison, donc l'enquête ne prendra pas autant de temps ou ne sera pas aussi poussée de mon côté.

Megan haussa les épaules, mais son regard resta fixé sur son gobelet de café.

— Ce n'est pas une bonne idée. Je ne peux pas rester chez toi.

— Bien sûr que si, affirma-t-il en étudiant ses traits. Pourquoi ne pourrais-tu pas rester chez moi ?

— Parce qu'on a eu une aventure ensemble.

— Mais ma belle, c'est de l'histoire ancienne, répliqua-t-il avec un grand sourire. Ce que j'essaie de construire maintenant, c'est notre présent.

— Exactement. Nous devons construire notre présent, acquiesça-t-elle d'un ton sec. Sauf qu'on est en plein milieu d'un truc bien flippant, et je ne veux pas que ma concentration soit détournée par toi.

— Ce qui veut dire que je pourrais être une distraction pour toi, ou bien que tes propres sentiments pourraient te distraire ? demanda-t-il, une étincelle malicieuse dans les yeux. Parce que dans les deux cas, je ne vois aucun problème.

En vérité, cette idée lui paraissait vraiment merveilleuse.

Elle ne put s'empêcher de jeter un coup d'œil oblique à sa mâchoire lisse et à sa bouche sexy. Bon sang, ils s'étaient beaucoup amusés ensemble à l'époque. Serait-ce si mal de recommencer ? Non, et c'était plutôt cool qu'il n'ait pas été capable de l'oublier et qu'il se montre si ouvert à ce sujet. Elle n'était pas sûre de ses sentiments pour lui, mais elle n'était pas insensible à son charme. En plus, elle s'était empressée de retourner dans l'Ouest du pays dès qu'elle l'avait pu. Était-ce lié à un besoin inconscient de le revoir ?

Elle secoua la tête.

— Dans ce cas, quel est le vrai problème ? s'enquit-il.

— Peut-être que je ne suis pas intéressée, répondit-elle en essayant d'insuffler une certaine indifférence dans sa voix.

— Je sais que ce n'est pas vrai. S'il te plaît, sois au moins honnête.

— C'est un peu plus difficile que tu le penses.

Surtout qu'elle n'était pas vraiment sûre de la façon de formuler ses pensées à voix haute.

— Ma rupture avec Peter a été difficile.

Il hocha la tête.

— Je pense qu'aucune rupture n'est vraiment facile, d'autant plus que vous étiez fiancés.

— Tu es au courant de ça ? releva-t-elle en fronçant les sourcils.

Elle n'était pas certaine d'apprécier qu'il le sache.

Lorsqu'il hocha la tête pour confirmer, elle baissa les yeux sur son café.

— Ce que personne ne comprend vraiment, c'est que Peter n'y est pour rien, continua-t-elle. C'est moi la fautive dans toute cette histoire.

Il s'assit sur le côté du lit.

— Explique-moi ce qui s'est passé.

— Je n'arrivais pas à fixer une date pour notre mariage, commença-t-elle en espérant qu'il la comprendrait mieux que ses proches.

Son regard se promena dans la pièce. Elle le posait sur tout et n'importe quoi, sauf sur lui.

— Peter et moi étions fiancés depuis plus d'un an, et je repoussais sans cesse la date du mariage. Il a fini par perdre patience, ce qui est bien normal. J'ai alors compris que si je n'arrivais pas à fixer de date… c'est parce que je ne voulais pas me marier, avoua-t-elle après avoir pris une profonde inspiration.

Il tendit la main et la posa doucement sur sa cuisse.

— Donc tu te sens coupable, comprit-il.

Elle grimaça.

— Tu ne peux même pas imaginer à quel point, confirma-t-elle. Les conséquences ont été terribles, à la fois pour mes parents, ses parents, et aussi pour ce pauvre Peter lui-même.

— Je ne suis pas tout à fait d'accord avec toi concernant ce « pauvre Peter », comme tu dis. Vous avez bien fait de ne pas vous marier. Sinon, il aurait vécu au quotidien avec quelqu'un qui ne l'aimait pas.

— Le problème, c'est que je l'aimais, le détrompa-t-elle. Je voulais me marier, mais chaque fois que je pensais au fait que nous allions nous engager pour la vie, j'avais envie de vomir.

Elle leva ensuite son regard vers le sien et ajouta à voix basse :

— Je pense qu'il y a quelque chose qui ne va pas chez moi.

Le sourire d'Evan devint plus doux.

— Non, je ne pense pas qu'il y ait quoi que ce soit qui

cloche chez toi. Tu l'aimais. C'est assez facile d'aimer quelqu'un. J'ai connu et aimé beaucoup de femmes au cours de ma vie, mais je n'ai jamais aimé aucune d'entre elles au point d'avoir envie d'aller jusqu'à l'étape du mariage. Je pense qu'il y a là une grande différence. On peut se lier à de nombreuses personnes et être attachés à elle de plusieurs manières, mais cela ne signifie pas qu'on doit toutes les épouser. La personne qu'on épouse doit être la bonne. Ce doit être la seule personne sans laquelle tu ne peux pas imaginer ta vie. Si tu penses pouvoir vivre heureuse sans cette personne, alors ce n'est pas la bonne.

Il lui caressa le bras et poursuivit sur un ton doux :

— Peter n'était simplement pas celui que ton cœur attendait.

— Pourtant, il semblait être le bon, insista-t-elle.

Elle aurait dû s'apercevoir que ce n'était pas le cas avant que ça aille aussi loin entre eux.

— Mais c'était jusqu'à ce que tu en viennes à te fiancer avec lui, souligna-t-il.

— Peut-être que je ne suis pas faite pour me marier, hasarda-t-elle en haussant les épaules.

— Ou peut-être que tu n'as simplement pas trouvé la bonne personne avec qui te marier, rétorqua-t-il.

— Donc je suppose que c'est toi, celui que j'attends ? riposta-t-elle d'une voix pleine de défi.

*Comment diable cette conversation a-t-elle pu devenir à ce point personnelle, et ce si en si peu de temps ?* se demanda-t-elle intérieurement. Peut-être était-il effectivement la bonne personne pour elle. Mais comment pourrait-elle s'en assurer ?

— Non, pas du tout, se défendit-il doucement. Je ne sais pas ce que nous sommes exactement l'un pour l'autre. Mais j'aimerais avoir une chance de le découvrir.

— Sérieusement ? s'étonna-t-elle en étudiant ses traits. Tu ne cherches pas uniquement à me mettre à nouveau dans ton lit ?

— Oh, bien sûr que si. Mais en même temps, je veux tellement plus.

Tout à coup, le téléphone d'Evan sonna. Il lut le SMS qu'il avait reçu, puis composa un numéro, porta le téléphone à son oreille et leva un doigt, comme pour lui demander d'attendre un moment.

Elle écouta à moitié la conversation qu'il eut avec son interlocuteur. Celle-ci ne dura pas longtemps, et il raccrocha rapidement, un sourire aux lèvres.

— Problème résolu, annonça-t-il.

— De quel problème parles-tu ?

— Je parle de l'endroit où tu vas rester quelque temps. La police vient de quitter ma maison. Et avant que tu ne poses la question : oui, j'ai une chambre d'amis, ou alors j'ai un canapé, comme tu l'as vu. Tu peux rester chez moi en tant qu'amie aussi longtemps que tu en as besoin. Et aussi, si tu es prête et désireuse qu'il se passe plus de choses entre nous, je resterai à proximité pendant que tu t'habitues à cette idée… juste au cas où tu préférerais aller voir un de mes potes et déciderais qu'ils pourraient faire l'affaire à ma place.

— Comme si ça allait arriver, rit-elle. Vous êtes très différents les uns des autres.

— C'est vrai. Mais ce que je voulais vraiment dire, c'est que je serai toujours là, même dans le cas où tu serais tentée de reporter ton affection sur l'un de mes amis plutôt que sur moi.

Il parlait d'une manière si légère qu'elle ne savait pas s'il plaisantait ou non. Puis elle surprit une étincelle de vulnérabilité dans son regard et comprit que quelque chose le tracassait.

— Pourquoi est-ce que tu me dis ça ? Tes coéquipiers t'ont volé une petite amie ou deux, c'est ça ?

— Non. Du moins, ça ne me dérangeait pas que ces filles-là me délaissent pour aller voir ailleurs, plaisanta-t-il en se levant. Maintenant, finis ton café afin qu'on puisse rentrer à la maison.

Elle fronça les sourcils et essaya de réfléchir à ses différentes options, mais elle n'avait pas vraiment d'autre choix. On lui avait offert un endroit sûr, avec son propre *SEAL* pour la protéger. Ce n'était qu'une mesure temporaire. Elle ne resterait donc pas longtemps chez lui.

— D'accord, je prendrai la chambre d'amis, décida-t-elle. Merci de m'accueillir chez toi.

— Allons-y, l'invita-t-il avec un sourire.

ICE ATTENDAIT MEGAN à l'extérieur de la chambre. À côté d'elle, dans le couloir, se trouvait un fauteuil roulant. Evan rit en le voyant.

— Merci, Ice, approuva-t-il. Comment as-tu su qu'elle en aurait besoin ?

Elle lui adressa un clin d'œil complice, avant de le prévenir :

— Ne joue pas double jeu avec ma pote. C'est une sacrée bonne pilote. Je ne veux pas la perdre.

— Tu n'as pas d'inquiétude à avoir.

— Et si c'est moi qui ai envie de jouer double jeu avec lui ? lança Megan derrière Evan.

— Dans ce cas, amuse-toi bien, répondit Ice en riant.

Les hommes autour d'eux rirent également. Evan songea qu'ils aimaient probablement l'idée qu'une fille le largue, pour changer. Ce n'était pas son genre de larguer les femmes avec qui il était en couple. Il ne s'engageait dans une relation plus qu'amicale avec une femme que si tous deux savaient ce qu'ils voulaient. Il ne voulait pas avoir l'air d'un connard, mais Megan habitait ses pensées depuis longtemps, et il ferait tout pour avoir une chance avec elle. Elle était désormais de retour, et il ne comptait pas tout faire foirer. S'il avait rencontré une femme qui lui avait fait oublier Megan, il aurait agi de la même manière et aurait voulu être là pour elle à cent pour cent.

Une fois que Megan fut bien installée dans son fauteuil roulant, il la poussa dans le couloir pour l'emmener jusqu'aux ascenseurs.

Elle jeta un coup d'œil par-dessus son épaule, en direction du groupe de soldats qui les regardait partir.

— Je n'ai jamais eu de nouvelles concernant l'état de santé des hommes hospitalisés, remarqua-t-elle.

— C'est parce que les médecins n'ont constaté aucun changement, murmura Evan. Du moins, aucun qui ne soit vraiment positif.

Elle soupira et se retourna pour faire face à l'ascenseur.

— Ils sont en sécurité ici, n'est-ce pas ?

— Ils ne peuvent pas être plus en sécurité qu'en ce moment. Ils sont sous bonne garde.

— Et Ice n'est pas officiellement affectée ici ?

— Non, la rassura-t-il doucement. L'hôpital a son propre service de sécurité, et ils ont déployé des gardes à chaque étage, mais les soldats que tu as vus ont demandé à être affectés à leur sécurité uniquement sur leur temps libre.

— Je vois, commenta-t-elle d'une voix tout aussi basse que la sienne. Je me porterais volontaire si je le pouvais.

— Ce n'est pas nécessaire. En plus, pour le moment, tu

as besoin de prendre soin de toi. Et je veillerai aussi sur toi, ajouta-t-il d'une voix plus dure.

— Personne ne peut monter la garde vingt-quatre heures sur vingt-quatre, souligna-t-elle. Si quelqu'un veut planifier une attaque, il le fera. Toi et moi le savons pertinemment.

— Ils peuvent planifier tout ce qu'ils veulent, répliqua Evan. On est en alerte maximale. La base fait l'objet d'une fouille complète et North Island est bouclé de tous les côtés.

— Au moins, ils prennent tout cela au sérieux, marmonna-t-elle.

— Tu plaisantes ? On a un tireur en liberté et en plus, il est entré par effraction chez toi avec l'intention de te kidnapper. Tout le monde restera sur ses gardes et sera vigilant à partir de maintenant.

Elle hocha la tête.

— Oublie tout ça pour le moment, reprit-il. Tous ceux qui se sont portés volontaires pour veiller sur nos camarades blessés sont compétents. Laisse-les faire leur travail.

— D'accord.

Ils montèrent dans l'ascenseur et descendirent lentement.

L'ascenseur s'arrêta au troisième étage. Quand les portes s'ouvrirent, ils tombèrent nez à nez avec un soldat vêtu d'un uniforme de combat militaire qui tenait une arme automatique dans ses mains.

— Merde, jura Evan. Qu'est-ce qui se passe ?

<h1 style="text-align:center">CHAPITRE 15</h1>

MEGAN REGARDA BRIÈVEMENT le soldat debout face à eux, puis tendit le bras pour appuyer sur le bouton de fermeture de la porte avant d'attraper la main d'Evan pour lui signifier que quelque chose n'allait pas.

— Sortez de l'ascenseur, s'il vous plaît, ordonna l'homme d'une voix grave et sombre alors que les portes commençaient à se refermer.

Mais ce fut surtout l'expression qu'arborait son visage qui alerta vraiment Megan. Ses yeux étaient vides de toute émotion, comme si personne ne vivait dans ce corps… et si une âme l'habitait encore, elle semblait simplement ne se soucier de rien. Evan s'élança et fit tomber l'arme des mains de l'homme tandis que la porte continuait de se fermer. Il enchaîna avec un uppercut à la gorge. Celui-ci ne toucha qu'à moitié sa cible, mais ce fut suffisant pour faire reculer l'homme qui trébucha vers l'arrière tout en portant une main à sa gorge. Megan martela plusieurs fois le bouton et la porte acheva de se refermer devant eux. Elle appuya ensuite sur le bouton du quatrième étage pour les faire remonter.

— Qu'est-ce qui vient de se passer ? souffla-t-elle, encore sous le choc. Il faut prévenir Ice.

— Je m'en occupe. Je n'ai vu qu'un seul homme. Est-ce que tu en as vu d'autres ?

— Non, je n'en ai vu qu'un seul.

— S'il a des complices aux autres étages, alors on risque de se faire attraper à l'un des autres arrêts de l'ascenseur.

Elle n'eut pas le temps de déplacer son fauteuil roulant pour se cacher un minimum que l'ascenseur arrivait déjà au quatrième étage.

Ice se tenait devant eux avec un visage froid et dur.

— Qu'est-ce que vous faites encore là ? les interrogea-t-elle.

Pendant qu'Evan mettait Ice au courant de ce qui venait de se passer en seulement quelques mots, Megan étudia le couloir. Les hommes s'étaient répartis dans l'espace pour couvrir les deux cages d'escalier.

— On est sûrs que ce n'était pas l'un des nôtres ? demanda Ice prudemment.

— Ce n'est pas comme si on lui avait laissé une chance de s'expliquer, répondit Evan. Donc, non, on ne sait pas, mais nous n'avons pas été avertis que d'autres soldats étaient déployés aux autres étages et surveillaient les ascenseurs.

— Nous nous excuserons si c'était bien l'un des nôtres, ajouta Megan. À moins qu'on ne soit en train de subir une attaque terroriste à grande échelle dans les étages inférieurs, je ne vois aucune raison d'être armé d'un fusil automatique dans les couloirs d'un hôpital.

— Beaucoup de raisons pourraient expliquer pourquoi il était armé de la sorte, mais aucune n'est vraiment positive, souligna Ice en réfléchissant à l'état actuel des choses. Nous allons t'emmener dans l'une des deux autres chambres plutôt que de te ramener dans la tienne pour ne pas avoir à diviser inutilement les effectifs.

Tout en continuant de discuter, Evan la poussa hors de la cage d'ascenseur. Une fois qu'ils en furent sortis, Ice entra à l'intérieur et appuya sur le bouton de blocage pour l'empêcher de retourner vers les niveaux inférieurs.

— Voilà. Cela nous fera un accès de moins à surveiller.

Megan hocha la tête. Elle savait qu'ils avaient la situation bien en main, mais elle savait aussi qu'ils étaient au dernier étage et que cela signifiait que des intrus pouvaient aussi accéder à ce niveau en passant par le toit. Mais après qui est-ce que ces gens en auraient, et pourquoi feraient-ils ça ?

Le téléphone d'Evan commença à sonner, rapidement suivi de celui d'Ice.

Evan répondit au sien.

— Mason ? Ouais, je ne suis pas sûr de ce qui se passe. Est-ce que tu en sais plus ? questionna-t-il.

Il écouta la réponse de son coéquipier et hocha la tête, mais elle ne comprit pas le reste de leur conversation. Ice avait aussi décroché son téléphone. Au moins, ils étaient au bon endroit compte tenu de la situation, sauf qu'aucun des soldats présents à cet étage n'était équipé d'arme à feu, ce qui ne jouerait vraiment pas en leur faveur s'ils étaient réellement attaqués. Et puis, sa blessure à la cheville réduisait considérablement sa mobilité. Même si elle boitait, elle pouvait quand même marcher, mais elle ne pourrait pas dévaler quatre étages à toute vitesse en cas de besoin. Elle ne pourrait pas non plus descendre en rappel par la fenêtre, puisqu'ils n'avaient pas le matériel nécessaire.

Elle fut emmenée dans la chambre où se reposaient Merk et Rhodes. Evan gara son fauteuil entre les lits des deux hommes qui étaient maintenant tous deux réveillés et énervés. Ils lui adressèrent un rapide sourire qu'elle leur rendit, puis tous essayèrent de trier les informations qu'ils possédaient. Un homme seul avec un fusil d'assaut avait été vu dans l'hôpital. La sécurité le cherchait à l'heure actuelle et toutes les issues avaient été bouclées. L'alerte avait été donnée très vite, mais ils avaient perdu sa trace. Sûrement arrive-raient-ils à le retrouver maintenant que le bâtiment était encerclé de soldats et qu'une recherche étage par étage était en cours.

Le problème était que cet individu portait leur uniforme, ce qui lui permettait de se cacher plus facilement en se fondant parmi eux.

— Bien. Donc personne ne monte ni ne descend. J'ai contacté le commandant et l'ai informé que nous avions sécurisé le dernier étage. Je lui ai aussi dit que si des personnes s'introduisent à cet étage, nous partirions du principe que ce ne sont pas des amis. Il est au courant de la situation, annonça Ice avant de hausser les épaules. Je vous suggère de contacter tous ceux que vous pouvez afin de leur faire savoir ce qui se passe ici.

— C'est déjà fait, déclara Evan. Mason est en route.

Ice hocha la tête.

— S'il prévoit de nous rejoindre, il doit nous le faire savoir.

— Il va atterrir sur le toit.

— Et avez-vous considéré la possibilité que le bâtiment tout entier parte en fumée ? intervint Megan. Il suffit d'une bombe pour le faire exploser.

Ils se tournèrent tous pour la regarder.

— Oui, on est conscient que cette possibilité existe, ac-quiesça Ice. Mais nous ne pouvons rien faire d'ici à part nous assurer que cet étage est sous contrôle et que nos hommes sont en sécurité. Le fait que nous soyons au dernier étage signifie que nous pouvons soit quitter le bâtiment par la voie des airs en allant sur le toit, soit sortir en passant par la fenêtre. Et quand je dis « nous », je parle de nous tous. Je ne laisserai pas Stone ni Levi derrière moi.

Le visage de la jeune femme s'était fait plus sévère sur ces deux dernières phrases.

— On pourra les faire sortir d'ici grâce aux hélicoptères qui sont en chemin, affirma Evan.

— L'ascenseur de service fonctionne-t-il ?

Cette question déclencha un débat animé sur les options qui s'offraient à eux dans le pire des cas. Megan savait que la situation pouvait mal tourner de bien des manières. Elle bougea sur son fauteuil roulant jusqu'à être mieux installée, puis ferma les yeux et essaya de se détendre. De son point de vue, passer par le toit était la meilleure solution. Et ce serait encore mieux si un hélicoptère les attendait déjà au-dessus de leur tête. Ice et elle pourraient les faire sortir d'ici en un rien de temps. Ensemble, elles pouvaient affronter tout et n'importe quoi. Tout irait bien une fois qu'elles seraient aux commandes.

— Est-ce qu'il y a un hélicoptère sur le toit pour les évacuations d'urgence ? s'enquit-elle.

— Il y en a un, lui confirma Evan. Mais ils ne vont pas évacuer l'ensemble de l'hôpital avec un seul hélicoptère. C'est tout simplement impossible. Et puis, plusieurs opérations chirurgicales sont en cours en ce moment même. Les médecins refusent de partir. Quant aux patients… eh bien, certains d'entre eux ne peuvent pas être déplacés.

Elle hocha la tête.

— Cela dépend de ce que les tireurs cherchent, ou des personnes après lesquelles ils en ont.

— Oui, et on ne le sait pas pour le moment.

IL SAVAIT QUE la logistique pour déplacer des hommes grièvement blessés serait le plus gros problème à résoudre s'ils devaient évacuer le bâtiment. Mais d'abord, ils devaient comprendre à quoi ils avaient affaire. Le nombre de patients hospitalisés était trop important pour qu'ils puissent évacuer rapidement et tous étaient probablement connectés à une machine ou autre chose qui rendrait l'opération encore plus lente. En plus, la base ne comptait pas suffisamment d'ambulances pour transporter tout le monde. En faire venir d'autres des hôpitaux voisins serait possible, même si cela prendrait du temps. Mais peut-être que ce n'était pas nécessaire.

— Ils sont en train de faire venir des équipes de chiens renifleurs pour chercher d'éventuels explosifs.

— C'est un peu tard, siffla Benji. Ils devraient déjà être là.

— Du calme, Benji.

— Comment veux-tu que je reste calme ? On est des cibles faciles, grogna-t-il. Je n'ai même pas assez de corde pour faire descendre quelqu'un de cette hauteur.

Ses propos remirent le feu aux poudres et la discussion redevint animée.

Megan ferma les yeux. Evan l'étudia. Elle n'était pas grièvement blessée et pourrait s'enfuir en courant si cela devenait nécessaire. Aucun des quatre hommes alités ne pouvait se lever des lits. Donc ils n'avaient que deux options : soit ils passaient par le toit, soit ils descendaient par l'ascenseur de service. Evan sortit dans le couloir pour jeter un coup d'œil à l'ascenseur de service. Celui-ci était ancien, mais paraissait solide. Cependant, il n'avait toujours aucun moyen de l'empêcher de s'arrêter à chaque étage, de sorte qu'ils ne pouvaient pas le prendre pour rejoindre directement le parking qui se trouvait au sous-sol.

Il marcha ensuite jusqu'aux fenêtres et observa le sol en

contrebas. Benji avait raison. Ce n'était vraiment pas la meilleure solution. Soudain, le bruit d'hélicoptères en approche se fit entendre. Il releva la tête pour étudier le ciel et aperçut trois Black Hawks au loin. *Parfait. Les renforts seront bientôt là*, songea-t-il.

— Trois Black Hawks arrivent. Ils vont atterrir sur le toit, déclara-t-il en revenant dans la chambre.

— Honnêtement, je préfère voler à la rescousse des autres plutôt que d'être celle qui est sauvée, grommela Megan.

— Moi aussi, opina-t-il en riant.

— Bon sang, je n'ai pas besoin que l'on vienne me sauver, pesta l'un des hommes.

— Aucun de nous n'en a besoin, intervint Ice. Sauf les blessés. J'ai pris des dispositions pour eux. Nous autres, on reste ici. Nous descendrons étage par étage dès que les blessés auront été évacués.

— Je reste aussi, annonça Megan.

— Hors de question, s'opposa Evan. Tu appartiens à la catégorie des blessés.

— Oh, et puis merde.

Elle se leva et se dirigea vers la porte en faisant de son mieux pour dissimuler sa douleur et sa démarche boitillante.

— Tu vois ? Je ne vais pas si mal que ça, lança-t-elle.

— Non, mais ce n'est pas pour autant que tu vas bien, répliqua Benji en lui donnant une légère poussée qui la déséquilibra immédiatement. Je vote pour que tu sois évacuée par hélicoptère.

Soudain, le téléphone d'Evan sonna pour indiquer l'arrivée d'un SMS.

— Mason nous dit d'aller sur le toit maintenant.

— Allons-y.

Il ouvrit la voie tandis que les autres soldats manœuvraient soigneusement les quatre lits d'hôpital pour transporter les deux hommes conscients et les deux autres, qui étaient encore inconscients, vers les hélicoptères qui les attendaient sur le toit du bâtiment.

# CHAPITRE 16

RIGOUREUSE, ORGANISÉE, ET efficace. C'est comme ça qu'elle décrirait la façon dont ils procédaient. Les hommes étaient tous tellement concentrés. Ils semblaient avoir les choses bien en main. Elle avait participé à de nombreux sauvetages au cours de sa carrière de pilote, mais elle avait toujours été du côté des sauveteurs. Jusqu'à présent, jamais elle ne s'était retrouvée du côté des personnes qui avaient besoin d'être sauvées.

Et elle n'aimait pas du tout ce renversement de situation.

Elle ne faisait pas non plus grand cas de ses blessures. Son pied était bandé. En cas de besoin, elle était prête à s'appuyer dessus pour marcher. Bien sûr, d'un autre côté, la guérison prendrait un peu plus de temps, mais c'était tout à fait faisable. Elle n'avait pas envie de s'en aller et encore moins d'être évacuée avec les blessés. Ses blessures étaient si légères qu'elle se sentait coupable de se les être faites. Et comme elle n'était pas apte à les aider comme il se doit, Ice et Evan refusaient catégoriquement qu'elle reste.

Le vent s'était levé quand ils parvinrent sur le toit. Les quatre hommes alités furent répartis dans deux hélicoptères. Elle commença à faire rouler son fauteuil roulant en direction de l'un d'eux, mais Evan la retint. Le premier hélicoptère décolla, suivi du second. Evan la poussa alors jusqu'au troisième appareil et essaya de l'aider à sortir du fauteuil roulant.

— Je peux le faire, affirma-t-elle en secouant la tête.

La réponse d'Evan fut de la soulever et de la porter à l'intérieur de l'appareil. Savoir entrer et sortir seul d'un hélicoptère était une compétence en soi. Et il était encore plus difficile de monter à bord tout en portant un autre adulte. Pourtant, il réussit à le faire. Cet homme réussissait toujours tout ce qu'il entreprenait.

Elle se retrouva donc attachée sur un siège à l'intérieur de l'hélicoptère sans avoir eu son mot à dire, ce qui ne lui plut pas du tout.

— Je ne veux pas partir, protesta-t-elle.

— C'est bien dommage, parce que de toute façon, on ne te laisse le choix.

Tout à coup des coups de feu en rafales éclatèrent non loin d'eux. Un vieil hélicoptère noir se dressait désormais à côté d'eux et les arrosait de balles. D'où diable sortait-il ?

Evan se jeta sur elle. Elle vit Ice et les hommes qui les avaient accompagnés sur le toit courir pour se mettre à l'abri. Ils ne faisaient pas le poids face à un hélicoptère qui leur tirait dessus.

Mais l'hélicoptère de combat dans lequel elle se trouvait possédait la puissance de feu nécessaire pour répliquer.

— Comment va le pilote ? cria-t-elle à Evan.

Il la regarda d'un air surpris, puis courut vers l'avant de l'appareil.

De là où elle était assise, elle pouvait voir le pilote. L'homme était affalé sur le côté de son siège. Elle détacha rapidement sa ceinture de sécurité et s'avança en clopinant. Evan appuyait sur la blessure du pilote pour contenir l'hémorragie causée par la balle qu'il avait reçue au niveau des côtes. Pour sa part, le co-pilote était vivant, mais haletait en tenant son épaule d'une main. Elle aida Evan à déplacer les hommes blessés à l'arrière et se glissa rapidement dans le siège du pilote.

L'autre hélicoptère était déjà en train de faire demi-tour pour s'enfuir.

— Oh que non. Je ne te laisserai pas t'en tirer comme ça, grogna-t-elle en faisant doucement décoller l'appareil.

Evan avait probablement déjà deviné ce qu'elle comptait faire. Elle plaça le casque sur sa tête et rétablit la communication avec l'interlocuteur du précédent pilote. Les mots froids de celui-ci résonnèrent alors dans ses oreilles.

— N'engagez pas le combat. Je répète, n'engagez pas le combat.

Ce n'était pas du tout ce qu'elle avait espéré entendre. Elle avait envie de hurler tant sa frustration était grande.

— Je suis dans la position idéale pour l'abattre, protesta-t-elle.

— N'engagez. Pas. Le. Combat.

Elle grogna et réduisit la puissance du moteur, puis fit pivoter l'appareil pour le placer dans la direction qu'avaient prise les deux premiers hélicoptères.

— J'ai deux pilotes blessés à bord, annonça-t-elle.

— Emmenez-les à l'hôpital de Grandview. Vos ordres sont d'y rester. Nous enverrons un autre pilote pour récupérer l'hélicoptère.

Même si ça lui faisait mal de battre en retraite, elle devait penser aux pilotes blessés. Si c'était elle qui était blessée et non eux, qu'aurait-elle voulu qu'ils fassent à sa place ?

Elle ne volait que depuis deux minutes en direction de l'hôpital de Grandview quand l'hélicoptère ennemi réapparut derrière elle. *Merde*, pesta-t-elle en son for intérieur. Ils étaient en train de survoler les gratte-ciels de la ville. S'il prévoyait de les attaquer, ils ne pourraient pas répliquer, car il risquait d'y avoir plus de victimes au sol que quiconque ne le souhaitait. Elle étudia le terrain tout en faisant une mise à jour de sa situation à la tour de commandement.

— Si vous n'êtes pas en train de vous faire tirer dessus, réalisez des manœuvres d'évitement et faites demi-tour immédiatement, lui ordonna son interlocuteur.

— Trop tard.

Elle contourna un grand bâtiment et obligea son appareil à accélérer l'allure.

— Il s'approche trop près. S'il est armé… Merde… Il se verrouille sur nous…

— Dirigez-vous vers la haute mer. Les renforts aériens sont en route.

Les ordres étaient clairs et précis. Elle se débattit avec les commandes de l'appareil pour passer à travers les blocs d'immeubles et partir en direction du rivage. Deux navires militaires avaient jeté leur ancre dans la baie. Si des renforts aériens arrivaient pour leur prêter main-forte, il y avait de fortes chances qu'ils décollent de ces bateaux.

— Accroche-toi, Evan, lança-t-elle d'une voix forte par-dessus son épaule. Les choses vont vraiment commencer à devenir déplaisantes.

— Ne t'en fais pas pour moi. Occupe-toi de ce connard.

*Plus facile à dire qu'à faire*, pensa-t-elle. Elle avait accumulé beaucoup d'heures de vol, mais n'avait que peu d'expérience dans les situations de combat. Sauf qu'elle n'avait pas d'autre choix que de relever ce défi. Elle savait que la façon dont elle gérerait ce danger boosterait ou détruirait sa carrière, et sa vie. Peut-être ne pouvait-elle pas faire grand-chose contre la perte probable de son hélicoptère à ce stade, mais elle ferait tout son possible pour qu'aucune des personnes à son bord ne soit tuée. Elle aurait aimé avoir Ice à ses côtés. Son sang-froid et son sens instinctif du commandement lui auraient été utiles.

Presque instantanément, la voix calme et froide d'Ice filtra dans ses souvenirs, et elle entendit des conseils qu'elle lui avait donnés au cours d'autres vols. *« Garde toujours le contrôle. Si tu le perds, la partie est déjà terminée. »*

Le contrôle, elle l'avait. Elle cocha donc cette case sur sa liste mentale.

*« Reste concentrée jusqu'à la fin de la partie. Ne laisse pas les petites choses te mettre sur la touche. »*

Elle pouvait aussi cocher la case de la concentration.

*« Ne laisse pas les émotions te dominer. Peu importe ce que tu fais ou pour qui tu le fais, tu ne peux pas laisser ton cœur prendre le dessus sur ton esprit logique. »*

Bon, elle avait encore besoin d'un peu de travail avant de pouvoir cocher cette case-là de sa liste mentale.

Megan volait bas dans le ciel et passait en revue ses différentes options dans sa tête tandis qu'elle effectuait des manœuvres d'évitement pour ne pas rester dans la ligne de mire de leur ennemi. L'autre hélicoptère était plus vieux et n'avait pas la même puissance de feu que le sien.

Tout en pilotant, elle faisait de son mieux pour donner le plus de détails possible sur l'appareil ennemi à son interlocuteur, mais elle n'avait pas beaucoup d'éléments probants à leur fournir. De toute façon, ce n'était pas comme si cela allait faire une réelle différence à ce stade.

Elle devait rester hors de portée de tir jusqu'à ce que les renforts arrivent. Deux taches noires étaient déjà visibles au loin et volaient dans sa direction.

Il était temps. Mais ils étaient encore trop loin de sa position. *Merde.* Elle devrait se débrouiller sans eux encore quelque temps.

Soudain, l'hélicoptère apparut derrière elle.

*Bon sang !* D'où sortait-il ?

*Merde.* Elle avait de sérieux problèmes désormais… ou peut-être pas. Se souvenant d'une discussion qu'elle avait eue avec Ice, elle prit brusquement de l'altitude, ralentit et se plaça derrière le trou du cul aux commandes de l'autre hélicoptère. Elle verrouilla ses instruments sur lui. Il accéléra et essaya de sortir de sa ligne de mire, mais chaque fois, elle parvenait à le rattraper. Leur ballet aérien dura un certain temps puis, dès qu'elle parvint à se positionner correctement, elle tira. Elle bombarda le côté de l'appareil ennemi jusqu'à ce que de la fumée s'en échappe et qu'il se mette à chuter en spirale.

Elle l'avait eu.

*Prends ça, petite merde*, songea-t-elle avec un sourire victorieux.

Puis brusquement, des alertes retentirent dans le cockpit. Elle jeta un coup d'œil à sa jauge de carburant.

— Quelle quantité de carburant vous reste-t-il ? demanda son interlocuteur dans son casque d'une voix calme. En avez-vous suffisamment pour retourner à l'hôpital ou devez-vous vous poser ?

Elle estima la distance qui les en séparait et réalisa que ses réservoirs de carburant étaient presque vides. Ils étaient même quasiment à sec. Puis elle remarqua que de la fumée noire se dégageait de l'arrière de l'hélicoptère. *Bon sang.* Cela n'augurait rien de bon. Tout compte fait, elle avait peut-être été touchée.

— Nous avons besoin d'atterrir. Notre jauge de carburant est trop basse.

— Compris, opina son interlocuteur. Attendez

l'autorisation.

Quelques secondes plus tard, une autre voix se fit entendre dans son casque. Elle suivit les ordres en pestant intérieurement contre ses mains tremblantes et fit atterrir l'hélicoptère sur le pont du navire militaire conformément aux instructions qu'on lui donnait. Instantanément, le côté de l'appareil fut assailli par une foule de gens. Des médecins prirent en charge les pilotes blessés tandis que des mécaniciens accouraient pour examiner la machine. Elle retira son casque et secoua ses cheveux.

Elle était passée du statut de blessée à celui de sauveteuse. Cela montrait bien qu'elle n'avait pas besoin d'être sauvée. Elle se débrouillait très bien toute seule.

— Tu te sens mieux ? l'interrogea Evan avec un grand sourire.

— Oui, beaucoup mieux, confirma-t-elle en s'efforçant de se lever sans laisser échapper de cri de douleur.

La dernière chose qu'elle voulait, c'était montrer sa faiblesse maintenant. Elle boitilla vers lui.

— Êtes-vous blessée ? l'interpella quelqu'un depuis l'extérieur de l'appareil.

— Non. Je vais bien, affirma-t-elle.

EVAN SECOUA LA tête.

— Tu es une véritable tête de mule, commenta-t-il avant de se tourner vers les hommes qui grouillaient autour de l'hélicoptère. Elle a une entorse à la cheville et une vilaine écorchure due à un coup de feu antérieur.

Elle lui lança un regard noir.

— Je vais bien, soutint-elle en marchant vers lui.

Mais elle tituba en haletant tandis que son visage pâlissait subitement.

Immédiatement, il tendit la main et attrapa son bras pour la stabiliser.

— Doucement.

Des frissons parcoururent le dos de Megan. Elle hocha simplement la tête et transféra prudemment son poids sur sa cheville valide. Elle resta dans cette position, telle une cigogne, jusqu'à ce que les vagues de douleur s'apaisent et qu'elle puisse reprendre son souffle.

Il l'aida à avancer jusqu'au bord de l'appareil.

— Tu nous sers de pilote pour retourner jusqu'à North Island ou quelqu'un d'autre s'en charge ? lui demanda-t-il en observant l'activité autour d'eux.

— Quand je le saurai, je te le ferai savoir, répondit-elle sèchement. Il y a de fortes chances que je ne sois pas autorisée à piloter puisque tu as jugé bon de faire savoir à tout le monde que je suis blessée. Je vais être sur la touche pendant au moins une semaine maintenant.

— Je suis sûr que tu pourras quand même te rendre utile jusqu'à ce que ta cheville guérisse.

— Génial. Je vais me retrouver avec de la paperasse entre les mains, grogna-t-elle en le fusillant du regard.

Il rit et la conduisit vers le commandant qui les attendait un peu plus loin. Après avoir effectué le salut militaire réglementaire, elle lui fit un rapport aussi concis que possible. Puis Evan s'avança et ajouta ses propres informations.

Le commandant hocha la tête.

— Vous repartez tout de suite, mais cette fois en tant que passagère, annonça-t-il. Et vous aussi, Evan.

Ils discutèrent avec quelques autres personnes. Puis finalement, sans même avoir vu de médecin, ils furent tous les deux conduits vers un autre hélicoptère et quelques minutes plus tard, ils se retrouvèrent à nouveau dans les airs. Ils survolèrent les restes de l'autre hélicoptère qui avait terminé sa course dans la mer en contrebas. Plusieurs équipes de plongée étaient déjà en train de s'affairer tout autour. Evan vit le visage de Megan se fermer tandis qu'elle étudiait les dégâts qu'elle avait causés. Puis elle se détourna et regarda résolument devant elle.

— C'est la première fois que tu tues quelqu'un ? l'interrogea-t-il doucement.

Elle hocha la tête.

— J'ai passé la majeure partie de mon temps à effectuer des missions de recherche et de sauvetage. J'ai ramené des cadavres, mais je n'ai jamais été responsable de ces décès, expliqua-t-elle.

— Jusqu'à maintenant.

Elle lui jeta un coup d'œil et le lui confirma d'un léger hochement de tête.

— Oui. Jusqu'à maintenant.

# CHAPITRE 17

ELLE SE PENCHA en arrière et regarda par la fenêtre. Les mots d'Evan tournaient en boucle dans sa tête. Une telle chose n'était pas censée se produire. Tout du moins, pas ici. Ils n'étaient pas au Moyen-Orient ni dans l'un des nombreux pays du monde déchirés par la guerre.

La lutte que menaient les autorités mexicaines contre les cartels et la drogue avait-elle atteint leur pays ? Était-ce les mêmes personnes que celles auxquelles Levi avait eu affaire ?

Pourquoi s'attaquaient-ils à eux maintenant ? Était-ce parce qu'ils savaient que Levi était toujours en vie ?

Et était-elle responsable de tout cela ?

Les médias s'empareraient-ils de l'affaire ou considéreraient-ils cela comme un nouvel accident ayant eu lieu dans le cadre d'un exercice militaire ? Elle-même ne savait pas quoi penser de toute cette histoire.

— As-tu des nouvelles des autres ? s'enquit-elle doucement.

— Non, pas encore, répondit Evan.

Elle hocha la tête et resta silencieuse tout le reste du trajet. Ils atterrirent sur North Island en toute sécurité. Evan sauta de l'appareil et l'aida à descendre. Elle ne prononça pas un seul mot quand il l'emmena jusqu'à son véhicule et la fit monter dedans. Avant qu'elle ne le réalise, elle se trouvait à nouveau devant la maison d'Evan.

Il la conduisit vers son salon, mais elle se figea à l'entrée de la pièce. Le canapé était couvert de sang… et plus exactement de son sang.

— Je vais faire du café, annonça-t-il. On ne va pas tarder à nous appeler, mais le plus longtemps tu pourras te reposer, le mieux ce sera.

— Ce serait super, merci, approuva-t-elle d'une voix neutre et formelle.

Elle souhaitait ne jamais avoir à parler de ce qui s'était passé aujourd'hui avec qui que ce soit. Mais les chances qu'elle échappe à tout cela étaient inexistantes. Rien que la pensée des rapports qu'elle aurait à remplir lui donnait envie de crier. Son monde avait changé, et elle n'était pas sûre de savoir quoi faire désormais. Elle prit place sur le côté du canapé qui n'était pas taché de sang et essaya de se détendre. Du coin de l'œil, elle aperçut un mouvement brusque. Elle se crispa. Un énorme matou marchait le long de la clôture séparant la maison d'Evan de celle de ses voisins.

Derrière lui, elle pouvait voir sa maison… sa maison à elle.

Dire qu'elle était là… juste là… mais qu'elle ne pouvait pas y entrer. Et tout compte fait, peut-être qu'elle n'en avait pas envie. Aurait-elle l'impression d'être une étrangère dans sa propre maison si elle y retournait, ou se sentirait-elle encore plus violée dans son intimité qu'elle ne l'était déjà ? Pour l'instant, rien n'avait de sens. Elle était fatiguée. En réalité, elle ne se rappelait pas avoir déjà été aussi exténuée qu'en ce moment.

Mais elle avait tué un homme ce soir.

Cela devait être épuisant mentalement, et entraîner un certain tumulte dans l'esprit.

Quoi qu'il en soit, voler la vie de quelqu'un ne devait

jamais être facile.

C'était une chose à laquelle elle ne s'habituerait jamais.

Elle devait se souvenir de sa propre humanité.

Une main douce caressa sa tête et la tira de ses pensées. Sans qu'elle s'en aperçoive, Evan avait contourné le canapé et l'avait rejointe pour observer son jardin. Une fois qu'il fut satisfait de son inspection visuelle, il se retourna pour la regarder.

— Ça va aller ? demanda-t-il.

Elle hocha la tête et, d'un ton froid qu'elle avait appris aux côtés d'Ice, répondit :

— Bien sûr.

— Je te reconnais bien là, sourit-il.

Au même moment, son téléphone sonna. Il décrocha et elle l'écouta relater les derniers événements à Ice.

Il finit par mettre fin à l'appel et se tourna vers elle.

— Ils ont mis la main sur l'individu armé qui s'était introduit dans l'hôpital, déclara-t-il. Aucun explosif n'a été trouvé au sein du bâtiment. Quant à Levi et son équipe, ils ont été pris en charge et tous vont bien. Le voyage n'a pas eu de conséquence négative sur leur état.

— Tant mieux.

C'était la première bonne nouvelle de la journée.

— Ice aimerait te parler quand tu seras prête, ajouta-t-il.

Elle poussa un soupir, mais hocha la tête.

— C'est bien la dernière chose que j'ai envie de faire en ce moment, avoua-t-elle.

— Accorde-toi quelques minutes et appelle-la.

Elle grimaça.

— Je ne pourrais pas plutôt l'appeler demain, après avoir dormi un peu ?

— Non. Tu dois l'appeler maintenant.

Cette fois, sa voix s'était faite plus sévère. Il lui tendit son téléphone.

Elle gémit, mais le prit quand même et se rendit compte que l'appel était déjà en cours.

— Je vais bien, Ice, affirma-t-elle.

La voix froide d'Ice sembla si douce à ses oreilles quand elle lui répondit, mais pas aussi douce que les mots qu'elle prononça.

— Non, je pense que tu vas même plus que bien. J'ai vu. J'ai entendu. Je sais. Vas-y doucement et prends soin de toi. Tu t'es bien débrouillée aujourd'hui.

Là-dessus, elle raccrocha.

Avec un sourire idiot sur les lèvres, elle accepta la tasse de café qu'Evan lui tendait.

— Merci. Ou plutôt doublement merci.

— Doublement merci ? releva-t-il.

— Oui. Pour le café et pour le coup de pouce avec l'appel.

— Ice est une bonne personne.

Evan s'assit au milieu du canapé, juste à côté de la partie tachée de sang. Il posa sa tasse de café sur la table basse, lui prit la sienne des mains et la plaça à côté de la sienne. Puis il l'attira doucement dans ses bras et se pencha en arrière en la serrant contre lui sans un mot, comme s'il comprenait le bordel qui avait envahi son esprit.

Il n'attendait rien d'elle en échange. Il voulait simplement la réconforter. Elle en avait besoin en ce moment.

Après quelques secondes de silence, elle reprit la parole.

— Sur l'instant, je n'ai pas réfléchi. J'ai juste… tiré.

— N'y pense plus. Du moins, pas maintenant, lui souffla-t-il en faisant glisser sa main le long de son dos pour l'apaiser. Détends-toi et laisse-toi aller.

— Est-ce qu'il est vraiment possible de se laisser aller après avoir fait une telle chose ? Peut-on vraiment ne plus y penser ?

Ces questions semblaient la tourmenter et avoir une grande importance pour elle.

— Tu dois cesser d'y penser. Cela te paralysera si tu ne le fais pas. Les morts sont inévitables dans les conflits armés. C'était soit lui, soit nous. En plus de sauver ta vie et la mienne, tu as sauvé celles du pilote et du copilote. Tu as fait un sacré bon travail, ni plus ni moins. C'était un combat à mort et tu l'as éliminé, simplement et proprement. Il n'a pas su ce qui l'a frappé, et c'est peut-être le meilleur cadeau que tu pouvais lui faire.

— Je ne m'attendais pas à ce qu'il nous tire dessus quand on était sur le toit de l'hôpital, soupira-t-elle.

— On ne s'attend jamais à être attaqué dans les endroits que nous considérons comme les plus sûrs. Tu as traversé beaucoup de choses ces derniers jours. Maintenant, il faut que tu prennes une pause. C'est tout aussi important, peut-être même plus. Tu as besoin de te reposer et de guérir. Nous ne savons pas qui d'autre pourrait être impliqué dans toute cette affaire. Nous ne pouvons donc pas baisser notre garde tant que ces gens ne seront pas attrapés. Compris ?

— Compris, opina-t-elle.

IL ESPÉRAIT QU'ELLE avait effectivement compris. Leur travail était déjà assez difficile sans que n'interviennent en plus les montagnes russes de leurs émotions. Leur pays avait besoin de gens comme lui pour une raison bien précise. C'était eux que l'on envoyait régler ces fichues guerres qui gangrénaient le monde. Et avec les conflits venait la mort. Il n'avait encore vu aucun conflit se résoudre pacifiquement.

Il espérait que les dirigeants du monde continueraient d'essayer de forger la paix sans effusion de sang, même si cela faisait longtemps qu'il avait perdu sa naïveté enfantine. Il semblait toujours y avoir un connard qui décidait qu'il était meilleur que tout le monde et qui se prenait pour Dieu en tuant des âmes qu'il considérait comme inférieures à lui. C'était une bien triste réalité. Personne n'avait oublié les attentats terroristes du onze septembre 2001. Ceux-ci étaient encore gravés dans les mémoires au fer rouge et, avec la montée actuelle des groupes islamiques radicaux qui infligeaient tant de douleur et de destruction à travers le monde, il ne faudrait pas attendre longtemps avant que quelque chose d'autre ne se produise sur leur sol national. Mais tant qu'ils n'en sauraient pas plus, il ne voulait pas faire de suppositions hâtives. Ce qui s'était passé aujourd'hui était insignifiant. Les militaires minimiseraient l'importance des événements survenus dans la journée et dédramatiseraient la situation pour éviter que les gens ne paniquent.

Et en vérité, à ce stade, ils ne savaient toujours pas avec certitude à qui ils avaient affaire. Il pouvait s'agir d'un citoyen américain en colère ayant des contacts et des relations parmi des groupes terroristes.

— Tu sembles être plongé dans tes pensées, remarqua-t-elle.

— Ce sont les risques du métier, plaisanta-t-il avant de la serrer dans ses bras. D'ailleurs, merci de m'avoir sauvé la vie aujourd'hui.

— J'ai juste eu de la chance, rien de plus, grogna-t-elle.

— Je ne pense pas que la chance ait quoi que ce soit à voir là-dedans.

Soudain, le téléphone d'Evan sonna.

— C'est Mason, annonça-t-il à l'attention de Megan avant de prendre l'appel. Tu as du nouveau, Mason ?

— L'homme a réussi à se suicider avant que quiconque n'ait pu lui soutirer la moindre information. La chasse est donc ouverte.

— Intéressant. Je me demande quelle était son intention initiale.

— Aucune idée, mais une équipe se dirige vers sa maison en ce moment même.

Un étrange silence suivit, avant que Mason ne s'exprime de nouveau.

— Est-ce que Megan va bien ?

— Ouais, elle va bien, confirma Evan en la serrant un peu plus contre lui. Elle est encore un peu secouée par ce qui s'est passé et son corps a besoin de guérir, mais à part ça, elle se porte à merveille.

— Tant mieux. Levi et les autres sont en sécurité et sous haute surveillance. Pour l'instant, on n'est toujours pas sûr que ce soit eux qui étaient vraiment visés, mais si tout cela est lié à sa dernière mission, on préfère ne prendre aucun risque.

— Cela signifierait qu'il s'agit d'une attaque des cartels mexicains, et non d'une attaque terroriste.

— Il est encore trop tôt pour affirmer quoi que ce soit. Alors surtout, restez prudents.

Mason raccrocha, laissant Evan réfléchir aux conséquences d'une mission qui aurait mal tourné. Se pourrait-il que ces gens s'en prennent à eux pour se venger ? Ils avaient vraiment besoin que Levi se réveille à nouveau. Il ne cessait de somnoler sous l'effet des médicaments. Or, ils avaient une foule de questions à lui poser. Ses réponses leur seraient sûrement utiles pour comprendre toute cette affaire.

Tout en essayant de se détendre sur le canapé, il laissa

son esprit vagabonder librement. Il considéra les possibilités, pensa à ses camarades pris pour cible et songea aux situations dans lesquelles il s'était retrouvé au cours des derniers jours. Pour le moment, aucune réponse claire et nette ne se dessinait, car trop de variables entraient en jeu. Dommage que la partenaire de Markus ne soit pas là. Bree avait une mémoire photographique et réussissait à voir des schémas là où d'autres ne le pouvaient pas. Bien sûr, elle avait utilisé cette compétence pour effectuer des investissements financiers fructueux dans le cadre de son précédent travail avant de tomber gravement malade, mais il aurait été intéressant d'avoir son avis sur la question.

Sauf que Markus ferait une attaque s'ils essayaient de l'impliquer là-dedans, d'autant plus qu'ils essayaient d'éviter toutes les sources potentielles de stress afin que sa guérison se poursuive dans les meilleures conditions possible. Markus était tombé follement amoureux de la jeune femme et Evan lui souhaitait le meilleur, mais il ne pouvait s'empêcher d'être quand même inquiet. Bree avait été très malade pendant longtemps et, même si elle allait mieux maintenant, Markus avait déjà perdu une partenaire par le passé... Evan ne voulait pas qu'il en perde une autre. Néanmoins, Bree avait repris cinq kilos depuis leur rencontre, et elle était toujours capable de manger plus que Swede. La nourriture était une passion qu'ils avaient en commun. Il sourit. Ses frères de sang trouvaient un à un leur perle rare, et la famille qu'ils formaient tous ensemble s'agrandissait de façon merveilleuse. Megan remua dans ses bras, lui rappelant ainsi qu'il serait peut-être le prochain chanceux dans leur joyeuse bande de Gardiens. Ce surnom était stupide, drôle, ringard, mais en même temps tellement approprié qu'il le faisait toujours sourire.

Il ne plaisantait pas quand, lors de leur mission précédente, il avait dit à ses camarades qu'il voulait sauver la prochaine demoiselle en détresse. Sauf que c'était plutôt la demoiselle en question qui l'avait sauvé, et ce à deux reprises. Quelle ironie du sort…

Les autres allaient probablement le taquiner là-dessus jusqu'à la fin de ses jours. Il haussa les épaules. Son ego était solide et sain. En plus, c'était de Megan qu'il s'agissait, et tout ce qui pouvait la ramener dans sa vie lui convenait parfaitement. Elle était la perfection incarnée à ses yeux.

— Qu'est-ce qui te rend si heureux ? le questionna-t-elle à voix basse.

— Toi. C'est toi qui me rends heureux, répondit-il en la serrant contre lui. Je suis tellement content de te tenir à nouveau dans mes bras.

# CHAPITRE 18

L'ATMOSPHÈRE CALME ET protectrice qui les enveloppait berça Megan et la fit plonger dans un sommeil paisible. Du moins, jusqu'à ce qu'Evan cesse brusquement d'être détendu et devienne complètement alerte.

La tension qui venait d'envahir le corps du soldat la réveilla en sursaut.

— Qu'est-ce que…

Il plaça un doigt contre ses lèvres pour la faire taire.

Elle leva les yeux et les plongea dans le regard dur d'Evan. Puis elle désigna le côté du canapé d'un petit signe de tête. Elle s'assit et le regarda se diriger silencieusement vers les portes vitrées pour étudier le jardin.

Elle ne pouvait rien voir d'où elle se trouvait, mais il avait manifestement entendu quelque chose. Malgré la nuit noire, elle tenta de voir sa maison de l'autre côté de la clôture. Aucune lumière ne filtrait par les fenêtres. Elle semblait vide. Soudain, dans la nuit, elle entendit un hibou ululer et un faucon huir. Ces deux espèces animales appartenaient à la catégorie des prédateurs. Il était donc normal qu'elles soient sorties de leur cachette pour chasser des proies. En revanche, en entendant ces cris d'oiseaux, Evan eut une réaction étrange, puisqu'il se détendit complètement.

— C'est Hawk.

— On aurait plutôt dit un faucon et un hibou, remarqua-t-elle en le rejoignant devant la vitre. Qu'est-ce que tu as cru entendre exactement ?

— Hawk fait partie de mon unité, expliqua-t-il avec un sourire. Il est dehors et a dû me voir. En fait, c'est lui que tu as entendu. Nous communiquons en imitant le cri des faucons. Et il vient de donner le signal de fin d'alerte.

Elle étudia son visage.

— Donc nous n'avons rien à craindre ?

— En tout cas, pas pour le moment, lui assura-t-il en la serrant contre lui. Tu veux qu'on aille prendre un peu l'air ?

Il ouvrit les portes-fenêtres donnant sur son jardin. L'arrière-cour carrée était simple et se composait d'un beau patio en béton estampé. Elle boitilla lentement derrière lui et sortit avec un sourire. La nuit s'était installée pendant qu'elle dormait et avait apporté avec elle une sérénité bienvenue.

— C'est une belle soirée.

— C'est vrai, acquiesça-t-il. Est-ce que tu te sens mieux ?

— En fait, je ne me sens pas trop mal en ce moment.

L'herbe fraîche semblait l'appeler. Elle céda à la tentation et enleva ses chaussures pour laisser ses pieds profiter de sa fraîcheur. Sa cheville était raide et encore enflée, mais ce n'était pas si grave compte tenu de ce qu'elle avait traversé au cours de ces dernières heures. Tout en la faisant tourner plusieurs fois avec précaution, elle se rendit compte qu'elle se sentait déjà mieux. Après une journée de repos suivie d'une bonne nuit de sommeil, elle serait de nouveau sur pied.

— Non, ça n'ira pas mieux demain, la détrompa Evan avec un sourire comme s'il avait lu dans ses pensées. Le gonflement ne disparaîtra pas aussi rapidement. Et si tu en fais trop pendant la période où tu es censée te reposer, tu devras attendre plus longtemps avant d'être totalement rétablie.

Elle le regarda en faisant la moue.

— La pensée que je sois bientôt en mesure de reprendre le travail m'aidait à me sentir mieux.

— Cela n'arrivera pas avant un moment. Tu es en arrêt de travail jusqu'à ce que ta cheville soit totalement guérie.

— Tant que je n'ai pas à retourner à l'hôpital, alors je veux bien prendre quelques jours d'arrêt. Cela fera l'affaire, déclara-t-elle avant de froncer les sourcils. Mais ça reste du temps perdu inutilement. Si la situation avait été différente, j'aurais pu retourner dans l'Est pour rendre visite à ma famille pendant quelques jours au lieu de rester ici les pieds en l'air.

— Tu sais ce dont tu as besoin ?

Elle se tourna pour l'étudier. Les traits de son visage étaient solennels, mais l'étincelle de malice qui brillait dans ses yeux trahissait ses pensées. Elle plissa les yeux.

— Laisse-moi deviner. Tu penses que j'ai besoin de rester au lit ?

— C'est une idée merveilleuse, s'esclaffa-t-il.

— Tu es incorrigible.

— Non, juste amoureux.

Elle se figea.

— Tu ne devrais pas dire ça, murmura-t-elle tandis que la peur et un sentiment d'insécurité désagréable l'envahissaient. Je ne suis pas sûre de pouvoir t'aimer en retour. Du moins, pas de la façon dont tu le voudrais.

Le sourire d'Evan se fit plus tendre.

— On ne choisit pas ce que l'on ressent pour les autres, ni la quantité d'amour que l'on a à donner à chaque personne. Alors, ne te rabaisse pas en jugeant que ce que tu ressens n'est pas suffisant.

La tête inclinée vers les étoiles, elle se demanda si

quelque chose clochait en elle. Peut-être que son cœur savait depuis longtemps qu'elle tenait toujours à Evan. Peter avait-il été pour elle un moyen de l'oublier ? Si tel était le cas, ce moyen n'avait pas fonctionné, et elle réalisa alors qu'en agissant ainsi, elle les avait trompés tous les deux en plus de les blesser.

Soudain, une voix masculine, lente et grave, qu'elle situa sur la gauche de la maison, s'éleva dans l'obscurité.

— Evan ?

— Je suis là, répondit ce dernier.

Une ombre passa par-dessus la clôture avec agilité. Megan secoua la tête devant la façon presque éthérée dont le soldat se glissait dans son environnement.

— Si Evan ne m'avait pas prévenue que tu étais là et s'il ne m'avait pas non plus dit qui tu étais, je serais terrifiée en ce moment même, avoua-t-elle à voix basse. Si jamais tu veux te réorienter un jour, une carrière de cambrioleur te siérait à merveille.

Malgré l'obscurité brumeuse, elle vit un sourire sexy se dessiner sur les lèvres de Hawk.

— Qui sait de quoi sera fait mon futur ? s'amusa-t-il.

Elle secoua la tête.

— Quelle que soit la future carrière que tu choisiras, il vaut mieux qu'elle soit du bon côté de la loi, sinon nous aurons tous des problèmes, plaisanta Evan avec un sourire. Tu as trouvé quelque chose ?

— Non. RAS.

Il s'approcha en sortant son téléphone et pianota rapidement sur l'écran avant de le tourner vers Megan.

— Reconnais-tu cet homme ? l'interrogea-t-il.

Elle étudia la photo, puis secoua la tête.

— Non. Du moins, son visage ne me rappelle rien.

— Il est possible qu'il se soit fait pousser la barbe ou ait changé de coupe de cheveux, précisa Hawk.

— Je ne pense pas l'avoir déjà vu.

— Donc, ce n'est pas l'homme qui était dans ta chambre ?

Elle releva les yeux pour fixer son visage.

— Oh, merde. C'est le type qui était à l'hôpital, n'est-ce pas ? comprit-elle.

Il confirma d'un hochement de tête.

— La question est donc désormais de savoir si l'homme qui était dans sa maison est le même que celui qui était aux commandes de l'hélicoptère qu'elle a abattu aujourd'hui, commenta Evan en observant l'image. Mais peut-être y a-t-il un troisième homme ?

— J'ai entendu parler de ce qui s'est passé. Bien joué, la complimenta Hawk avec un signe de tête.

Elle haussa les épaules.

— C'est bizarre. Jamais je n'aurais pensé que tuer un homme me vaudrait un jour des félicitations.

— C'est notre métier qui veut ça, souligna-t-il sérieusement. Nous devons tout faire pour assurer la sécurité de notre pays.

— J'aimerais pouvoir faire autre chose pour vous aider. Je déteste rester assise et attendre que les choses se passent.

Tout à coup, un coup de feu brisa le silence de la nuit.

Immédiatement, elle se retrouva projetée au sol et son corps fut recouvert par celui d'Evan. Dans le même temps, elle entendit des bruits de pas rapides mais discrets dans l'obscurité qui les entourait.

— Hawk part à la chasse, lui chuchota Evan en se retournant et en l'entraînant vers le côté de la clôture.

En dehors du fait qu'Evan l'avait plaquée un peu brutalement par terre et du tiraillement qu'elle ressentait à présent dans sa chair à l'endroit où l'infirmière lui avait posé les points de suture – qu'elle avait d'ailleurs réussi à ignorer jusque-là –, elle allait bien. Elle se demandait si elle serait capable de les ignorer à nouveau.

— Tu as été touché ? s'inquiéta-t-elle en l'étudiant attentivement.

Evan secoua la tête.

Au même instant, son téléphone sonna.

— La maison sécurisée n°1 est prête à vous accueillir, l'informa Mason. Soyez-y dans quinze minutes. On arrivera dix minutes après vous.

— Compris.

Il rangea son téléphone en étudiant les ténèbres de la nuit. D'un geste souple, il s'accroupit et la souleva dans ses bras.

— Qu'est-ce que tu fais ?

Sans répondre, il courut à l'intérieur de sa maison et se rendit directement dans son garage, où se trouvait son véhicule. Il la plaça délicatement sur le siège du côté passager, puis retourna en courant dans sa maison. Il récupéra leurs sacs ainsi que ses clés, et fut de retour en moins de trois minutes. Il sauta dans sa voiture, ouvrit la porte du garage et démarra le moteur.

— Où allons-nous ? demanda Megan.

— Dans une maison sécurisée. On ne peut pas rester ici.

Il enclencha la marche arrière et sortit dans l'allée. Rapidement, ils se retrouvèrent sur la route en direction de San Diego et durent passer plusieurs contrôles de sécurité. Une fois la voie libre, elle s'enfonça dans son siège.

— Je suppose que ça ne sert à rien de demander des détails.

— Ce n'est pas comme si on en avait, mais comme quelqu'un vient de nouveau d'attenter à ta vie et à la mienne, la meilleure chose à faire est de filer loin d'ici pendant que la police se rend dans notre quartier pour s'occuper des détails, expliqua-t-il d'une voix dure.

— Et où se trouve cet endroit où nous serons plus en sécurité ?

— C'est un endroit que nous ne connaissons pas et où ils ne s'attendront pas à nous trouver.

— « Ils » ? releva-t-elle.

— Quelqu'un cherche à te tuer. On doit savoir de qui il s'agit et pourquoi.

Elle n'avait aucune idée de qui cela pouvait être et ne savait pas non plus ce qu'elle devait dire pour obtenir plus de réponses. Mais si toute cette histoire se révélait être une attaque personnelle contre elle, alors ce serait une tout autre histoire.

Le téléphone d'Evan sonna. Elle tendit la main et le prit.

— C'est Ice.

— Réponds-lui, commanda-t-il.

Megan s'exécuta et mit le haut-parleur.

— Ice ? C'est moi, Megan. On est en train de se rendre dans une maison sécurisée.

— Tu as de nouveau été attaquée ? questionna Ice d'une voix tranchante.

— Oui.

— Levi s'est réveillé, annonça brusquement Ice. Je pense que vous devriez entendre ce qu'il a à dire.

Evan regarda Megan.

— On vient à vous, décida-t-il.

Ice leur donna l'adresse.

— Attends, je croyais que vous étiez à l'hôpital de

Grandview, s'étonna Megan. Ce n'est pas le cas ? Je ne reconnais pas cette adresse.

— À la place, j'ai fait déplacer les hommes dans un centre médical privé. Je ne voulais prendre aucun risque.

— Et… tu as obtenu l'autorisation nécessaire pour cela ?

— Non.

Ice n'entra pas plus dans les détails.

Evan et Megan échangèrent un regard. Non seulement ce n'était pas normal, mais cette décision était tellement surprenante et sortie de nulle part que cela n'avait aucun sens. Ice n'aurait jamais agi ainsi, à moins de s'attendre à une nouvelle attaque et de ne pas faire confiance aux personnes qui savaient où les hommes se trouvaient.

L'air sombre, Evan changea de voie et continua de rouler dans une tout autre direction. Elle ne se souvenait pas d'être déjà venue dans cette partie de la ville, mais elle faisait confiance à Evan pour les conduire là où ils devaient aller, alors elle se renfonça confortablement dans son siège. Lorsqu'il changea à nouveau de voie, prit rapidement un virage serré à droite, fit le tour d'un pâté de maisons puis se replongea dans la circulation dense en se faufilant et zigzaguant entre les voitures au point qu'elle dut se cramponner à son siège, elle finit par comprendre et se tordit sur son siège pour regarder par la vitre derrière.

— On est suivi, n'est-ce pas ? Tu les as semés ?

— Oui et oui.

Elle secoua la tête et attrapa le téléphone d'Evan pour passer un appel.

— Mason, on est suivis. On les a semés une fois, mais…

— Ne vous inquiétez pas. Deux de mes hommes se dirigent actuellement vers vous, la coupa-t-il.

— Nous n'allons plus à la maison sécurisée. Ice nous a

appelés pour nous dire que Levi est réveillé et qu'il pourrait avoir quelque chose à nous dire.

— Je vous retrouve à son chevet.

Et là-dessus, il raccrocha.

— Mason nous rejoint dans la chambre de Levi, répéta-t-elle lentement à l'attention d'Evan.

Puis elle se tourna pour regarder par la fenêtre. Mason n'avait pas demandé où se trouvaient les hommes alités. Mais lorsqu'on embrassait une carrière militaire, on apprenait à suivre les ordres, et à ne jamais demander pourquoi les choses étaient faites d'une certaine manière et pas d'une autre. Du moins, personne ne posait ce genre de questions à voix haute.

EVAN LUI JETA un coup d'œil, mais resta silencieux. Elle avait traversé beaucoup d'épreuves.

Il voulait savoir ce qui se passait exactement et pourquoi ils étaient la cible d'attaques. Maintenant que Levi était réveillé, ils seraient probablement en mesure de découvrir le fin mot de toute cette histoire.

Evan entra sur le parking derrière le centre médical et se gara. Il observa les alentours, puis sortit du véhicule et se dirigea vers Megan dans l'intention de l'aider à descendre. Mais il s'immobilisa en voyant les taches rouges sur ses vêtements. Il souleva lentement le bras et la chemise de la jeune femme. En dessous, le bandage était imbibé de sang. Il fronça les sourcils.

— J'ai peut-être fait un mouvement un peu trop brusque qui a arraché un ou deux points de suture, s'excusa-t-elle à voix basse. Mais de toute façon, il n'y a rien que l'on puisse faire à part laisser la blessure guérir d'elle-même.

Il étudia le bandage rougi et réalisa que le sang n'était pas descendu le long de ses côtes. L'écoulement s'était donc déjà arrêté. Il baissa sa chemise et se recula.

— As-tu besoin d'aide pour marcher ? demanda-t-il.

Instantanément, elle secoua la tête.

— Je comprends ta volonté d'indépendance. Mais ton entêtement te fait plus de mal que de bien, la réprimanda-t-il.

Elle se figea, puis se leva et passa devant lui en faisant un pas, suivi d'un autre avec sa jambe blessée.

— Tu vois ? Je peux marcher sans problème. Le seul souci qui pourrait se poser, ce serait dans le cas où la route serait accidentée ou inégale, car je ne pourrais pas poser le pied correctement et ma cheville me ferait alors un mal de chien.

— Tu devrais rester au lit pendant quelques jours, marmonna-t-il.

Elle ne répondit pas à son trait d'humour déguisé. Il considéra donc que son silence signifiait qu'elle était d'accord avec lui. Il marcha lentement à ses côtés jusqu'à l'entrée principale. Elle avait probablement l'air de quelqu'un qui venait ici pour se faire soigner.

Comment diable Ice s'y était-elle prise pour réussir à transférer Levi et son équipe dans cet endroit ? Elle avait probablement des contacts dans l'établissement.

Une fois qu'ils parvinrent devant l'entrée, les portes s'ouvrirent automatiquement pour les laisser passer. À l'intérieur, l'air était frais, et l'atmosphère était sereine et tranquille. En parlant avec l'hôtesse d'accueil, il apprit rapidement où étaient ses amis, et s'étonna même de la facilité avec laquelle il avait obtenu l'information.

— Peut-être qu'Ice les a prévenus que nous arrivions afin que nous puissions les rejoindre facilement, suggéra Megan.

Elle paraissait aussi fatiguée que lui.

— Peut-être bien, acquiesça-t-il en haussant les épaules.

Au fond de lui, il n'était pas sûr d'apprécier ce laxisme en matière de sécurité compte tenu de la situation. Néanmoins, il ne fit pas de commentaire et se dirigea vers l'ascenseur. Il aurait bien pris les escaliers pour monter jusqu'au deuxième étage s'il l'avait pu, mais Megan n'aurait pas pu le suivre à cause de sa cheville. Elle devrait se trouver dans un fauteuil roulant et maintenir son pied en hauteur au lieu de s'appuyer dessus, mais elle n'accepterait jamais une telle suggestion. Sa cheville semblait guérir, et il ne voulait pas que quoi que ce soit ralentisse le processus de guérison. Les portes de l'ascenseur s'ouvrirent sur Benji qui montait la garde juste devant.

Quand il les vit, son visage s'illumina.

— Tu as fait du joli travail avec l'autre hélicoptère. Bien joué, lança-t-il à Megan.

— Merci, marmonna-t-elle en rougissant. Je suis contente de voir que tu as survécu à tout ce bordel.

— Le pire, ça a été les rapports et les entretiens qu'on a eus après, plaisanta-t-il. Mais les gars sont là et jusqu'ici, tout va bien.

Evan hocha la tête.

— Est-ce que Mason est arrivé ? s'enquit-il.

Benji secoua la tête.

— Non, mais il sera là d'une minute à l'autre.

Il prit la tête de leur groupe et les conduisit jusqu'à Ice, qui se tenait dans l'embrasure d'une porte. Les traits de la pilote étaient durs, mais une étincelle de joie brillait dans ses yeux.

— Entrez, les invita-t-elle.

Ils entrèrent dans une pièce plus grande que toutes celles

qu'il avait visitées à l'hôpital militaire et découvrirent Levi et Stone allongés sur leur lit respectif. Tous deux étaient réveillés. Stone les accueillit avec un sourire ravi. Levi, quant à lui, les regarda avec un visage impassible.

— Tu vas bien, Levi ? l'interrogea Evan en étudiant son ami du regard.

Ce dernier lui répondit par un petit signe de tête. Il avait l'air d'avoir récupéré des forces et sa peau avait repris des couleurs.

Evan se retourna pour regarder son autre camarade.

— Et toi, Stone ?

— Ça va bien, affirma aisément celui-ci en hochant la tête.

Megan se tourna vers Ice.

— Et Merk et Rhodes ? Comment vont-ils ?

— Ils vont bien tous les deux. Ils sont dans la chambre d'à côté.

Elle adressa ensuite un regard acéré à Levi et ajouta :

— Ils ont tous besoin de se reposer ici quelques jours supplémentaires, et pour le reste… ça prendra du temps.

— Certains d'entre nous pourraient sortir d'ici maintenant.

Ice ignora l'intervention de Levi. Evan la comprenait. Les chances pour que Levi soit un bon patient étaient presque inexistantes. Lorsqu'il dormait encore, il ne protestait pas ni n'essayait de discuter les décisions, mais maintenant qu'il était réveillé, c'était une tout autre histoire.

— Je suis heureux de voir que tu as gardé une jambe, Stone.

Ce dernier inclina la tête.

— Pas question que je perde les deux, rétorqua-t-il en souriant. Et au fait, merci d'être venu nous sauver. J'étais sûr que j'étais fichu ce jour-là.

— Nous avons tous cru que notre dernière heure était arrivée, enchérit Levi avant d'étudier Megan à côté d'Evan. Tu es venue nous chercher avec Ice ?

Elle acquiesça et inclina la tête sur le côté, imitant ainsi le soldat sans le vouloir.

— Et tu as éliminé le connard qui vous a attaqués sur le toit de l'hôpital ?

Elle hocha de nouveau la tête.

— Et en plus, tu as sauvé Evan, le pilote et le co-pilote de l'hélicoptère ?

Elle plissa les yeux et confirma une fois de plus. Evan sourit. Elle paraissait de plus en plus contrariée par ces questions.

Levi l'étudia, puis reporta son attention sur Ice. Des pensées semblaient se bousculer dans sa tête. Mais il se contenta de la féliciter d'un simple « beau travail ».

C'était typique des gars avec qui Evan travaillait. Ils ne s'adressaient que très peu de compliments. Ils savaient qu'ils n'en avaient pas besoin. Les performances exceptionnelles étaient la norme parmi eux, puisqu'ils faisaient partie de l'élite des soldats. Il était attendu d'eux qu'ils soient les meilleurs. Mais ce n'était pas pour autant que leur efficacité n'était pas appréciée. Bien sûr, ils se donnaient souvent des tapes dans le dos et s'en tapaient cinq pour se féliciter entre eux. Et puis, au besoin, ils étaient aussi là les uns pour les autres. Si l'un d'eux n'allait pas bien, les autres semblaient toujours s'en rendre compte.

Megan ne faisait pas partie de leur équipe. Mais même si elle n'était pas une *SEAL*, elle était un soldat, comme eux tous. Elle occupait une position particulière dans toute cette histoire en partie grâce au travail qu'elle réalisait avec Ice et en partie parce qu'elle avait participé à l'opération d'exfiltration de ces quatre hommes. Il ne fallait pas non plus oublier ce qui s'était passé aujourd'hui.

Et le fait est que Levi savait cela. Il comprenait les gens et leur insécurité. Mais surtout, il reconnaissait leur valeur et n'hésitait pas à les congratuler chaque fois qu'ils le méritaient.

Il n'avait pas dit grand-chose, mais ses questions avaient fait toute la différence et avaient grandement contribué à remonter le moral de Megan. Tout en la regardant s'installer sur une chaise, Evan adressa un signe de tête discret à son ami pour le remercier. Grâce à lui, Megan semblait plus apaisée et détendue désormais.

Levi était vraiment un bon gars. Evan ne savait pas quels étaient ses projets à présent, mais c'était un homme capable de faire face à toutes les mauvaises choses que la vie lui réservait.

S'ils pouvaient faire quoi que ce soit pour l'aider, alors ils le feraient, sans aucune hésitation.

# CHAPITRE 19

MEGAN ESSAYA DE se détendre. Elle avait déjà assez de mal à faire concorder ses émotions et son éthique sans être en plus félicitée pour avoir tué un homme. Elle avait fait son travail, rien de plus. Elle avait fait du mieux qu'elle avait pu et cette fois, cela avait été suffisant pour la tirer d'une situation critique où elle aurait pu perdre la vie. Si elle voyait des combats régulièrement, ça n'en était pas moins difficile, car personne ne pouvait être parfaitement en phase avec lui-même après avoir ôté la vie à quelqu'un. Sauf que ce n'était pas elle qui tenait les armes à feu normalement. Elle perdait certains combats et en gagnait d'autres, mais tout se passait toujours très vite. Et bien qu'elle soit dans l'armée et soit envoyée là où on avait besoin d'elle, une partie d'elle espérait que ses supérieurs la laisseraient se concentrer sur la recherche et les sauvetages. Elle n'était pas sûre d'être faite pour le combat.

Ice ouvrit la porte derrière eux. Megan était en train d'observer Levi et s'était perdue dans ses pensées au point qu'elle n'avait pas entendu le léger coup qui avait été porté contre le battant. Mason entra, Swede sur les talons, puis Markus passa la porte. Tout à coup, la pièce ne lui sembla plus aussi grande qu'auparavant. Markus s'approcha de Stone et lui tapa dans la main.

— Putain, c'est bon de te voir réveillé.

— Moi aussi, je suis content d'être réveillé, sourit Stone.

Markus étudia ensuite le moignon bandé de son camarade.

— Tu vas choisir de l'acier bleui ou de la fibre de carbone noire ?

Stone pencha la tête sur le côté.

— Je pensais plutôt à de l'inox incurvé pour pouvoir courir plus vite.

— Quel manque d'originalité, commenta Markus avec un petit rire dédaigneux. Tout le monde a ça. Si tu avais perdu tes deux jambes, ça aurait été génial. Mais comme tu n'en as perdu qu'une seule…

Il sortit son téléphone et parcourut plusieurs pages jusqu'à trouver ce qu'il cherchait. Puis il montra son écran à Stone.

— Je pensais plutôt à quelque chose dans ce style, termina-t-il.

Stone étudia l'image.

— Mec, ce n'est vraiment pas mal du tout, chuchota-t-il avec admiration. Merk est un as de la mécanique. Il pourrait sûrement me construire un truc comme ça.

— Il ne te restera plus qu'à ajouter des armes, et tu seras prêt.

— Tu as vraiment l'intention de construire une fausse jambe tout seul ? intervint Megan en le dévisageant.

Les deux hommes tournèrent la tête vers elle.

— C'est loin d'être une fausse jambe, contesta Stone avec sérieux. Elle doit remplacer ma véritable jambe, ce qui en fait donc une vraie jambe.

— En plus, c'est un outil de travail, comme tous ceux que nous utilisons lors de nos missions, ajouta Markus. Donc il doit lui permettre de maximiser son travail. Dans ce cas, ça pourrait devenir une arme d'enfer.

Swede s'approcha et jeta un coup d'œil à l'image affichée sur le téléphone de Markus.

— Et ça pourrait aussi être une œuvre d'art, nota-t-il.

— Absolument.

Megan secoua la tête.

— Je n'ai aucun problème avec l'apparence de ta nouvelle jambe. Mais tu comptes vraiment la transformer en arme ?

Ils se contentèrent de sourire.

— On aime beaucoup nos jouets, plaisanta Markus.

Levi prit alors la parole.

— Seuls deux hommes savaient où nous nous rendions ce jour-là : notre contact aux États-Unis et notre correspondant au Mexique.

— Qui était votre contact aux États-Unis ? s'enquit Mason.

— Celui qui était ici a disparu, répondit Levi. Je n'ai pas réussi à le joindre.

— Par téléphone ?

— J'ai essayé de l'appeler plusieurs fois. À chaque fois, ça sonne à l'autre bout du fil, mais personne ne décroche jamais.

— L'as-tu déjà vu en vrai ? demanda Mason. Est-ce que tu saurais le reconnaître ?

Levi hocha la tête.

— C'est l'une des raisons pour lesquelles je lui ai fait confiance. Je savais où le trouver.

Evan s'approcha en lui tendant son téléphone.

— Hawk m'a envoyé ça, expliqua-t-il. C'est l'homme armé qui se trouvait à l'hôpital. Est-ce que tu le reconnais ?

Levi prit le téléphone pour regarder la photo. Puis il secoua la tête.

— Ce n'est pas mon informateur…

Il étudia l'image un peu plus longtemps avant de passer le téléphone à Stone.

— Qu'est-ce que tu en penses ? le questionna-t-il.

Stone récupéra le téléphone, et son visage s'assombrit brusquement.

— Il était au Mexique.

— Il était là-bas ? s'étonna Evan. Il a dû s'échapper tôt alors. Je n'ai laissé personne en vie.

— Il fait partie du groupe d'hommes qui a disparu après qu'on est tombé dans ce foutu piège.

— Que faisais-tu exactement là-bas ? voulut savoir Megan.

Levi l'étudia un instant avant de répondre.

— Nous avons trouvé une grande cache d'armes aux États-Unis. Elles étaient échangées contre de la drogue au Mexique. On voulait s'assurer que le trafic s'arrêterait des deux côtés.

Elle hocha la tête.

— Et vous avez réussi ?

— La drogue a été réduite en cendres et les armes sont toujours aux États-Unis. Nous devons trouver qui, aux États-Unis, fait circuler ces armes, et combien de ces hommes traversent librement nos frontières, conclut-il en désignant le téléphone.

— Ces armes sont-elles importées d'ailleurs ?

Levi confirma d'un hochement de tête.

— Oui. Mais nous n'avons pas pu mettre la main sur le fournisseur. Nous avons filé les acheteurs jusqu'au lieu de rendez-vous et nous espérions couper cette ligne d'approvisionnement en drogue par la même occasion. Le plan était de capturer le fournisseur de drogue et de trouver ceux qui sont au-dessus de lui.

— Et vous avez trouvé qui est au-dessus de lui ?

Il haussa les épaules.

— Nous étions là au bon moment et il y avait un peu de drogue. Je doute du montant total du paiement. Mais on s'est fait tirer dessus presque immédiatement.

— Donc votre informateur aux États-Unis vous a trahis ? avança Megan.

— Peut-être, acquiesça Levi en la regardant. Ou alors, peut-être qu'il est mort.

Elle pinça les lèvres.

— Sauf que tu risques de ne pas être en mesure de le découvrir par toi-même, n'est-ce pas ?

— Pas avant un petit moment au moins, opina-t-il simplement d'un air sombre.

— Pour ne pas dire jamais, c'est ça ? reformula-t-elle en comprenant ce qu'il voulait dire par là.

— Je trouverai qui a fait ça. Nous sommes rentrés tous les quatre, mais il y avait des femmes et des enfants qui travaillaient pour ces trafiquants de drogue, et ils les ont tous abattus. Ils les ont tous tués de sang-froid, insista Levi d'une voix qui s'était durcie. J'ai tiré sur deux d'entre eux, mais les deux autres se sont enfuis à coup sûr.

— Quatre hommes se sont enfuis, rectifia Stone. Ils ont décollé avec l'hélicoptère.

— Dans ce cas, j'en ai quatre à traquer, déclara calmement Levi.

— *Nous* en avons quatre à traquer, le corrigea Stone d'une voix dure.

Levi regarda son ami.

— Ça marche. Une fois que je serai guéri et que tu seras de nouveau sur pieds, nous partirons à la chasse.

Ice grogna.

— Et si vous vous remettiez tous les deux et que vous *parliez* plutôt que de partir à la chasse ?

Levi se retourna pour l'étudier.

— Je te l'ai déjà dit. L'offre est ouverte à tous.

Elle secoua la tête.

— Ce n'est pas une bonne idée.

Un sourire dangereux se dessina lentement sur les lèvres de Levi. Cette expression carnassière le faisait paraître si redoutable que Megan en eut le souffle coupé. Pour sa part, Ice semblait ne pas être sensible à ce pouvoir magnétique, même si Megan remarqua que sa coéquipière avait redressé le menton en signe de défi.

— Quelle offre ? s'enquit Mason.

Il étudia Levi puis Stone, avant de hocher la tête.

— Ce n'est peut-être pas une mauvaise idée. Le moment est opportun. Mais cette reconversion nécessitera des fonds.

— Je peux trouver des soutiens financiers, affirma Levi dont le sourire s'était estompé. Et puis, on dirait bien que je vais avoir beaucoup de temps à tuer également.

— Moi aussi, j'en ai beaucoup plus maintenant, grogna Stone.

EVAN N'AVAIT PAS suivi toute la conversation. Il ignorait de quoi ses frères d'armes parlaient exactement, mais avait assimilé l'essentiel du sujet. Puis il comprit les sous-entendus qui avaient circulé autour de lui.

— Tu voudrais passer dans le secteur privé ?

Levi tourna son regard vif et redoutable vers lui.

— Ouais, peut-être, confirma-t-il.

— Ce n'est pas une mauvaise idée. Il y a beaucoup d'argent à la clé. Et il y a aussi moins de règles à suivre, et moins de restrictions.

— Exactement, acquiesça Stone. En plus, j'ai besoin d'un nouveau boulot. Apparemment, je ne vais pas pouvoir garder celui que j'ai.

— Tu vas le garder, le détrompa Mason. Mais ce sera différent…

— Comme si j'allais faire un foutu travail de bureau, ricana Stone avant de se tourner vers Levi. Tu vas engager quelqu'un pour faire cette merde, j'espère.

— Je pensais que tu étais intéressé par ce poste, remarqua Levi d'un ton fade.

Stone lui lança un regard noir.

— Trouve-moi une belle nana qui kiffe les hommes unijambistes et qui peut faire de l'administratif avec moi. Dans ce cas, ce serait parfait.

— Les femmes n'en ont rien à faire que tu aies perdu ta jambe, rétorqua Ice. Si cela les dérange, c'est qu'elles appartiennent à la catégorie des gamines et doivent grandir. Et toi aussi, tu dois grandir. Alors, oublie ce genre nanas.

— Mais je peux avoir autant de femmes que je veux, n'est-ce pas ? demanda-t-il avec un grand sourire.

Le sourire qui étira les lèvres d'Ice contenait tellement d'amour qu'il émerveilla et envoûta tous les hommes présents dans la pièce, y compris Evan.

— Baisse d'un ton, Ice. Nous ne sommes que des humains, tempéra-t-il avec un sourire taquin. Et puis, ton sourire en dit long sur ce que tu penses réellement.

Immédiatement, Ice se tourna vers lui avec un regard noir.

— Tu es déjà pris, donc ton avis ne compte pas.

— Et toi aussi, intervint Levi d'une voix basse et dure.

Elle l'étudia, puis grogna et partit en jurant.

# CHAPITRE 20

MEGAN HAUSSA LES sourcils en voyant Ice partir de la sorte. Elle se retourna vers les autres hommes et vit qu'à l'exception de Levi, tous avaient un sourire aux lèvres.

— Il se passe manifestement quelque chose dont je ne suis pas au courant, marmonna-t-elle.

Evan rit et passa un bras autour de ses épaules avant de reporter son attention sur ses deux camarades alités.

— Alors, pourquoi vouliez-vous qu'on soit là ? leur lança-t-il.

Levi regarda Stone. Ce dernier hocha la tête.

Curieuse, Megan les observa tandis qu'ils l'évaluaient. Puis ils parurent l'accepter, et ce fut comme si une couche de tension invisible s'était soudainement envolée.

— Il s'appelle Pedro Watkins. Il vit à San Diego et a des « contacts » au sein des chantiers navals.

— Est-ce qu'il a des liens avec l'US Navy, avec North Island ou encore avec des militaires ?

— Nous n'en avons pas trouvé. Mais c'est son cousin qui vend les armes. C'est lui que vous devez trouver.

— Quel est son nom ?

— Miguel Watkins.

— C'est un nom de famille bien étrange.

— C'est ce que nous avons pensé également, opina Levi avec un hochement de tête. Impossible de savoir s'il est en règle ou non, ni même s'il est mort, mais c'est notre contact américain. Trouvez-le et vous trouverez le reste. Merk t'enverra les informations que j'ai collectées. Voyez ce que vous pouvez en faire… pour notre bien à tous.

— Vous l'avez déjà dit à quelqu'un d'autre ?

— Je n'étais pas réveillé jusqu'à maintenant, rappela Levi.

Mason hocha la tête.

— Nous allons le trouver.

— Parfait. Attrapez-le, mettez-le hors d'état de nuire et, surtout, retirez ces foutus flingues des rues.

Puis sa voix s'approfondit de colère lorsqu'il ajouta :

— Quand je serai de nouveau sur pied, je traquerai et retrouverai les autres moi-même.

Mason l'étudia.

— Ne fais rien de stupide, le mit-il en garde.

Levi sourit d'un air enfantin qui aurait pu charmer n'importe qui.

— Ne t'inquiète pas pour moi. Je pense à ça depuis longtemps.

— En plus, notre temps de service actif allait bientôt arriver à son terme, enchérit Stone. La retraite était proche pour nous. Et puis, les choses étaient en train de changer au-dessus de nous. Nous étions paralysés par de nouvelles règles et de nouveaux règlements, et bien sûr par nos supérieurs.

Levi hocha la tête.

— Trouvez ce type, les pria-t-il. On s'occupe du reste.

— Très bien, acquiesça Mason.

Ils se tournèrent vers la sortie quand Levi les rappela :

— Mason ? Evan ? Si jamais quelque chose venait à arriver et que vous voulez passer dans le secteur privé…

Il laissa sa phrase en suspens. Mason hocha la tête.

— Je ne passerai pas dans le secteur privé, répondit-il. Du moins, pas à moins d'y être obligé. Mais si jamais ce moment finit par arriver un jour, je te ferai signe.

— J'ai sauvé ton gros cul et je n'ai même pas le droit à une invitation ? se plaignit Markus.

— Tu parles ! C'est quand même moi qui ai dû m'occuper de la charge la plus lourde, ricana Swede. Tu as essayé de porter Stone dernièrement ?

— Je pèse une bonne dizaine de kilos de moins, maintenant, souligna ce dernier en gloussant.

— Ce qu'il te faut, c'est de l'acier bleui, répliqua Swede. Ce serait parfait.

Levi s'adressa ensuite à Mason d'une voix plus grave :

— Si je ne l'ai pas encore dit…

— Tu n'as pas à le faire, l'interrompit Mason. Assure-toi simplement de me garder une place dans l'équipe si jamais j'en ai besoin.

— Peu importe l'état dans lequel tu seras le moment venu, tu auras ta place parmi nous, lui promit Levi. Ce n'est pas parce que je ne peux pas reprendre du service actif dans l'armée que ma vie professionnelle est terminée.

— Notre vie professionnelle n'est jamais vraiment terminée, quelle que soit la direction que nous prenons, opina Megan.

Puis elle adressa un signe de tête aux hommes, se retourna et sortit de la pièce.

— ICE DIT que c'est une sacrée pilote. Et ça tombe bien, parce que nous allons bientôt avoir besoin de personnes comme elle…, déclara Stone en ne plaisantant qu'à moitié.

Comment pouvait-il planifier avec autant de certitude de

tels projets alors qu'il était encore alité à cause de sa dernière mission qui avait failli lui coûter la vie ? Il avait échappé de justesse à une mort certaine et pourtant, il était déjà prêt à repartir. Mais ils l'auraient tous été à sa place. Ce trafic d'armes et de drogue devait être stoppé.

— Oui, c'est une sacrée pilote, acquiesça Evan. Je lui ferai savoir qu'on aura sûrement besoin d'elle bientôt.

Il les salua et sortit. Dans le couloir, il trouva Mason et Ice en pleine conversation avec Megan.

— Qu'est-ce qui se passe ? demanda-t-il.

Megan haussa les épaules.

— Je me demandais simplement si ce soldat faisait partie des hommes que j'ai vus au hangar. Peut-être qu'il apparaît sur les films de vidéosurveillance avec ceux qui ont été envoyés par l'entreprise de climatisation, expliqua-t-elle avant de se gratter la tempe. Le problème, c'est qu'il y a beaucoup de personnes d'origine hispanique ici, donc ça va compliquer les recherches.

— La sécurité devrait pouvoir utiliser la reconnaissance faciale pour voir s'il est encore parmi nous, assura Mason. L'homme qui a pénétré dans la maison de Megan s'est faufilé dans la base d'une manière ou d'une autre.

— Mais dans ce cas, qui était dans l'hélicoptère qui vous a poursuivis aujourd'hui ? questionna calmement Ice à côté d'eux. Ce n'était pas l'un de nos appareils.

— Et c'était un vieux modèle qui n'a absolument rien à voir avec ceux que l'armée possède aujourd'hui, ajouta Mason.

— Je sais que nous avons doublé les mesures de protection par rapport à la normale, et que nous prenons beaucoup de précautions pour assurer la sécurité de tous, mais si jamais…

Megan ne termina pas sa phrase. Sa pensée semblait absurde maintenant qu'elle la prononçait à voix haute.

— On le saurait. Tout le monde doit se signaler à l'entrée de la base et enregistrer ses allées et venues tout le temps, lui rappela Ice. Tu le sais bien.

Puis Mason et Ice la regardèrent fixement, avant que cette dernière ne reprenne la parole.

— Même s'ils avaient l'un de nos hélicoptères, quel était l'intérêt de s'en prendre à l'hôpital ?

— Parce qu'ils veulent atteindre Levi et ses hommes coûte que coûte et s'attendaient à ce qu'on s'échappe par la voie des airs.

— Oui, mais pour quelle raison s'attaquent-ils à eux ?

— Généralement, il n'y en a que quelques-unes qui valent la peine de tuer : l'amour, l'argent, le pouvoir et… la vengeance.

— Alors, dans ce cas… à quoi penses-tu que nous ayons affaire exactement ? demanda Evan qui était resté silencieux jusqu'à présent.

— Je pense que les mobiles sont l'amour et la vengeance. Tu as entendu Levi tout comme moi. Il nous a dit qu'il s'était assuré d'éliminer ceux qui ont tiré sur les femmes et les enfants, rappela Megan en le fixant. Quelle est la probabilité que l'un d'eux ait été le mari ou le fils de quelqu'un d'important au sein du cartel qui a organisé ce trafic ? Nous avons sûrement affaire à des gens qui souhaitent se venger.

— C'est une hypothèse plausible, réfléchit Mason d'une voix basse et pensive. En plus, cela irait dans le sens de la trahison qu'a subie Levi. Si on continue dans cette direction, il y a de bonnes chances qu'on sache assez vite le fin mot de toute cette histoire.

# CHAPITRE 21

LES BRAS CROISÉS, Megan fixait Evan.

— Je peux sûrement faire quelque chose pour vous aider, non ?

— Non, non et non, répondit Evan sur un ton sévère. Tu vas te reposer, un point c'est tout.

Ils étaient désormais dans la maison sécurisée. Celle-ci était assez confortable, mais elle n'avait aucune idée de l'endroit où ils se trouvaient ni de la durée de leur séjour. Bien sûr, ils étaient en sécurité ici, mais elle ne se sentait pas dans son assiette. Elle voulait faire quelque chose de constructif.

Megan s'allongea sur le lit de la chambre principale en surélevant sa cheville douloureuse grâce à un oreiller. Elle ne pensait pas que cela fonctionnerait, mais elle était prête à tout pour qu'il la laisse tranquille. Elle en avait marre de l'entendre répéter la même chose. Alors, elle cédait et s'exécutait, même si c'était de mauvaise grâce.

Parfois, la vie craignait, et la situation actuelle faisait partie de tous ces moments nuls qu'il lui faudrait affronter au cours de son existence.

Sauf que si elle donnait l'impression d'être trop fatiguée pour réussir à bouger… eh bien, c'est parce qu'elle l'était réellement. Ils étaient venus ici directement après avoir quitté la clinique médicale. Son esprit bourdonnait d'idées, mais elle ne pouvait pas faire grand-chose dans son état. Et c'était sans compter Evan qui, de toute façon, ne la laisserait jamais faire quoi que ce soit.

Sa foutue cheville lui faisait aussi un mal de chien.

Mais elle n'avait pas l'intention de le faire savoir à Evan.

— Tiens.

Elle ouvrit les yeux et le trouva debout devant elle avec un verre d'eau dans une main et deux de ses médicaments antidouleur dans l'autre. Elle n'avait rien eu besoin de lui dire. Il savait déjà qu'elle avait mal. Elle se redressa difficilement sur un coude puis attrapa les comprimés ainsi que le verre d'eau. Une fois qu'elle les eut avalés, elle lui rendit le verre et se recoucha sans un mot.

Elle entendit ses pas s'éloigner puis revenir. La seconde d'après, elle le sentit poser quelque chose sur son ventre.

— Ice a dit que tu étais douée en informatique, déclara-t-il.

Les yeux de Megan s'ouvrirent brusquement et tombèrent sur son ordinateur. Elle releva les yeux vers lui pour étudier l'expression de son visage.

— Et alors ?

— On aurait besoin que quelqu'un fasse quelques recherches, expliqua-t-il.

— Sur quoi ?

— Est-ce que tu as accès aux carnets de vol de tous les hélicoptères de la base ?

Elle plissa les yeux.

— Seulement à certains.

— Dans ce cas, peut-être que tu pourrais vérifier ta théorie selon laquelle un vol aurait été effectué sans avoir été programmé au préalable. Ice a une autorisation plus élevée si jamais on en a besoin.

— Cela pourrait me coûter mon travail, protesta-t-elle en fronçant les sourcils.

— Cela n'arrivera pas, puisque tu vas simplement consulter les informations que tu es autorisée à voir, la rassura-t-il en étudiant son visage. Si tu trouves quelque chose, Mason ou Ice pourront demander plus d'informations.

Il avait raison. Elle ne risquait rien en fouillant les données auxquelles elle avait naturellement accès. Et puis, au besoin, Mason ou Ice pourraient intervenir pour obtenir des informations supplémentaires grâce à leurs accréditations plus élevées. Tout cela tombait sous le sens.

— Je peux jeter un œil, accepta-t-elle. Mais je ne te promets rien.

— Parfait, approuva-t-il joyeusement en retournant dans la cuisine.

En le regardant s'en aller, elle ne put s'empêcher de le soupçonner d'agir ainsi volontairement. Il l'avait probablement mise à contribution en lui demandant d'effectuer ce travail pour qu'elle se sente utile.

Et cela fonctionna.

En quelques minutes, elle se retrouva submergée d'informations. Elle ouvrit un document Word et commença à prendre des notes. Son astuce était de trier les journaux de bord afin de voir ce que personne d'autre n'avait vu. Si c'était bien un de leurs hélicoptères, alors quelqu'un savait quelque chose.

Une heure plus tard, sa tête était sur le point d'exploser et son pied palpitait. Les yeux fermés, elle se pencha en arrière tout en se maudissant d'avoir formulé cette hypothèse à voix haute. Comment pouvait-elle trouver cet hélicoptère alors qu'elle n'avait aucune information exploitable le concernant ? À moins qu'elle en ait sans le savoir ? Non.

L'appareil était vieux, déglingué, et presque impossible à identifier. Sauf qu'il avait appartenu à l'armée à un moment donné.

Ses yeux se rouvrirent soudainement. Avait-il été déclassé et vendu au secteur privé ?

Cela expliquerait pourquoi elle ne trouvait aucun carnet de vol pour cet appareil. Il n'appartenait plus à l'armée. Et pour les armes dont il était équipé ? Il n'était pas difficile d'en trouver sur le marché aujourd'hui. Elle étudia la liste affichée sur son écran. Il s'agissait des hélicoptères déclassés au cours des cinq dernières années. Il lui fallut beaucoup plus de temps pour trier les éléments de la liste, mais elle réussit finalement à réduire les options à sept anciens hélicoptères qui avaient été vendus au secteur privé sur la côte ouest.

À présent qu'elle avait déniché cette piste prometteuse, elle creusa plus profondément à la recherche de réponses.

C'ÉTAIT FASCINANT DE la regarder travailler. Il admirait sa concentration sans faille. Dommage qu'elle ne fasse pas preuve de la même diligence pour faire fonctionner la relation qu'il souhaitait bâtir avec elle.

— Pourquoi est-ce que tu me fixes ? le taquina-t-elle avec un petit sourire même si son regard était inquisiteur.

— Parce que tu es belle quand tu es concentrée.

Elle secoua la tête.

— C'est toi qui es beau. Toutes les filles t'adorent.

— Peut-être, acquiesça-t-il. Mais j'en doute. Et puis, je n'aime pas toutes les filles. Je n'aime que toi.

Ce n'était pas ce qu'il avait prévu de dire. Mais les mots étaient quand même sortis de sa bouche et il ne comptait pas s'excuser d'avoir été honnête. C'était quelque chose qu'il appréciait par-dessus tout. Mais il ne voulait pas la brusquer ni la mettre mal à l'aise.

— Tu dis ça uniquement pour m'énerver encore une fois, siffla-t-elle en plongeant son regard agacé dans le sien.

— Ta réponse est intéressante, nota-t-il avec un léger rire.

Il ne savait pas trop quoi faire de la douleur qui avait fleuri dans sa poitrine depuis qu'elle était partie en le laissant derrière elle après le week-end qu'ils avaient passé ensemble. Il devrait lui dire ce qu'il avait sur le cœur à un moment donné, mais sûrement pas maintenant. Il valait mieux ne pas en discuter pour le moment. Il était encore trop tôt, et son rejet lui ferait trop mal.

Elle l'étudia plus longuement et il lui rendit calmement son regard, sans un mot. Il n'aurait pas dû en parler à nouveau. Elle n'était pas prête. Il le savait, mais n'en avait pas tenu compte, et cela risquait désormais de causer sa perte.

— Comment sais-tu que tu m'aimes ? demanda-t-elle.

Lui revint alors en tête la discussion qu'ils avaient eue chez lui à propos de son sentiment d'insécurité et de l'inquiétude qu'elle ressentait à l'idée de ne pas être assez bien pour ceux qu'elle aimait. Elle pensait être incapable de ressentir ce que les autres ressentaient.

— Je sais que si tu t'en vas maintenant, j'aurai perdu quelque chose de précieux, et que si tu pars sans moi, j'aurai manqué une chance que j'attendais de retrouver depuis des années.

Elle secoua la tête.

— Je ne t'ai jamais oublié. Mais j'ai toujours su que tu avais d'autres choses à faire et que le devoir t'attendait ailleurs. Je ne voulais pas te retenir. Ça faisait longtemps que j'étais intéressée, avoua-t-elle. Alors, quand nous avons passé ce week-end ensemble, je voulais en profiter au maximum, car je savais que cela ne se reproduirait pas.

— Nous n'étions pas les mêmes personnes à l'époque. Tu m'as fait forte impression, et j'ai trouvé quelque chose que je ne voulais pas perdre. Mais tu as été acceptée dans la formation que tu voulais et avant que je ne comprenne vraiment ce qui se passait, tu étais déjà partie.

— Tout est arrivé très vite, acquiesça-t-elle.

Puis après un moment de silence, elle se surprit à demander :

— Avais-tu prévu de me revoir après ce week-end-là ?

— Je suis passé chez toi le lendemain… seulement pour découvrir que tu n'étais plus là.

Elle rit en sentant le soulagement et la joie l'envahir.

— Je ne vivais déjà plus là-bas à ce moment-là, l'informa-t-elle. J'étais hébergée chez des amis.

Il fronça les sourcils puis haussa les épaules.

— Peu importe. Le fait est que tu as changé quelque chose en moi, confia-t-il. J'ai eu d'autres aventures après ton départ, car je n'avais aucun moyen de savoir si tu reviendrais un jour. Mais ce n'était pas la même chose qu'avec toi. Elles ne me faisaient pas ressentir la même chose. Je voulais plus.

Elle secoua la tête.

— Tu peux le nier autant que tu veux, mais ce sont mes sentiments, pas les tiens.

— Non, ce n'est pas ça, le détrompa-t-elle avant de baisser les yeux sur son ordinateur portable. L'une des raisons pour lesquelles j'étais en couple avec Peter, c'était parce que j'avais trouvé quelque chose avec toi que je n'avais jamais expérimenté auparavant non plus. Je pensais avoir de nouveau trouvé cela avec Peter. Mais non seulement je me trompais, mais en plus, je faisais tout pour me voiler la face. Et je pense que c'est là tout le fond du problème. Avec lui, je voulais retrouver ce que j'ai connu avec toi. Mais en refusant d'analyser en profondeur ce que je ressentais véritablement, je savais que je ne faisais que me mentir à moi-même. Tout allait bien entre Peter et moi. Notre relation était simple et agréable. Donc c'était assez confortable.

— Sauf que le confort, c'est dangereux, souligna-t-il avec un grand sérieux. On ne change pas quelque chose de confortable tant que cela ne devient pas inconfortable.

Elle hocha la tête.

— Puis cette situation a atteint un point critique quand on en est arrivé à parler de la date du mariage, continua-t-elle. À partir de ce moment-là, j'ai su que je ne pouvais plus me voiler la face. Je tenais à lui, mais je ne l'aimais pas suffisamment pour l'épouser.

— Et donc, tu as peur de ne pas m'aimer suffisamment non plus.

— Non. J'ai peur que tu te sois trompé à mon sujet et que ce week-end n'ait été qu'un fantasme pour nous deux. J'ai peur d'avoir imaginé des choses, et que ce que j'ai vécu avec toi ne soit pas la réalité. J'ai peur que nous ne puissions jamais recréer ce qui s'est passé entre nous. Et j'ai peur que rien de ce que nous avons ressenti à l'époque n'ait été réel.

Tandis qu'il l'écoutait parler, Evan sentit son cœur accélérer, bondir puis se serrer tant il était sous le choc. Mais à la fin, celui-ci ralentit pour battre lourdement et fortement dans sa poitrine.

— Tu sais déjà quelle est ma réponse, n'est-ce pas ?

Elle grimaça, mais son regard ne quitta pas un instant le sien.

— Oui, je le sais, confirma-t-elle.

— Et quelle est-elle ? l'interrogea-t-il en inclinant la tête.

— Nous devons passer un autre week-end ensemble.

Le cœur d'Evan bondit alors de joie.

# CHAPITRE 22

— J'AI PEUR de te décevoir, avoua-t-elle. Et j'ai peur d'être déçue.

Une ombre de sourire apparut sur les lèvres d'Evan. Puis celui-ci continua de se dessiner lentement, en devenant d'autant plus puissant à mesure qu'il s'affirmait. L'attraction magnétique qu'il exerçait sur elle était brutale.

— Bon sang, tu es à tomber, souffla-t-elle.

— Et pourtant, tu doutes encore, remarqua Evan avec un sourire éblouissant.

Doutait-elle encore ? Plus vraiment. Il s'agissait de dépasser ce moment de gêne, d'une manière ou d'une autre. Puis elle sut ce qu'elle devait faire. Elle ferma son ordinateur portable. Elle n'avait rien trouvé d'incroyable pour l'instant, mais ils pourraient continuer les recherches et réfléchir à tout cela plus tard… beaucoup plus tard.

Se penchant en arrière, elle glissa ses mains le long des bras du soldat et les enroula autour de son cou.

— Peut-être que tu devrais me montrer à quel point c'était bon, suggéra-t-elle. Il se pourrait que ma mémoire soit défaillante.

Le coin de la bouche d'Evan se releva.

— Oh, mais nous ne pouvons pas faire ça… si ? sourit-il.

Il se rapprocha d'elle et la serra contre lui. Puis il baissa doucement la tête vers la sienne.

— Tu te souviens de ça ? demanda-t-il en déposant un baiser sur son front. Et de ça ?

Il embrassa alors sa tempe.

— Peut-être que cela t'aiderait, poursuivit-il.

Il se mit à masser lentement les muscles endoloris de chaque côté de sa colonne vertébrale tout en déposant de petits baisers sur ses pommettes, son menton et son nez.

Elle posa une main de chaque côté de sa tête et le tira vers le bas.

— Peut-être que je me souviens de tout cela, mais je pense que le meilleur souvenir reste quand même celui-là…

Et elle lui donna un baiser doux et vaporeux.

Il lui rendit son baiser avec une passion longtemps refoulée qui grésillait d'intensité. Puis elle réalisa qu'elle avait tout à coup beaucoup de mal à aligner deux pensées cohérentes. Quand il releva la tête, elle ne put qu'ouvrir les yeux et le fixer béatement.

— C'est tout ce dont tu te souviens ? susurra-t-il.

Sans qu'elle ne s'en rende vraiment compte, elle se retrouva étendue sur le lit. Sa chemise était maintenant remontée au-dessus de son soutien-gorge et la main d'Evan caressait sa poitrine. Elle se souvenait de cela également. À l'époque déjà, elle ne faisait plus attention à ce qui les entourait et perdait ses repères quand elle était avec lui. Il n'y avait plus que lui qui existait, et seulement lui. Ce qui comptait n'était pas seulement ce qu'il faisait, mais aussi où il l'emmenait.

— Oh oui, je me souviens de ça, confirma-t-elle en poussant un soupir joyeux.

Cette fois, quand il baissa la tête, ce fut comme s'il la marquait pour s'assurer qu'elle n'oublierait plus jamais son contact. Elle l'avait titillé et aguiché, mais n'avait pas pour autant été très claire sur ses réelles intentions vis-à-vis de lui. Peut-être que ses taquineries l'avaient importuné plus qu'elle ne le pensait, ou peut-être qu'il voulait juste vérifier qu'elle était à cent pour cent dans le coup comme lui.

Elle n'était pas sûre de l'être. Elle voulait l'être, mais…

Puis ses pensées parasites s'envolèrent dès qu'il prit son téton dans sa bouche et le suçota. Des frissons parcoururent sa colonne vertébrale et son dos se cambra sous ce délicieux assaut. Elle ne put retenir les petits gémissements qui s'échappaient de sa bouche en réaction à ses mouvements de langue sur son mamelon durci.

Elle avait oublié à quel point c'était bon.

Comment était-ce possible ?

Comment pourrait-on ne pas se souvenir de cela… ne pas avoir envie de ressentir un tel plaisir… et ces sensations de manque, de chaleur et d'avidité qui se mêlaient les unes aux autres simultanément ? Elle avait eu une vie sexuelle intéressante avec Peter. Il était attentionné et plein de tendresse, mais la chaleur et la passion d'Evan lui avaient manqué.

Evan était comme un morceau de chocolat noir fourré au cognac. C'était une douceur qui promettait une excellente association de saveurs, puis l'arôme du cognac entrait en jeu et élevait l'expérience sensorielle à un tout autre niveau. Ce délice semblait l'inviter à lâcher prise, à se laisser aller et porter par l'expérience pour mieux profiter du voyage. Pour sa part, Peter avait toujours été un chocolat au lait. Il était dans la moyenne… banal et ordinaire.

Et elle s'était alignée sur sa façon d'être. Ils s'étaient toujours beaucoup câlinés, et les relations sexuelles qui suivaient généralement après cela étaient agréables parce qu'elle appréciait leurs étreintes. Evan et elle se blottiraient tranquillement l'un contre l'autre également, mais seulement après. Pour l'instant, elle ne pouvait même plus penser correctement tandis que son corps se tordait sous les caresses du soldat.

Elle le suppliait intérieurement de lui donner la satisfaction qu'elle recherchait. Elle voulait se tenir au bord du gouffre de la jouissance, à cet endroit précis qui la ferait se sentir si vivante. Il avait été le seul avec qui elle avait déjà expérimenté un tel sentiment.

Elle avait vraiment pensé qu'elle n'avait pas d'autre choix que de le quitter. Ils avaient passé un court, mais bon moment ensemble. Pas un seul instant elle n'avait songé qu'il voudrait aller plus loin. *Ça ne marchera jamais entre vous*, lui avait répété son cerveau. *En aucune façon il ne sera pour toi*, avait enchéri son subconscient. Et puis, elle avait aussi d'autres projets à l'époque.

Alors, elle était partie sans se retourner, et son âme avait pleuré la perte de l'homme qui faisait hurler son corps et chanter son cœur.

Il lui avait fait ressentir des choses, et elle avait eu envie d'en avoir plus. Cela l'avait un peu effrayée. C'était un territoire encore inexploré pour elle et ils avaient fait un pas sur cette terre inconnue, ou plutôt de nombreux pas. Ensemble, ils étaient allés plus loin qu'elle ne l'avait jamais été auparavant.

Peter était un parti sûr.

Evan représentait son exact opposé. Il était dangereux, audacieux et casse-cou.

Et elle voulait de nouveau ressentir ce cocktail d'émotions intenses qui l'avait envahie la dernière fois.

Elle attrapa sa tête pour l'attirer vers la sienne, et il l'embrassa. Mais ce ne fut pas le baiser profond qu'elle voulait désespérément, telle une drogue. Il la titillait en lui donnant de légers avant-goûts de la passion qui l'animait et faisait grimper sa chaleur corporelle par la même occasion, seulement pour se retirer ensuite.

— Arrête de jouer, grogna-t-elle.

— Tu es impatiente, à ce que je vois.

— Pour toi, oui.

Elle se souvenait aussi de ce détail. Evan adorait les préliminaires. Il aimait la regarder jouir et la tenir contre lui jusqu'à ce qu'elle reprenne pied avec la réalité.

— Je ne veux pas être la seule à prendre du plaisir, protesta-t-elle tout en réalisant que son jean avait disparu et que les doigts d'Evan jouaient désormais avec le bord de sa culotte. Je veux que tu en prennes également.

Elle gémit lorsqu'une agréable tension tordit à nouveau ses entrailles.

— Mon Dieu, tu es tellement doué.

— Je ne suis pas aussi doué que tu le penses. J'ai peur de me planter. Et j'ai peur que si ce n'est pas parfait, tu t'en ailles et ne reviennes pas.

Elle sentit son cœur bondir dans sa poitrine.

— Je ne ferais jamais ça, contesta-t-elle vivement. Tout cela n'a rien à voir avec les performances que tu dois réaliser dans le cadre de ton travail et sur lesquelles tu es jugé.

— Bien sûr que si, c'en est une, puisque tu aimerais retrouver les mêmes sensations que la dernière fois.

Les émotions d'Evan transparaissaient dans sa voix, et elle entendit alors l'insécurité et la peur qu'il ressentait. De toute évidence, il pensait qu'il devait être suffisamment bon pour la satisfaire, sans quoi tout serait fini entre eux.

Ignorant sa blessure aux côtes, elle le poussa jusqu'à ce qu'il soit allongé sur le dos. Elle ne portait plus que son soutien-gorge et sa culotte, alors qu'il était encore tout habillé. Elle se devait donc de rectifier cette situation injuste afin que les choses soient plus équitables.

Elle attrapa le bas de son tee-shirt et le passa par-dessus sa tête. Il l'aida à le lui retirer totalement et le jeta sur le sol. Elle se glissa ensuite sur ses cuisses et défit rapidement le bouton ainsi que la fermeture éclair de son jean. Tout en évitant soigneusement de toucher la bosse qui se trouvait juste en dessous, elle le débarrassa maladroitement de son jean, le lança par terre, puis remonta sur ses jambes et lui enleva son caleçon sans ménagement. Il rit... jusqu'à ce qu'elle se réinstalle sur lui et saisisse doucement son membre dans ses mains. À ce moment-là, il poussa un long soupir de bien-être tandis qu'elle le caressait de haut en bas.

— Je n'ai jamais eu l'occasion de faire ça la dernière fois, chuchota-t-elle. On se sautait dessus comme des lapins. En fait, tout s'est passé si vite que je n'ai jamais vraiment eu l'occasion de faire tout ce que je voulais faire.

Il ouvrit la bouche, mais elle secoua la tête et lui coupa l'herbe sous le pied.

— Non. Je ne veux pas t'entendre dire ça. Je ne suis pas en train de dire que je n'ai pas aimé ce qui s'est passé entre nous la dernière fois, parce que ce serait un mensonge. Pour tout te dire, j'ai adoré ce que nous avons partagé à l'époque.

Il glissa sa main sur ses hanches et attrapa le bord de sa culotte entre ses doigts.

— Tu es toujours trop habillée.

— Non. Au contraire, je trouve que c'est très bien comme ça, rétorqua-t-elle.

— Et moi, je pense que la vue serait bien meilleure comme ça.

Il la fit rouler doucement sur le côté, toujours en faisant

attention à sa blessure, et rapidement, sa culotte disparut. Son soutien-gorge suivit le même chemin. Ils avaient jeté leurs vêtements aux quatre coins de la pièce. Il se mit ensuite sur le dos en la tirant sur lui. Elle laissa échapper un rire bruyant.

— Oui, tu es vraiment doué, s'esclaffa-t-elle.

Puis elle se pencha en avant et mordit son téton. Il poussa un petit cri de surprise, alors elle recommença. La seconde fois, il rit. Elle remonta sur lui et enleva les mèches de cheveux qui étaient tombées sur son visage. Elle cala ensuite son érection dans le creux de ses cuisses et se balança doucement d'avant en arrière. Une rougeur apparut dans le cou d'Evan qui ferma les yeux. Il profitait du moment, tout simplement.

— Tu te souviens de ça ? lui souffla-t-elle en embrassant sa tempe avant de se déplacer jusqu'au lobe de son oreille qu'elle lécha en envoyant de l'air chaud à l'intérieur de son conduit auditif. Et est-ce que tu te souviens aussi de ça ?

Il frissonna tandis que la chair de poule fleurissait sur la peau de ses bras. Elle remonta le long de son visage pour déposer des baisers sur ses paupières fermées, avant de descendre sur ses pommettes et son menton.

— Peut-être que ceci t'aiderait à te rappeler ? susurra-t-elle tout en glissant une main entre eux pour attraper doucement son membre.

Elle plaça ensuite ses genoux de part et d'autre de ses hanches sur le matelas et frotta lentement son gland contre son intimité.

Le souffle d'Evan sembla se coincer au fond de sa gorge et il laissa échapper une exclamation étranglée. Pour toute réponse, il ne put que secouer la tête. Il paraissait se retenir de prendre les commandes.

Elle soupira joyeusement en se balançant d'avant en arrière sur lui. Elle donnait à son corps le temps de se souvenir de la sensation d'être dans ses bras. Tout était parfait. Malgré son impatience, il la laissait faire et expérimenter tout ce qu'elle voulait. Elle pouvait être qui elle voulait avec lui. Elle descendit plus bas sur ses cuisses en caressant, léchant et embrassant chaque centimètre de son corps musclé, de son menton à ses abdominaux. Quand elle arriva à son nombril, elle en traça le contour avec sa langue. Il se tortilla sous elle, afin de lui faire comprendre qu'il voulait qu'elle aille plus au sud. Elle comptait s'y rendre, mais seulement à ses conditions.

Elle s'amusait bien trop pour précipiter les choses entre eux.

Sauf qu'il avait d'autres projets en tête.

— Je sais que tu t'amuses, mon cœur, mais tu es en train de me tuer, l'informa-t-il.

Elle caressa amoureusement la ligne sexy de ses hanches en léchant l'os avec sa langue.

— Dans ce cas, c'est très amusant de te tuer, sourit-elle.

— Cela fait déjà un petit moment que tu me tues, lui confia-t-il sur un ton d'excuse tandis que ses hanches se soulevaient et dansaient lentement sous elle. Je ne veux pas mettre fin à cette fête alors que nous avons à peine commencé.

Les mouvements de Megan ralentirent. Cela faisait un petit moment ? Elle remonta lentement sur lui jusqu'à pouvoir le regarder dans les yeux.

— Depuis combien de temps exactement ? s'enquit-elle.

Il fronça les sourcils, mais répondit sans hésiter.

— Depuis que j'ai entendu que tu étais de retour.

Megan poussa un soupir heureux, puis enroula ses bras

autour de son cou et se blottit contre lui. Il la retourna sur le dos.

— À mon tour, déclara-t-il de cette voix grave et sexy qui la faisait tant frémir.

Ce fut alors son tour de gémir. Il la caressa et l'embrassa jusqu'à ce qu'elle frémisse de désir. Puis elle écarta les jambes et le tira sur elle.

— J'ai tellement envie de toi.

— Pas autant que moi, chuchota-t-il. Ce serait tout bonnement possible.

Un instant plus tard, elle n'arrivait de nouveau plus à penser correctement. Son corps semblait désormais avoir sa propre vie, comme à l'époque. Elle glissa dans un état second qui lui permit de se concentrer uniquement sur ce qu'elle éprouvait. Elle ressentait tellement plus de choses ainsi, et frémissait des émotions qui la traversaient.

Il écarta ses cuisses, et elle les ouvrit encore plus grand en attendant qu'il y prenne place.

Cependant, il n'en fit rien et elle sentit alors un courant d'air froid. Il s'était déplacé. Soudain, la langue chaude d'Evan titilla son clitoris et elle cria en sentant des vagues de plaisir s'échouer au fond de son bas-ventre. Il glissa ses énormes mains sous ses hanches et la souleva.

Quand il déposa son corps plus haut sur le matelas en se positionnant au-dessus d'elle, Megan n'était pratiquement plus consciente de ses actions. Il la pénétra d'un mouvement lent, régulier et déterminé. Elle gémit et se tordit de plaisir en se donnant totalement à lui. Elle avait oublié à quel point son membre était long, mais il se montrait tellement prudent avec elle. Il semblait se souvenir qu'elle avait eu du mal avec la taille de celui-ci la première fois. Et même maintenant, dans le feu de l'action et malgré la passion qui les animait tous les deux, il faisait attention à ce qu'elle aille bien et à ne pas lui faire mal. Jamais il ne l'aurait blessée volontairement.

Elle gisait sans défense entre ses bras. Comblée et secouée de frissons de plaisir, elle attendait qu'il bouge.

Il saisit ses hanches et l'attira contre lui. La chaleur qui se dégageait de leurs corps respectifs aurait dû brûler les draps tant elle était intense. Ils venaient tout juste de passer aux choses sérieuses, et l'air était déjà chaud et moite autour d'eux.

— Tu es prête ? l'interrogea-t-il d'une voix basse et rauque.

Elle avait atteint le paroxysme du désir et n'attendait plus qu'il se meuve en elle.

— Oh, mon Dieu, murmura-t-elle. Oui.

Il commença alors à bouger, lentement au début, comme s'il voulait évaluer la moindre de ses réactions et s'assurer que tout se passait bien pour elle. Megan resserra les muscles internes de son vagin et fut récompensée par le gémissement rauque qui échappa à Evan. Puis il accéléra enfin le rythme.

La tête rejetée en arrière, elle l'observa tandis qu'il allait et venait en elle, encore et encore. La tension tordait délicieusement son bas-ventre et son souffle se faisait de plus en plus court. Elle se cambra en surfant sur les vagues de plaisir qui grossissaient à l'intérieur de son corps.

Ses pensées désertaient son esprit les unes après les autres alors que des millions de minuscules explosions éclataient en elle.

Evan poussa un grognement étranglé en se serrant contre son bassin avant de se retirer et de s'effondrer à côté d'elle.

Il la serra ensuite contre lui.

— Tu t'en souviens maintenant ? murmura-t-il à son oreille.

Des larmes s'accumulèrent au coin des yeux de Megan.

— Je n'ai jamais oublié, chuchota-t-elle. J'ai simplement pensé que je n'avais pas la moindre chance d'obtenir ce que je voulais, alors j'ai opté pour le second choix.

— Tu n'auras plus à le faire désormais.

Là-dessus, il la prit dans ses bras et la serra contre lui en une tendre étreinte.

IL AIMAIT QUAND elle se blottissait de la sorte contre lui.

Mon Dieu, elle lui avait tellement manqué. Tout cela lui avait beaucoup manqué. Elle était de retour en ville et dans ses bras, là où était sa véritable place. Et il ne pouvait pas être plus heureux. Bien sûr, il ressentait encore un soupçon d'insécurité… mais il s'en occuperait en temps en en heure, comme il s'occupait de tout.

Ses doigts glissèrent sur son torse et s'enroulèrent autour de son corps. Elle se rapprocha de lui, glissa une jambe sur la sienne et laissa échapper un long soupir de bien-être.

— Alors, heureuse ?

— Très, murmura-t-elle.

Il voulait lui poser la question qui lui brûlait les lèvres, mais en même temps, il n'osait pas, par crainte de sa réponse.

— C'était…, commença-t-elle.

Puis elle se tut.

Il attendit qu'elle poursuive.

Mais elle ne le fit pas.

— C'était quoi ? l'encouragea-t-il.

— C'était exactement comme dans mes souvenirs.

Il baissa les yeux et remarqua que les paupières de Megan étaient désormais closes. Sa respiration s'était faite plus lente et légère.

— Tant mieux, souffla-t-il.

Mais il savait qu'elle ne l'avait pas entendu. La respiration de la jeune femme s'approfondissait à mesure qu'elle tombait dans un sommeil réparateur. Ils n'avaient pas beaucoup dormi la dernière fois qu'ils avaient été ensemble, mais cela avait été des mini-vacances, et non ce répit qui leur était offert entre les horreurs de leur cauchemar actuel, sans oublier la tension qu'il générait en eux.

Elle avait besoin de dormir, de guérir. Il se sentait honoré de pouvoir la tenir contre lui et prendre soin d'elle. Il espérait que cela deviendrait son droit, mais ce n'était pas encore le cas. Son téléphone émit un signal sonore à côté de lui.

Il se déplaça jusqu'à pouvoir l'atteindre.

Mason venait de lui envoyer un SMS pour lui confirmer que tout allait bien et l'informer que Hawk et Shadow étaient en train de patrouiller à l'extérieur de la maison. Bien. Il ne pouvait pas s'imaginer sans ses amis à ses côtés. Et dans le cas présent, ils avaient même la pleine puissance de l'armée derrière eux.

Pourtant, aucune mesure de protection ne pouvait réellement garantir leur sécurité. Il déplaça Megan sur le lit pour la mettre dans une position plus confortable, de sorte qu'elle puisse dormir sereinement sans se réveiller avec le corps endolori le lendemain matin. Même s'il avait envie de lui faire l'amour encore et encore, il savait qu'elle avait besoin de repos. Il ferma donc les yeux à contrecœur et força son corps à se détendre.

C'est alors qu'il entendit du bruit au rez-de-chaussée.

# CHAPITRE 23

ELLE SE RÉVEILLA en entendant la voix grave d'Evan au creux de son oreille.

— Ne fais pas de bruit. Nous avons un visiteur.

Elle écarquilla les yeux et fixa Evan avec horreur. *Encore ?* songea-t-elle. Il retira son doigt des lèvres de Megan et le plaça contre les siennes.

— Chut, lui ordonna-t-il à voix basse.

Alors qu'il glissait hors du lit pour enfiler son caleçon, elle se rendit compte qu'elle était également nue et se leva précipitamment pour ramasser ses sous-vêtements ainsi que son jean. Après les avoir enfilés, elle attrapa son tee-shirt, le passa par-dessus sa tête pour le mettre et lui emboîta le pas. Ensemble, ils passèrent la porte et sortirent dans le couloir. La maison était plongée dans l'obscurité. Les chambres étaient les seules pièces à l'étage. Une balustrade donnait sur le salon, qui était une pièce immense avec un plafond voûté.

Tout semblait désert. Pour le moment, elle ne repérait pas le moindre signe d'une présence intruse. Malgré tout, elle le suivit jusqu'à l'escalier. Comment allaient-ils pouvoir aller au rez-de-chaussée sans faire de bruit ? Il descendit trois marches puis, en utilisant la rampe, sauta la suivante pour atterrir souplement une marche plus bas.

Elle suivit son exemple en réalisant qu'il devait savoir que cette marche en particulier grinçait. Une fois qu'il fut en bas, il se plaça contre le mur et jeta un coup d'œil dans la cuisine. Elle suivit son exemple en répétant ses actions avec autant de précisions que possible et se retrouva donc le dos collé au mur entre la salle de bain et la cuisine.

Jusqu'à présent, elle n'avait pas entendu le moindre bruit. Mais elle faisait confiance à Evan.

Tout à coup, un homme passa devant elle. Elle s'aplatit contre le mur quand Evan le plaqua au sol en l'attaquant par-derrière.

Dès qu'Evan toucha le sol, une autre personne sortit de l'ombre et l'aida.

Du moins, elle espérait qu'il lui prêtait main-forte. Il faisait trop sombre pour voir correctement, mais elle entendait beaucoup de grognements et les bruits caractéristiques d'une lutte. Sa main finit par trouver un interrupteur.

En appuyant sur le bouton, elle découvrit Evan et un autre soldat de son équipe – qu'elle reconnut comme étant Shadow – debout au-dessus d'un homme désormais inconscient.

— Oh, Dieu merci, marmonna-t-elle. J'avais peur que ce soit toi à terre, Evan.

Ce dernier lui lança un regard noir. Immédiatement, elle leva les mains devant elle en signe d'apaisement.

— Désolée. Vous êtes des *SEALs*, après tout. Comment ai-je pu oublier un tel détail ? lança-t-elle d'une voix moqueuse.

Néanmoins, elle accompagna sa taquinerie d'un doux sourire pour lui montrer qu'elle ne pensait pas ce qu'elle disait.

— Était-il seul ? demanda-t-elle ensuite à Shadow.

— Ils étaient deux, mais ils se sont séparés à l'extérieur. Hawk s'est lancé à la poursuite de l'autre homme et j'ai suivi celui-ci à l'intérieur.

— Merci. Je déteste l'idée qu'il ait pu réussir à entrer pendant qu'on dormait.

— D'ailleurs, comment a-t-il fait pour entrer ? s'enquit Evan avec curiosité. J'ai vérifié le système de sécurité avant d'aller dormir et il était activé.

— Sauf que ce n'est plus le cas. Donc il a réussi à le désactiver entre le moment où tu es parti te coucher et maintenant, répondit Shadow en haussant les épaules. Je voulais voir comment il allait faire pour entrer malgré le système de sécurité, alors j'ai attendu.

Evan s'approcha du boîtier du système de sécurité.

— L'alarme a été coupée, constata-t-il en hochant la tête.

— Ça ne répond toujours pas à la question de savoir comment ils ont su qu'on était là, remarqua Megan. Quel est l'intérêt de se planquer dans une maison sécurisée si ces gars peuvent nous trouver ?

— Bonne question, acquiesça Evan avant de se tourner vers Shadow. As-tu une idée de la façon dont ils ont réussi à nous retrouver ?

— Non, mais s'ils vous ont retrouvés, alors d'autres personnes savent sûrement également où vous êtes.

— Sur ces bonnes paroles, je vais aller faire mes valises, déclara Megan.

Elle pivota sur ses talons et remonta à l'étage, peu enthousiaste à l'idée de devoir partir. Mais comme personne n'avait été blessé, elle s'adaptait à la situation. Elle préférait s'en aller et trouver un autre endroit secret à l'abri du danger plutôt que de rester ici et de risquer la visite d'autres individus malintentionnés.

De retour dans la chambre, elle réalisa qu'elle n'avait pas grand-chose à prendre. Elle rassembla tout de même les quelques objets qu'elle avait emportés avec elle, puis reporta son attention sur les affaires d'Evan. Elle rangea tous leurs effets personnels dans leurs sacs respectifs, fit le lit et redescendit, après seulement quelques minutes passées à l'étage.

Elle déposa leurs bagages sur le sol au pied de l'escalier et se dirigea vers la cuisine.

L'intrus était assis sur une chaise et revenait lentement à lui.

Elle étudia sa peau légèrement plus foncée que la sienne ainsi que ses cheveux noirs et réalisa qu'il pouvait être lié au traquenard dans lequel étaient tombés Levi et son équipe au Mexique. Sauf qu'elle ne savait toujours pas comment elle-même s'était retrouvée prise dans ce cauchemar.

Elle se détourna et commença à se diriger vers l'évier pour prendre un verre d'eau puis se retourna à nouveau. Son visage avait réveillé un souvenir dans sa mémoire. Elle fronça les sourcils et finit par se rappeler où elle l'avait vu.

— C'est l'homme qui était dans ma chambre, annonça-t-elle.

— Tu es sûre que c'est lui ?

— Je pense que oui, même si beaucoup de choses sont floues dans mon esprit concernant ce qui s'est passé ce soir-là, confirma-t-elle. Je sais que ce n'est pas exactement ce que vous auriez aimé entendre, mais c'est ce que j'ai de mieux à vous offrir pour le moment.

Shadow étudia le portefeuille qu'il tenait dans ses mains.

— Il n'a pas de carte d'identité sur lui.

— Bien sûr que non. Autrement, ce serait trop simple, commenta Evan avant de faire craquer ses articulations. Mais il existe d'autres moyens de lui soutirer des informations.

Au même moment, les yeux de l'homme s'ouvrirent.

— C'est entièrement de ta faute, cracha-t-il en fusillant

Megan du regard.

— De ma faute ? répéta-t-elle avec étonnement. Qu'est-ce que j'ai fait ?

— Tu nous as vus, mon partenaire et moi, dans le hangar. À cause de ça, on a dû changer beaucoup de choses.

Elle cligna des yeux.

— Oh…

— Qu'est-ce que vous avez dû changer ? questionna Shadow calmement.

L'homme lui lança un regard de travers.

— Le plan. Nous étions seulement censés découvrir ce qu'il était advenu de l'unité de Levi. Notre objectif était de savoir s'ils étaient encore en vie et, si c'était le cas, de trouver où ils se trouvaient pour que quelqu'un puisse terminer le travail.

— Et quel était ce « travail » ? l'interrogea Evan d'une voix froide.

— Ils étaient censés mourir au Mexique, grogna l'homme à voix basse. Mais ils ont réussi à s'échapper.

— D'accord. Donc tu fais partie de son réseau d'informateurs américains et tu l'as trahi parce qu'on t'a proposé plus d'argent, interpréta Megan d'un ton sombre.

Elle détestait penser à la façon dont l'argent pouvait gouverner le monde.

— On ne voulait pas le trahir, s'écria-t-il. Mais ils nous ont forcé la main. Levi et son équipe en avaient trop vu, et ils ne jouaient pas le jeu correctement.

Comme s'ils allaient le croire. De toute évidence, il déformait l'histoire dans l'unique but de se défendre.

— Bien sûr, ricana-t-elle. Et l'argent qu'on te donnait, c'était en quelque sorte la cerise sur le gâteau. Ainsi, tu faisais d'une pierre deux coups et tu t'en tirais avec un paquet de fric.

— Espèce de sale petite garce, siffla l'homme en la fixant. Nous avions prévu de te tuer en prime, mais pas sur la base. Nous comptions faire en sorte qu'ils ne puissent pas retrouver ton corps.

Le bras d'Evan se tendit dans la direction de l'homme, mais elle le retint.

— Je suppose que tu n'es pas très bon dans ton travail, alors. D'abord, tu as insisté pour que je m'habille, ce qui m'a permis de m'échapper plus facilement par la fenêtre de la chambre. Puis tu as voulu me tirer dessus, mais tu as manqué ton tir à plusieurs reprises, rappela-t-elle calmement. Dans ton monde, j'imagine qu'être un tel raté mérite une condamnation à mort, d'autant plus que tes nouveaux employeurs savent ce que tu as fait à leur prédécesseur.

— Ils ont besoin de nous, affirma l'homme en secouant la tête.

Elle sourit.

— Personne n'a besoin de traîtres et de petits trafiquants de drogue. Vous êtes tous remplaçables. Je suis même sûre que tes nouveaux patrons ont des personnes plus compétentes à leur disposition, et qu'ils ont l'habitude de se débarrasser des ordures dans ton genre qui sont prêtes à vendre leur propre famille contre de l'argent.

Le visage de l'homme s'assombrit de colère.

— Je suis quelqu'un d'important. Mon cousin aussi est quelqu'un d'important. Nous dirigeons le trafic d'armes et nous ne faisons pas affaire avec des merdes comme vous. En fait, les merdes comme vous, nous les tuons.

— Si vous étiez des personnes importantes, comme vous le prétendez, alors vous auriez engagé quelqu'un pour me tuer et n'auriez pas eu à vous salir les mains vous-mêmes.

Elle ne savait pas trop d'où lui venait cette volonté d'en découdre verbalement avec cet homme, mais elle réalisa tout à coup qu'Evan et Shadow la laissaient mener cet interrogatoire.

— Nous comptions te tuer nous-mêmes pour le plaisir, rétorqua-t-il.

— Pourquoi ? Parce que je suis une femme ? Parce que je vous ai vus au hangar ? Ou parce que je suis meilleure que vous ?

— Parce que tu es une salope qui a eu de la chance et qui nous a discrédités aux yeux de nos employeurs, mon cousin et moi !

— Je n'ai rien à voir avec ça. Vous vous êtes ridiculisés tout seuls.

Et là-dessus, elle quitta la pièce.

Bien sûr, cela l'énerva tout de suite. Il se leva de sa chaise, mais Evan le força à se rasseoir.

— Reviens ici, salope ! cria-t-il. Tu ne peux pas dire ça et t'en aller !

— Trop tard. Je suis déjà partie. En plus, tu ne t'occupes pas vraiment du trafic d'armes. Tu en vends, quoi… une ou deux ? La belle affaire. C'est une personne plus importante que toi qu'on cherche, et plus précisément celle qui est au-dessus de ton cousin et toi. Vous deux, on va vous jeter derrière les barreaux et vous laisser pourrir en prison avec les autres ordures de votre genre.

— Tu ne sais rien !

À nouveau, il se leva d'un bond dans l'intention de se lancer à sa poursuite, mais Shadow le retint et l'obligea à reprendre place sur la chaise.

— Laissez-moi donner une leçon à cette moins-que-rien ! hurla-t-il.

— C'est toi, le moins-que-rien. Tu n'es personne, juste un nabot avec une petite bite qui essaie de jouer dans la cour des grands, répliqua Megan d'une voix moqueuse.

Son stratagème fonctionna, puisqu'il sortit littéralement de ses gonds.

— Mon cousin Miguel va s'occuper de toi comme il s'est occupé de Levi, éructa-t-il. Il a fait en sorte que Levi meure au Mexique. Les deux camps en avaient assez de lui. Alors, on s'est arrangé pour se débarrasser de lui.

— Et vous vous êtes tellement bien débarrassés de lui qu'il est actuellement en train de se remettre de ses blessures dans une clinique médicale privée, alors que toi, la seule perspective d'avenir qui t'attend, c'est celle d'une vie derrière les barreaux.

Elle ricana, avant de poursuivre sur un ton moqueur :

— Qu'est-ce que tu as fait exactement après le Mexique ? Tu as acheté cet hélicoptère sur le marché privé ? Tous les gros bonnets en avaient un, donc tu en voulais un aussi ? Mais tu ne savais pas comment le piloter, n'est-ce pas ? Alors, tu as dû engager un pilote pour s'occuper de ta merde. Sauf qu'il est mort maintenant. Donc, tu as merdé une fois de plus.

Il sourit, mais l'expression de son visage était loin d'être amicale.

— En fait, il s'agissait de l'un des hélicoptères de notre fournisseur mexicain et le pilote était son cousin. Il voulait se débarrasser des deux. Donc, vous nous avez rendu un fier service en l'abattant. Et en plus, maintenant, on sait où est Levi.

Il laissa échapper un rire sec, puis tourna la tête vers les soldats.

— Quant à vous… vous pensez pouvoir me mettre sous

les verrous, mais vous vous fourrez le doigt dans l'œil. Vous ne m'aurez pas. Mon cousin est là-dehors et il va tous vous éliminer.

Un bruit derrière elle la poussa à se retourner, mais Evan surgit dans son dos et la plaqua au sol avant qu'elle ne puisse voir quoi que ce soit. L'instant d'après, un coup de feu fendit l'air. Elle ignorait si quelqu'un ou quelque chose avait été touché par le tir, mais elle entendit la porte s'ouvrir puis se refermer en claquant. Elle sut alors que Shadow venait de disparaître dans la nuit.

Evan se releva lentement, ce qui lui permit de voir l'homme sur la chaise… et le trou que la balle avait creusé au milieu de son front.

— Donc, ce n'est pas moi qu'ils visaient finalement ? souffla-t-elle à voix basse.

— Au début, non. Et pour ce qui vient de se passer à l'instant… je pense qu'ils en ont profité pour éliminer l'un des nombreux boulets de leur organisation criminelle. Parfois, c'est notre propre famille qui est à l'origine de notre mort, soupira-t-il en secouant la tête.

EVAN L'AIDA À se relever. Elle se remit prudemment debout, une main posée sur le côté de son buste. Elle n'arrêtait pas de se faire malmener dans toute cette affaire, et il regrettait d'avoir joué un rôle, bien qu'involontaire, là-dedans.

— Es-tu blessée ? l'interrogea-t-il à voix basse.

Elle secoua la tête et prit une profonde inspiration avant de répondre.

— Non, je vais bien.

— Pourtant, tu te tiens les côtes, remarqua-t-il en désignant sa main.

— C'était juste une réaction instinctive, affirma-t-elle avec un sourire. Ne t'inquiète pas, ce n'est rien de grave.

— Tant mieux. Depuis quelques jours, j'ai l'impression que je ne fais que te plaquer au sol et te malmener.

— Peut-être, mais tu m'as sauvé la vie plusieurs fois.

Elle s'approcha et l'embrassa sur la joue.

— Où est Shadow ? demanda-t-elle.

— Il s'est lancé à la poursuite du cousin de notre visiteur nocturne.

— Et Hawk ?

Le visage d'Evan s'assombrit et devint tout à coup bien plus sinistre.

— Espérons qu'il va bien.

Il l'aida à marcher jusque dans un coin de la pièce et lui apporta une chaise pour qu'elle puisse s'asseoir de sorte à ne pas être obligée de regarder le mort.

— Je dois m'occuper de tout ça, déclara-t-il. Reste ici, en sécurité, et tiens-toi à l'écart du danger.

— Compris, acquiesça-t-elle. Je resterai aussi hors de vue, juste au cas où.

— Bien.

Il traversa la cuisine pour rejoindre la porte d'entrée ouverte et observa l'obscurité de la nuit sans repérer le moindre signe de présence humaine.

Il appela alors Mason, qui s'avéra être déjà au courant de la situation.

— D'accord. Reste où tu es, lui commanda son chef d'équipe. Swede et Dane devraient être là dans quelques secondes. Hawk les a appelés il y a environ dix minutes.

— J'ai un homme mort sur les bras.

— On sera tous là dans cinq minutes.

Là-dessus, Mason raccrocha.

Evan jeta un regard dur à l'homme mort puis retourna auprès de Megan.

— Les secours sont en chemin ? questionna-t-elle. Est-ce que quelqu'un va venir pour récupérer le corps ?

— Cette fois, on n'a pas besoin de secours, ni d'aller à l'hôpital d'ailleurs, sourit-il.

Elle rit.

— Tant que tout le monde est au courant que notre planque a été compromise, alors tout va bien.

# CHAPITRE 24

MEGAN NE POUVAIT s'empêcher de se demander si elle n'aurait pas plutôt dû rester dans l'Est des États-Unis. Elle savait que là-bas, elle aurait probablement pu rester dans l'armée pendant encore dix ans sans jamais avoir à vivre ce qui s'était passé au cours de ces derniers jours.

Elle étudia l'homme mort et remarqua une ombre sous le bord de sa manche. Elle se leva de sa chaise, se pencha au-dessus de lui et remonta le tissu sur son bras pour découvrir un tatouage qui lui était inconnu.

— C'est le symbole d'un gang, lui apprit Evan dans son dos. Ces gens-là sont impliqués dans un vaste trafic de drogue.

— Et d'armes à feu apparemment, ajouta-t-elle en se redressant. Je me demande où ils parviennent à se les procurer…

— Qui sait ? Le trafic d'armes à feu représente un gros business. Les revendeurs pullulent de partout.

— Donc, on a affaire à la fois à des trafiquants de drogue et des trafiquants d'armes, résuma-t-elle en hochant la tête. J'espère que Levi a réussi à détruire une de leurs cargaisons.

— Oui, il en a détruit une, mais cela ne veut pas dire qu'il n'y en aura pas une douzaine d'autres pour la remplacer. Levi va vouloir retrouver lui-même les hommes qui lui ont fait ça au Mexique. Et je ne pense pas qu'ils arrêteront de s'en prendre à lui avant de l'avoir éliminé.

— Si je perdais quelqu'un que j'aimais, je serais moi aussi tentée de commettre un meurtre.

— C'est vrai, opina-t-il. Mais ils ne s'attaquent plus seulement à Levi et son équipe. Nous devons mettre un terme à tout ça.

— Au moins, cet homme ne rentrera plus par effraction dans ma chambre.

— Cela n'arrivera plus jamais, opina-t-il en l'attirant contre lui pour la serrer chaleureusement dans ses bras.

Elle s'écarta légèrement et leva la tête vers lui.

— Je me demande s'il y a quelque chose à manger dans cette maison. Mon estomac ne se souvient déjà plus de notre dîner.

— Je commanderais bien quelque chose, mais il va bientôt y avoir du monde ici.

Elle grimaça et jeta un coup d'œil à l'homme mort. Immédiatement, son appétit s'envola.

— Tout compte fait, peut-être que je vais attendre un peu avant de manger. Je n'ai soudainement plus très faim.

Le visage blême, elle retourna dans le coin de la pièce, s'affala sur la chaise et ferma les yeux. Ces derniers temps, la mort avait envahi son monde.

Une main caressa doucement sa tête. Malgré le silence qui les entourait, elle n'avait pas entendu Evan la rejoindre.

— Bientôt, tout cela ne sera plus qu'un mauvais souvenir.

— Je le sais, murmura-t-elle en hochant légèrement la tête. Mais je ne peux m'empêcher de réévaluer mes choix de carrière à présent.

— Ne laisse pas ce cauchemar remettre en question ta vocation. Tout cela aurait pu arriver n'importe où, à n'importe quel moment, et pour un grand nombre de raisons, ou bien il aurait pu s'agir de quelque chose de similaire.

— Pourtant, mon monde n'est plus le même depuis mon retour dans l'Ouest.

— Je suis ravi que tu sois de retour dans le coin, avoua Evan d'un ton doux avant d'incliner le menton et de lui donner un baiser. Tu es chez toi ici. Alors, reste, car je déteste la météo de l'Est.

Elle rit.

— Je dois rester parce que tu ne veux pas déménager ? plaisanta-t-elle en secouant la tête. Ce n'est pas très juste.

— Bon, d'accord. Je pourrais peut-être envisager de déménager cet hiver, mais alors, je veux une motoneige pour profiter de la neige.

Elle lui lança un regard surpris et étudia son visage.

— Tu es sérieux ?

— À propos de mon envie de rester avec toi ? Oui. Tu as cru que je plaisantais ? demanda-t-il en haussant un sourcil.

— Je pensais que tu disais ça sans y avoir vraiment réfléchi.

— J'y ai réfléchi, et si tu veux retourner dans l'Est des États-Unis, je demanderai un transfert. Je n'en ai pas vraiment envie, car ma vie est ici, mais tu es aussi une partie importante de ma vie. Alors, s'il s'avérait que tu étais malheureuse ici, on pourrait essayer d'habiter ensemble dans l'Est, proposa-t-il avant de lui offrir un sourire éclatant. Mais je te préviens, je ferai de mon mieux pour que tu restes ici et comme tu le sais, je peux me montrer très persuasif.

LES JOUES DE Megan se colorèrent de rouge. Il sourit.

— Cependant, je n'essaierai jamais de t'obliger à rester si tu ne le veux pas, poursuivit-il. Mes amis sont ici et ils me manqueraient tous si je m'en allais, mais je m'en ferais de nouveaux. Ta famille vit dans l'Est et c'est plus important que tout le reste.

Elle rit.

— Sauf que si je retournais vivre là-bas, je me retrouverais rapidement seule. Mes parents prévoient de partir et de prendre leur retraite en Californie, l'informa-t-elle. Alors, il vaut mieux que je reste ici.

— Parfait. Dans ce cas, tout est réglé.

En entendant une portière de voiture se fermer, il se redressa, se glissa jusqu'à l'une des fenêtres et jeta un coup d'œil derrière le rideau.

— C'est Dane et Swede, annonça-t-il.

Evan vit un deuxième véhicule s'arrêter derrière le premier. Mason et Markus en sortirent. Chase et Brett furent les suivants à arriver. Seul Cooper manquait à l'appel. Mais il s'était probablement déjà fondu dans les ombres de la nuit pour assurer leurs arrières.

— C'est bon. Les gars sont là.

— Est-ce que ça veut dire qu'on peut partir maintenant ? questionna Megan avec espoir.

— Bientôt. Mais on doit d'abord savoir où on va.

Les soldats entrèrent dans la maison et la fouillèrent en silence, le regard dur. Quand ils parvinrent à la cuisine, l'homme mort devint le centre de l'attention générale.

—As-tu envoyé une photo de cet homme à Levi ? s'enquit Mason en sortant son téléphone.

—J'en ai envoyé une à Ice, mais je n'ai pas eu de réponse.

Le visage de Mason s'assombrit. Il composa un numéro

et s'éloigna de quelques pas pour passer un coup de fil. Swede et Markus sortirent par les portes vitrées.

— Quelqu'un a des nouvelles de Hawk ? demanda Evan.

Il avait parlé à voix basse, en espérant que Megan n'était pas assez proche de lui pour l'entendre. Dane secoua la tête.

— Non, aucune.

— Merde, souffla Evan.

— On n'a pas non plus de nouvelles de Shadow, ajouta Dane.

Evan se dirigea vers la porte, mais Dane attrapa son bras et lui montra Megan d'un signe de tête.

Il se tourna pour regarder dans la direction qu'il lui indiquait et découvrit que la jeune femme était en train de le regarder. Elle paraissait bouleversée.

Il s'approcha et s'accroupit en face d'elle.

— Hé, ne t'en fais pas. Les gars vont s'en sortir, lui assura-t-il.

— Tu en es sûr ? Ils sont venus pour nous aider. S'ils venaient à être blessés… mon Dieu, ce serait vraiment horrible. Je ne veux pas avoir ça en plus sur la conscience, murmura-t-elle.

— Tu n'auras rien du tout sur la conscience. Ils sont là pour nous aider. C'est en cela que consiste notre métier.

— Non. Votre métier, c'est de partir réaliser des missions officielles, pas de faire des trucs comme ça.

— Oui, mais c'était jusqu'à ce qu'on remarque que des « trucs comme ça » se passent aussi dans notre propre camp. Dans ce cas, c'est une tout autre histoire et ça devient très vite officiel.

— S'il ne m'avait pas vue au hangar, rien de tout cela ne serait jamais arrivé…, soupira-t-elle en secouant la tête.

— Au moins, on sait maintenant que c'est cet homme

qui était dans ta chambre et pas un autre.

Elle hocha la tête et reporta son attention sur Dane.

— As-tu des nouvelles de l'équipe de Levi ? l'interrogea-t-elle.

Dane hocha la tête.

— Oui. On a eu des nouvelles de Benji, lui apprit-il. Tout va bien.

— Dieu merci.

Elle étudia ensuite la porte de la cuisine comme si elle pouvait voir la pièce au travers et l'endroit où gisait le cadavre de l'homme.

— Je devrais pouvoir dormir plus sereinement maintenant. Il ne reste plus qu'à trouver son cousin et espérer qu'il soit l'informateur qui a trahi Levi.

— Levi le mérite bien, opina Evan. En plus, ce connard essaie toujours de nous éliminer un par un.

— Mais comment fait-il pour nous retrouver à chaque fois ?

— Grâce à ses contacts, annonça Dane en levant les yeux de son ordinateur portable. Il a un autre cousin, et celui-là travaille dans le service nettoyage du gouvernement.

— Mais tout le monde doit être approuvé pour ce genre de contrats, protesta Megan.

— Bien sûr, mais ça ne veut pas dire que quelqu'un ne peut pas liquider un employé et voler son identité. Tous les employés possèdent un badge nominatif. Mais parfois, les agents de sécurité ne regardent pas de très près l'identité des personnes qu'ils laissent entrer. Et puis, de toute façon, les photos sont d'une qualité vraiment médiocre. Donc, il est possible que cette hypothèse ne soit pas si éloignée de la réalité, surtout si on parle d'une vengeance familiale.

# CHAPITRE 25

C E N'ÉTAIT PAS parce qu'une chose était possible qu'elle était probable. Comme dans toute société, la vie sur une base militaire comportait son lot de difficultés. Certains soldats partaient à la guerre ou en revenaient, tandis que d'autres n'étaient jamais allés sur le terrain parce qu'on avait besoin d'eux à plein temps sur la base pour faire fonctionner les rouages de la justice. Il y avait des milliers et des milliers d'hommes et de femmes ici, ainsi que des familles qui attendaient le retour de leurs proches. Ce n'était pas une vie facile et les problèmes se multipliaient comme des lapins.

Elle détestait l'idée que quelqu'un puisse s'en prendre à Levi ou Evan. D'une certaine manière, c'était moins inquiétant d'imaginer qu'ils la visaient elle, et non eux. La seule pensée de perdre Evan la faisait suffoquer. Mon Dieu, elle ne savait même pas encore ce qu'elle ressentait pour lui exactement. Elle l'aimait profondément. C'était une évidence. Mais à l'intérieur, elle avait peur. Son cerveau ne cessait de lui crier qu'elle ne pouvait pas lui offrir ce qu'il désirait.

Elle détestait ce sentiment. Tout cela la terrifiait. Elle voulait se sentir aimée, mais elle voulait aussi aimer Evan de façon inconditionnelle et être aimée de la même manière en retour. C'était un homme bon et elle pensait qu'il l'aimait sincèrement, ou tout du moins qu'il tenait à elle. Mais qu'en était-il d'elle-même ?

— Megan ? l'appela Evan.

Elle se débarrassa de ses pensées parasites liées à ses inquiétudes et le fixa.

— Qu'est-ce qu'il y a ?

— On s'en va, déclara-t-il.

Elle le regarda en clignant des yeux.

— D'accord. Mais pour aller où ? voulut-elle savoir.

— Hawk a appelé pour nous dire que l'autre type est passé par-derrière. Il ne l'a rattrapé qu'au moment où il a abattu son cousin, et juste après avoir tiré, il s'est enfui. Hawk l'a poursuivi, mais il a perdu sa trace.

— Dans ce cas, où allons-nous maintenant ?

— Nous retournons à la clinique médicale où se trouvent Levi et son équipe. Nous n'avons pas de nouvelles d'eux, alors nous devons nous assurer qu'ils sont en sécurité.

— Vous n'avez pas de nouvelles d'eux ? répéta-t-elle, alarmée. Mais Dane a dit que Benji lui en avait donné !

— C'était il y a un moment. Plus personne ne répond désormais.

Elle hocha la tête, abasourdie.

— L'homme qui s'est enfui d'ici n'aurait pas pu se rendre là-bas aussi vite.

— Sauf que nous ignorons encore s'il opérait seul ou non. Il pourrait avoir plusieurs autres complices.

— Alors, allons-y, lança-t-elle.

Elle se leva prestement et grimaça légèrement en sentant la douleur se réveiller au niveau de ses côtes.

— Il vaut mieux que l'on te laisse ici sous bonne garde, suggéra Dane en étudiant son visage. Je doute que le tireur revienne après ce qui s'est passé. Ou alors, on pourrait te laisser à l'hôpital militaire. La sécurité a été doublée, et tu pourrais même en profiter pour faire réexaminer tes côtes. Je pense que ce serait la meilleure solution.

— J'y ai déjà été emmenée et examinée par un médecin qui m'a juste conseillé de me reposer. Et puis, si je devais choisir un endroit où aller, l'hôpital figurerait tout en bas de ma liste d'options, répliqua-t-elle en espérant vraiment qu'ils ne la forceraient pas à retourner là-bas. Mais ne vous en faites pas pour moi. Je vais rester ici.

Pour sa part, Evan semblait partagé. Il ne parvenait pas à trancher la question, ni à choisir entre les différentes possibilités.

— Peut-être qu'on peut te laisser ici sans craindre que tu ne sois de nouveau attaquée, réfléchit-il. Mais l'hôpital reste quand même l'endroit le plus sûr, étant donné que la sécurité y a été renforcée.

— Elle va nous ralentir, souligna Dane sans ambages avant de s'adresser à elle. Je ne dis pas ça pour être méchant, mais tu es blessée. Tu serais donc un handicap pour nous.

— Non, tu as raison. Il vaut mieux que je reste ici, acquiesça-t-elle en regardant autour d'elle. Je fais moi aussi partie des personnes que ces gens veulent éliminer. Je ne voudrais pas faire courir le moindre risque inutile aux patients ainsi qu'aux médecins qui sont actuellement à l'hôpital. Ce ne serait pas juste envers eux. Si je suis l'une des cibles à abattre, il est préférable que je sois seule, et dans un endroit où personne d'autre ne peut être blessé.

— Il est hors de question que je te laisse seule, refusa Evan en lui lançant un regard noir.

Il semblait plus en colère contre la situation dans laquelle ils se trouvaient que contre elle.

— Pourquoi pas ? Si vous laissez des personnes avec moi pour assurer ma sécurité, tout ira bien. D'autant plus qu'il est peu probable que le tireur revienne. Et puis, Dane a raison.

Je vais juste vous ralentir, argua-t-elle avec un grand sourire avant de se lever et de s'approcher de lui. Alors maintenant, cesse de jouer les mères poules et va vérifier que Levi et son équipe vont bien. La maison est déjà entourée de badauds qui représentent tout autant de témoins potentiels, donc ce n'est pas comme si quelqu'un pouvait me faire quoi que ce soit.

— C'est bien souvent quand ils se trouvent en plein milieu de la foule que les gens sont enlevés.

Exaspérée par son attitude excessivement protectrice, elle leva les mains au ciel, puis se dirigea vers la cuisine et se servit un verre d'eau. Ces jours-ci, elle avait soif tout le temps. Et puis, elle avait beau présenter tous les arguments possibles et imaginables, rien ne semblait en mesure de convaincre Evan qu'elle serait en sécurité ici. Elle entendait les hommes discuter de la question derrière elle.

— Écoutez, ça ne sert à rien de tergiverser, leur lança-t-elle en se retournant. L'ambulance vient d'arriver, et le véhicule de la gendarmerie ne va pas tarder à être là également. Donc, tout ira bien pour moi.

Les hommes se tournèrent vers la porte d'entrée pour partir. Seul Evan s'arrêta après quelques pas. Il fit volte-face et revint vers elle. Une fois devant la jeune femme, il prit son menton entre ses doigts et le releva.

— Sois là quand je reviendrai, lui chuchota-t-il.

Puis il l'embrassa.

— Que feras-tu si je ne suis plus là à ton retour ? le défia-t-elle, une lueur intense et sombre au fond des yeux.

— Dans ce cas, tu auras intérêt à avoir une sacrée bonne excuse.

Il tourna les talons et s'éloigna.

— Et oui, au cas où tu te poserais la question, je t'aime

comme un fou, même si tu es irascible et têtue, ajouta-t-il par-dessus son épaule.

Elle rougit en se rendant compte que les hommes debout dans l'embrasure de la porte avaient entendu ce qu'il venait de dire.

— Sauf que moi, je ne t'aime pas en retour, siffla-t-elle.

— Bien sûr que si, tu m'aimes.

— Non, je ne t'aime pas, s'obstina-t-elle en fusillant son dos du regard.

Il se mit à rire et se retourna vers elle.

— Tu es une véritable tête de mule.

— Et toi, tu me rends folle, marmonna-t-elle.

— Ce n'est pas grave. Je t'aime quand même.

Elle lui tourna le dos et regarda par la fenêtre, les joues en feu. Bon sang, qu'est-ce qui n'allait pas chez elle ? Elle se comportait vraiment comme une gamine de deux ans.

— Elle n'a pas l'air très disposée à tomber dans tes bras, commenta Dane alors qu'ils montaient dans son camion. Tu es sûr que tu es sur la bonne voie ?

Rien que de penser à la possibilité qu'elle ne l'aime jamais en retour menaçait de le tuer intérieurement.

— Je l'espère vraiment. On a eu une aventure ensemble et c'était amusant. Je pensais même qu'après ça, je pourrais simplement passer à autre chose, confia-t-il. Mais j'avais tort, tellement tort…

— Sauf que tu ne peux pas revenir en arrière. La vie ne va que dans un sens.

Evan hocha la tête.

— C'est vrai, mais je veux qu'elle fasse partie de mon avenir. Je veux aller de l'avant avec elle. Le problème, c'est qu'elle n'est pas sûre d'elle et de ce qu'elle veut. Elle a rompu avec son fiancé parce qu'elle n'arrivait pas à fixer de date pour son mariage.

— Et tu espères qu'elle n'a pas été capable de t'oublier, et que c'est pour ça qu'elle ne pouvait pas aller de l'avant et se marier avec un autre homme, interpréta Dane avec une lueur de compréhension au fond des yeux.

Un silence étrange suivit, jusqu'à ce qu'Evan reprenne la parole.

— Est-ce si difficile à croire ?

— Non, ça ne l'est pas, mais tu dois faire attention à ce que tes rêves ne prennent pas le pas sur ta réalité, le prévint Dane tout en changeant de vitesse pour tourner au coin de la rue. Je ne veux juste pas que tu souffres d'une peine de cœur.

— Moi non plus, admit Evan. Mais je me souviens d'une chose que Markus nous a dite à propos de ce qu'il ressentait pour Bree avant qu'ils ne soient finalement ensemble… eh bien, je ressens la même chose pour Megan. C'est pourquoi je pense que c'est déjà trop tard pour moi.

— Désolé, mec. Je sais à quel point c'est dur.

— Je ne veux pas que ma relation avec Megan reste comme elle est aujourd'hui. Je veux plus que cela. Je veux ce que tu as trouvé avec Marielle, et ce que Markus a trouvé avec Bree.

— C'est compréhensible. Elle est différente. Elle est forte et n'a peur de rien. Vous iriez bien ensemble. Mais on ne peut pas forcer le destin.

Il entra sur le parking de la clinique médicale privée et se gara.

Puis ils sortirent du véhicule et se dirigèrent vers les portes coulissantes à l'entrée du bâtiment. C'est alors que toutes les lumières s'éteignirent à l'intérieur.

# CHAPITRE 26

M EGAN N'ÉTAIT PAS le genre de personne à rester là sans rien faire. Mais dans le cas présent, il n'y avait rien qu'elle puisse faire pour aider. Alors, elle regarda simplement la maison sécurisée être envahie de soldats qui l'inspectèrent et emportèrent le corps sans vie de l'homme après l'avoir examiné. Elle savait qu'Evan avait parlé avec deux de ses coéquipiers avant de partir. Elle s'approcha d'eux.

— N'importe qui aurait pu monter la garde et veiller sur moi. Alors, qu'est-ce que vous avez fait de mal pour qu'on vous oblige à faire du baby-sitting ? leur lança-t-elle d'une voix taquine.

Les deux hommes s'étaient redressés à l'instant où elle leur avait adressé la parole.

— Rien, répondit le grand blond avec un sourire. C'est un honneur d'être ici.

Elle fronça les sourcils.

— Je suppose que c'est une demande spéciale d'Evan ?

— C'est un ami et vous avez des ennuis, déclara tranquillement le deuxième homme. Dans ce cas, pas besoin de demande spéciale.

— Et à qui ai-je l'honneur de parler ? demanda-t-elle en étudiant les visages des deux hommes.

Ils étaient totalement à l'opposé l'un de l'autre, du moins

autant qu'il était possible de l'être. Le blond arborait une grosse cicatrice sur la joue et possédait des biceps saillants, mais il avait l'air d'un dur à cuire.

Sauf qu'elle n'arrivait pas à voir quelqu'un d'autre qu'Evan dans son monde. C'était vraiment stupide de lutter contre ses propres sentiments. Elle était accro à lui. Elle l'avait toujours été. Il l'avait ferrée avec son appât, et elle avait même avalé l'hameçon et le plomb. Simplement, elle n'était pas encore prête à se laisser totalement attraper par sa ligne.

Et elle ne savait pas pourquoi.

— Voici Chase, présenta le deuxième homme en montrant d'abord le dur à cuire avant de se désigner lui-même. Et moi, c'est Brett.

Elle n'avait jamais vu un visage adulte avec des traits poupins aussi prononcés que ceux du dénommé Brett. Celui-ci semblait avoir un visage de bébé. Sauf qu'il possédait aussi l'élégance et le raffinement d'un homme qui portait un costume sur mesure. L'association de ces deux caractéristiques formait un ensemble vraiment hors du commun.

— Dans ce cas, merci à vous deux d'être là, Chase et Brett. J'apprécie votre aide.

Puis elle fronça les sourcils.

— Au fait, est-ce que vous avez eu des nouvelles de Levi ? questionna-t-elle.

Ils secouèrent leurs têtes.

— Non, pas encore.

— Je vois. Bon, eh bien, je vais retourner dans la chambre avec mon ordinateur portable et voir si je peux trouver quelque chose d'utile.

Elle leur adressa un rapide signe de tête, prit son sac à dos et monta à l'étage. Sa cheville recommençait à lui faire mal. Elle était restée appuyée dessus trop longtemps. Il était temps pour elle de reprendre ses médicaments. Elle pensait que l'un des hommes la suivrait, mais se rendit compte que tous les deux étaient restés au rez-de-chaussée. Cela signifiait sûrement qu'ils estimaient qu'elle était en sécurité dans sa chambre. Une sieste serait la bienvenue. Mais avec le bordel qui avait envahi sa vie depuis peu, elle n'était pas sûre d'en être capable. Peut-être les antidouleurs pourraient-ils l'assommer suffisamment pour lui permettre de dormir.

Une fois dans sa chambre, elle s'assit sur le matelas, le dos calé contre la tête de lit, et réfléchit à tout ce qui venait de se passer. Puis elle posa son ordinateur portable sur ses genoux, rouvrit son document de texte et y ajouta ces nouveaux éléments. Maintenant qu'ils connaissaient l'identité de l'homme qui avait été abattu d'une balle dans la tête au rez-de-chaussée, les pièces du puzzle commençaient à se mettre en place.

Des trafiquants d'armes avaient pénétré sur la base dans l'intention de recueillir des informations sur l'endroit où se trouvait Levi, mais elle les avait vus.

Ils avaient décidé de ne laisser aucun témoin, donc la tuer était une solution simple, efficace et logique.

Le chef de cette organisation criminelle pensait que son cousin pouvait s'occuper seul de Megan, alors il s'en était pris à sa véritable cible, Levi. Mais jusqu'à présent, ils n'avaient pas réussi à capturer cet individu, ce qui était un peu inquiétant, puisque cela signifiait qu'il était toujours quelque part dans la nature.

Cependant, ce qui était encore plus préoccupant, c'était que le tireur avait réussi à les retrouver plusieurs fois. Il y avait donc un traître parmi eux. La société chargée de la maintenance de la climatisation de la base ferait mieux de chercher d'autres clients dès maintenant, car le renouvelle-ment du contrat qu'ils avaient passé avec eux ne s'annonçait pas très bien.

Elle termina de saisir toutes ces informations sous forme de notes, ferma son ordinateur portable, puis descendit plus bas sur le matelas pour s'allonger totalement.

Ses yeux étaient déjà en train de se fermer. Elle se roula alors en boule et essaya d'oublier le chaos qui régnait au rez-de-chaussée.

Elle avait vu assez de morts pour aujourd'hui.

EVAN ÉTUDIA LE système de sécurité de la porte d'entrée de la clinique médicale privée. Il voyait bien qu'il était éteint, mais la question était maintenant de savoir pourquoi. Était-ce lié à une panne de courant ? Ou cela avait-il à voir avec quelque chose de plus inquiétant ? Evan observa l'intérieur de l'établissement. Les infirmières continuaient de marcher tranquillement dans le couloir. Des éclairages de secours s'étaient allumés aux plafonds. Visiblement, le groupe électrogène s'était enclenché afin d'assurer le fonctionnement des équipements de base. Dane essaya de forcer le système d'ouverture de la porte, mais celle-ci était fermée et verrouil-lée. Ils s'entreregardèrent, le visage sombre, puis se glissèrent jusqu'à la fenêtre la plus proche et vérifièrent qu'elle était correctement fermée. Les ascenseurs devaient avoir été mis hors service par la panne de courant, mais ils allaient quand même devoir entrer pour emprunter les escaliers et accéder aux étages supérieurs. Ils continuèrent à se déplacer autour du bâtiment en inspectant chaque issue potentielle. Tout à coup, Dane laissa échapper une exclamation étouffée. Evan se précipita à ses côtés et découvrit un petit cercle découpé dans la porte de sortie de secours. Des intrus avaient donc coupé le courant et étaient passés par-derrière. C'était simple et efficace comme méthode. Mais ce qui le dérangeait le plus, c'était qu'ils avaient réussi à entrer beaucoup trop facilement.

Ils pénétrèrent dans le bâtiment et montèrent les escaliers sans croiser personne en chemin. En dehors des infirmières du rez-de-chaussée, ils n'avaient vu personne d'autre jusqu'à présent. Certes, il était encore tôt. L'heure matinale pouvait donc expliquer que le personnel de la clinique soit aussi réduit. Mais ils auraient quand même dû voir plus de monde.

Parvenus à l'étage où se trouvait l'équipe de Levi, ils ouvrirent la porte du palier et entendirent le bruit caractéristique d'une arme à feu dont le cran de sécurité venait d'être retiré.

— C'est Evan et Dane, annonça rapidement Evan.

— Montrez-vous, commanda Ice d'une voix basse et dure.

Conscient qu'elle leur ordonnait cela parce qu'elle avait du mal à les identifier dans la pénombre, il s'avança dans le couloir, les mains levées afin de montrer qu'il n'avait pas l'intention de lui tirer dessus malgré l'arme qu'il tenait.

— Ice, c'est moi.

Elle l'étudia un moment puis hocha la tête.

— Tu as dit que Dane était aussi avec toi ? l'interrogea-t-elle.

— Je suis là, confirma ce dernier en s'avançant à son tour. Tu vas bien ?

Elle hocha la tête.

— Pour l'instant, oui. Mais on a appris que quelqu'un en avait après Levi. Et maintenant, le courant est coupé. La police est en route, mais nous sommes opérationnels et prêts à nous défendre en cas d'attaque.

— C'est justement pour ça qu'on est là. On voulait s'assurer que vous alliez tous bien. Et en arrivant, on a constaté que la porte arrière du bâtiment avait été forcée, l'informa Dane.

— De toute évidence, quelqu'un s'est introduit dans la clinique, ajouta Evan. Nous sommes entrés de la même manière, mais nous n'avons vu personne.

Benji et Ice échangèrent un regard dur. Puis Benji adressa un signe de tête à deux autres hommes.

— Allez voir ça de plus près, leur ordonna-t-il. Peut-être que vous croiserez cet intrus en descendant. Quoi qu'il en soit, s'il est encore ici, nous le trouverons.

Les deux hommes hochèrent la tête, puis se dirigèrent vers la cage d'escalier la plus proche et disparurent par la porte.

— D'ailleurs, où est Megan ? s'enquit Ice. Est-ce qu'elle est restée en bas ?

— Non, on l'a laissée à la maison sécurisée, lui apprit Dane.

— Tu parles de celle qui a été compromise ? s'étonna-t-elle. Drôle de choix.

— Elle est entre de bonnes mains. J'ai demandé à des hommes de confiance de la protéger. Et en plus, elle voulait rester là-bas, se défendit-il.

— Si tu lui laisses du temps et de l'espace, cette fille en fera bon usage, commenta-t-elle.

Puis elle se retourna et marcha en direction des chambres. Une fois devant, elle adressa un signe de tête à l'homme qui montait la garde et ouvrit la porte de la chambre dans laquelle se trouvait Levi. Evan entra derrière Ice. Il vit alors son camarade se détendre et retirer sa main de sous ses draps.

Évidemment, il était armé. S'il avait été dans sa situation, Evan aurait voulu l'être également.

— Vous avez des ennuis ?

— Pas pour le moment, répondit Levi.

— Dans ce cas, pourquoi est-ce que vous ne répondez ni à nos messages ni à nos appels ?

— On a peur que quelqu'un traque les communications de nos téléphones, exposa Levi en secouant la tête. Benji vient de nous en acheter de nouveaux.

— Quelqu'un aurait pu nous prévenir, râla Evan.

— Pour le moment, on ne sait pas quelles informations nos ennemis ont en leur possession, souligna Levi en le regardant. Alors, on a simplement préféré jouer la carte de la prudence.

— Dis-lui ce qu'on a découvert il y a seulement quelques minutes, l'enjoignit Ice qui était restée à l'entrée de la chambre.

Le regard d'Evan passa de l'un à l'autre.

— Qu'est-ce que vous avez découvert ? demanda-t-il.

— Un homme a été retrouvé inconscient et en sous-vêtements sur la base. Il a été emmené à l'hôpital il y a une heure, où il a pu être identifié. Il s'agit de Brian Manchester.

— Et ? voulut savoir Evan qui attendait qu'il continue.

— Il fait partie de la gendarmerie.

— Merde, jura Dane.

Evan se figea.

— Donc le tireur porte un uniforme de gendarme ?

Il sortit son téléphone pour appeler Megan. Puis il réalisa qu'il ne lui avait pas encore donné son ancien téléphone. Il appela alors Chase, mais personne ne décrocha à l'autre bout du fil.

Son cœur se mit à battre la chamade et ses pieds se dirigèrent d'eux-mêmes vers la sortie. Tout en marchant dans le couloir, il essaya de contacter Brett. Il n'obtint pas de réponse non plus.

— Qu'est-ce qui se passe ? l'appela Ice dans son dos.

Evan se retourna et réalisa qu'elle l'avait suivi jusqu'à la cage d'escalier. Dane était également à côté de lui.

— J'ai laissé Megan dans la maison sécurisée avec un cadavre et une demi-douzaine de gendarmes, expliqua-t-il.

— Oh non…, murmura-t-elle en écarquillant les yeux.

— Elle n'a pas de téléphone, poursuivit Evan. Et les deux *SEALs* à qui j'ai demandé de veiller sur elle ne répondent pas.

— Dépêche-toi d'y retourner. Je vais contacter Mason, déclara-t-elle en sortant son téléphone.

Evan acquiesça et s'élança dans les escaliers sans prendre la peine ni le temps de répondre. Il était déjà en train de dévaler les marches aussi vite qu'il le pouvait. Il devait retourner auprès d'elle.

Il ne pouvait pas se permettre de perdre ce qu'il venait de récupérer.

**CHAPITRE 27**

---

ELLE SE RÉVEILLA lentement avec le sentiment que quelque chose n'allait pas. Plus aucun bruit ne s'élevait du rez-de-chaussée. Les hommes avaient-ils tous fini leur travail et étaient-ils partis ? Non, la maison était bien trop silencieuse pour que ce soit normal. Inquiète, elle huma l'air. Ça sentait… mauvais.

*Merde.*

Aussi silencieusement que possible, elle se déplaça jusqu'au bord du lit, se leva et boitilla jusqu'à la fenêtre. Bon sang, pourquoi fallait-il qu'elle se retrouve encore une fois en situation de danger au premier étage d'une maison ? Le seul souvenir du saut qu'elle avait dû effectuer par la fenêtre de sa chambre chez elle pour échapper à son agresseur réveilla la douleur dans sa cheville. Elle ouvrit la fenêtre et observa l'extérieur baigné des premières lueurs de l'aube. Bien sûr, un patio en ciment se trouvait juste en dessous. Elle se massa les tempes en réfléchissant aux options qui s'offraient à elle. Celle-ci était vraiment merdique. Rien n'amortirait sa chute si elle sortait par là, mais peut-être que si elle utilisait son drap, elle pourrait atteindre le sol en un seul morceau.

Soudain, elle entendit une marche grincer. Elle se figea. *Merde.* Elle savait de quelle marche il s'agissait. Quelqu'un était en train de monter.

Elle prit une grande inspiration et courut s'enfermer

dans la salle de bain. Une fois la porte verrouillée, elle se retourna pour chercher un moyen de s'échapper. La pièce comportait une fenêtre, plus petite que celle de la chambre, mais assez proche du petit balcon attenant à la chambre d'amis. Peut-être pourrait-elle l'atteindre et passer dans cette autre pièce ? En dessous de la fenêtre se trouvait une petite pente herbeuse. L'atterrissage serait plus doux si jamais elle tombait. Elle se tortilla en tâchant d'ignorer sa blessure aux côtes qui lui faisait un mal de chien. Les points de suture tiraient sur sa peau à cause de ses mouvements maladroits. Alors quand elle ressentit soudainement une vive douleur, elle comprit qu'elle avait encore déchiré un point de suture et jura à voix basse.

Finalement, elle parvint à se glisser totalement par la fenêtre. Suspendue dans le vide, elle commença à avancer à la seule force de ses bras vers la balustrade à sa droite quand elle entendit quelqu'un frapper à la porte de la salle de bain. Elle se propulsa en direction des barreaux du balcon et parvint à attraper l'une des barres verticales à son extrémité. Cependant, son mouvement avait été trop rapide, trop brusque et avait généré trop de douleur dans son bras pour qu'elle s'y accroche correctement. Elle perdit sa prise et s'écrasa au sol.

Heureusement, elle réussit à retenir son cri de douleur avant que celui-ci ne s'échappe de sa bouche.

Elle resta allongée pendant une seconde, puis son esprit lui ordonna de courir.

Se mordant la langue pour ne plus penser à la douleur, elle se redressa et se précipita vers la clôture arrière. Elle était haute, mais elle l'escalada malgré tout. La panique guidait ses gestes désormais. Elle tendit le bras pour attraper le haut du mur et parvint à passer par-dessus. Mais de l'autre côté, elle atterrit sur une surface dure. Des frissons secouèrent son corps. Elle resta allongée quelques instants, à attendre que le choc nerveux s'estompe suffisamment pour que son cerveau puisse de nouveau transmettre des ordres à ses muscles. Puis dès qu'elle le put, elle se releva, se remit à courir et traversa la rue à toute vitesse pour fuir le plus loin possible.

Au bout d'un moment, ses jambes finirent par la lâcher. Elle ne savait pas quelle distance elle avait parcourue, mais elle avait l'impression d'avoir sprinté pendant trente kilomètres et était exténuée. Elle s'écroula par terre, le corps secoué de frissons. Sa cheville la mettait à l'agonie tant elle la faisait souffrir.

Mon Dieu, quand cela allait-il s'arrêter ?

Elle roula sur le dos et fixa le ciel gris teinté de rose pâle en essayant de reprendre son souffle. Son corps tremblait sous l'effet de la fatigue et de ses sanglots. Son esprit était encore en train d'essayer de dissiper le brouillard qui l'avait envahi à cause de la panique.

C'est alors que la pluie commença à tomber.

Elle resta allongée sur le sol et laissa les gouttes fraîches percuter sa peau surchauffée par sa course folle tout en réfléchissant à ce qu'elle allait faire à partir de maintenant.

Quand elle s'assit et regarda autour d'elle, elle réalisa que son instinct l'avait guidée dans sa fuite. Elle connaissait ce quartier. Elle passait souvent par là pour se rendre à North Island. Il aurait dû y avoir des soldats dans les parages, puisque la sécurité de la base avait été renforcée. Pourtant, elle gisait là, telle une morte, et personne ne semblait l'avoir repérée.

Il lui fallut plus d'efforts qu'elle ne le pensait pour se lever, mais elle y parvint. Sauf que lorsqu'elle mit du poids sur sa mauvaise jambe, elle s'effondra à nouveau par terre en poussant un cri de douleur. Bon sang, cela faisait tellement mal... Elle jeta un coup d'œil à sa cheville et découvrit qu'elle était gonflée et violacée. Sa blessure s'était aggravée. Elle devait faire savoir à Evan où elle était, que ce soit d'une manière ou d'une autre.

Soudain, elle pensa aux hommes censés la protéger. Elle les avait laissés derrière elle. Que leur était-il arrivé ?

Puis une pensée la fit grimacer. Avait-elle fui pour rien ?

Ce serait encore pire que si elle avait réellement été en danger.

Mais son esprit rejeta immédiatement cette idée. Non, le pire aurait été qu'elle soit attaquée et capturée. Il existait des choses bien plus graves que de se sentir simplement embarrassé parce qu'on s'était trompé. Elle se recoucha donc et attendit d'être secourue.

— RALENTIS, EVAN ! cria Dane en courant derrière lui dans les couloirs de la clinique médicale. Il pourrait y avoir quelqu'un dehors prêt à nous tirer dessus à la seconde où nous sortirons.

— Peut-être, mais c'est peu probable. Ils sont sûrement à la maison sécurisée en train d'attaquer Megan en ce moment même.

— Je prends le volant, décida Dane en le dépassant. Pendant ce temps, essaie de rappeler Chase et Brett.

Evan inspira profondément pour garder le contrôle de ses nerfs et s'installa du côté passager. Il tenta de contacter leurs deux coéquipiers une nouvelle fois, mais n'obtint pas de réponse. On leur avait peut-être retiré leur téléphone, mais il doutait que ce soit le cas. À moins d'être inconscients, ils ne s'en seraient pas séparés. Lors de leur formation, ils avaient appris à toujours garder un moyen de communication sur eux. À moins que… Peut-être y ont-ils été contraints par leurs ennemis. Peut-être même les ont-ils menacés de faire du mal à Megan si jamais ils résistaient et se défendaient.

Son cœur s'emballa à cette pensée et il serra les poings en essayant de calmer la panique qui avait envahi tout son être. Ils n'étaient plus très loin de la maison sécurisée. Mais il avait l'impression qu'ils allaient dans un tout autre état tant le trajet lui paraissait long. Un épais silence avait envahi l'habitacle de la voiture. Pendant qu'Evan rongeait son frein, Dane se chargeait de conduire aussi rapidement que possible.

Ils n'étaient plus qu'à deux pâtés de maisons de leur destination quand ils entendirent la sirène d'un véhicule de secours. *Mon Dieu, s'il vous plaît, faites qu'ils ne se rendent pas au même endroit que nous*, pria-t-il intérieurement.

Malheureusement, l'ambulance tourna dans la rue devant eux. Il serra alors les dents à s'en faire mal.

Dane s'engagea à la suite du véhicule de secours et avant même qu'il n'ait eu le temps de garer leur voiture, Evan était déjà dehors et courait vers la maison. Mais il ne put faire que quelques pas avant que plusieurs hommes ne l'attrapent et ne le retiennent. Un échange houleux s'ensuivit.

Dane saisit le bras d'Evan et le força à reculer de plusieurs mètres.

— Calme-toi, Evan. Elle n'est pas là.

Il se figea.

— Quoi ?

— Elle n'est pas à l'intérieur, répéta Dane. La maison a été gazée. Nous avons trouvé deux des gendarmes ainsi que Chase et Brett. Ils ont été pris en charge par les ambulanciers et vont s'en sortir. En revanche, un troisième gendarme était présent dans la maison et a disparu. Il s'agit probablement de l'homme que nous recherchons.

— A-t-il enlevé Megan ? demanda Evan en secouant la tête.

— Je n'ai pas dit ça. Et connaissant Megan, je ne sauterais pas si vite à cette conclusion non plus.

Puis Dane fit ensuite un geste pour désigner le côté de la maison.

— Nous ne pouvons pas aller à l'intérieur pour le moment. Mais nous pouvons examiner l'extérieur pour voir si elle a réussi à s'échapper, proposa-t-il.

— Quand nous sommes partis, elle était dans le salon.

— Mais ça ne veut pas dire qu'elle y est restée. Elle est probablement retournée dans sa chambre au lieu de rester au rez-de-chaussée en compagnie d'inconnus et d'un cadavre.

Evan courut vers l'arrière de la maison en étudiant le sol.

— Elle a sauté et est tombée, observa Dane en montrant la pelouse abîmée.

Ensemble, ils suivirent les empreintes de pas sur le sol et se précipitèrent vers la clôture. Evan sauta par-dessus et continua de remonter la piste laissée par Megan de l'autre côté. Lorsqu'ils parvinrent à la chaussée, ils s'arrêtèrent. La route était sèche et propre, ce qui compliquait les recherches. Seules quelques traces de terre lui permettaient de voir qu'elle avait tourné à gauche à toute allure, mais il ne savait pas pendant combien de temps elle avait couru dans la rue ni jusqu'où elle était allée.

— Je pars à sa recherche, annonça-t-il à Dane.

— Tiens-moi au courant. Je vais voir si je trouve autre chose dans les parages.

Remonter les pistes n'était pas quelque chose d'intuitif pour Evan. Il n'était pas comme Shadow et Hawk, pour qui cela était instinctif. Mais il avait appris à être sacrément bon dans ce domaine, et ce serait suffisant pour la retrouver. Il le fallait.

# CHAPITRE 28

APRÈS S'ÊTRE UN peu reposée, elle s'étira et releva la tête pour regarder autour d'elle. N'apercevant personne, elle reposa la tête par terre. Si elle pouvait emprunter un téléphone à quelqu'un, elle pourrait passer quelques coups de fil pour demander de l'aide. Elle n'avait pas prévu de courir aussi loin ni aussi aveuglément. La plupart des soldats de la base étaient en meilleure forme physique et pouvaient courir plus longtemps qu'elle. Si le tueur l'avait poursuivie et avait attendu qu'elle ait épuisé toute son énergie, elle se serait retrouvée sans défense face à lui et à sa merci. Bon sang, elle était vraiment à bout de forces et avait même du mal à bouger à cause des spasmes qui agitaient ses jambes.

Son regard se posa sur un banc situé sous un arbre un peu plus loin. Elle calcula mentalement la distance qui l'en séparait et évalua sa capacité à l'atteindre. Il n'était pas dans un parc et ne bordait pas non plus de sentier pédestre, mais c'était une structure d'apparence solide et elle cherchait désespérément un endroit sûr où attendre les secours. Cependant, son esprit n'arrêtait pas de tourner en rond. Avec un profond soupir, elle se releva avec effort, puis sautilla et boitilla jusqu'au banc en bois. Elle se laissa tomber dessus lourdement et cala son dos contre le dossier. Ses côtes ne lui faisaient plus mal. C'était peut-être une bonne chose, mais c'était sa cheville qui la faisait souffrir le martyre maintenant, et son cœur battait si fort à l'intérieur de sa poitrine qu'elle sentait ses oreilles bourdonner.

Elle pencha la tête en arrière et ferma les yeux.

Elle se mit alors à sommeiller en refaisant surface à quelques minutes d'intervalle pour s'assurer qu'elle était en sécurité, puis elle s'assoupissait à nouveau. Elle continua de somnoler ainsi jusqu'à entendre quelqu'un toussoter à côté d'elle.

Elle se réveilla en sursaut, se leva d'un bond et poussa un cri de douleur, mais ses muscles endoloris se contractaient déjà, prêts à repartir pour une course folle.

— Eh, doucement.

Des mains la saisirent et l'amenèrent fermement contre un torse musclé. Elle ne pouvait même pas se débattre pour échapper à cette étreinte forcée tellement elle se sentait fatiguée.

— Du calme, Megan. Tu es à nouveau en sécurité, souffla Evan en caressant son dos de haut en bas lentement.

Il la tenait simplement contre lui et essayait de la calmer. Mais peut-être essayait-il aussi de se calmer lui-même par la même occasion.

— Je suis là maintenant. Tout va bien.

Finalement, elle prit conscience qu'il n'était pas un produit de son imagination et se trouvait bien là avec elle. Elle éclata alors en sanglots et enroula ses bras autour de son torse en se serrant contre lui.

— Ne me quitte plus jamais, pleura-t-elle en s'exprimant d'une voix basse et cassée. Chaque fois que tu me laisses seule, quelque chose d'horrible se produit.

— Je ne te quitterai plus une seule seconde tant que toute cette histoire ne sera pas terminée.

Elle frissonna.

— Ne me quitte plus jamais, pas même après la fin de toute cette histoire.

Avec les dernières forces qu'il lui restait, elle se blottit contre lui. Son corps était chaud et en sueur, mais elle aimait ça. En fait, elle aimait tout de lui. Elle ne parvenait plus à retrouver son chemin et il s'était lancé à sa recherche pour la retrouver. Sauf que s'il avait réussi à remonter sa piste, le connard qui souhaitait la tuer avait peut-être pu en faire autant ou le suivre jusqu'ici.

Elle se recula et regarda autour d'elle.

— Le salaud qui veut nous éliminer pourrait encore se trouver dans le coin.

— Effectivement, c'est possible, acquiesça Evan. Il a assommé tous ceux qui étaient dans la maison avec du gaz. Ils vont s'en sortir, mais ils sont furieux.

— Je suis tellement désolée, murmura-t-elle d'une voix rauque. Si j'étais partie avec toi, ils n'auraient pas été attaqués.

— Peut-être… ou peut-être pas, souligna-t-il en l'attirant de nouveau contre lui. Nous ne pouvons pas savoir ce qu'il aurait fait dans ce cas. Jusqu'à présent, il s'est toujours montré méthodique et déterminé.

— Alors, il va réessayer, déclara-t-elle d'une voix sourde.

Elle détestait penser que ce connard allait continuer de la poursuivre tant qu'il ne serait pas capturé et mis hors d'état de nuire.

— Nous devons le retrouver en premier, avant qu'il ne nous retrouve encore une fois.

— Nous y travaillons, répondit-il.

— Je sais. Je suis désolée.

Il l'aida à retourner vers le banc et s'assit avec elle.

— Laisse-moi appeler mes coéquipiers pour qu'ils nous

amènent un véhicule. Il faut que tu laisses ta cheville se reposer.

Le simple fait de penser à sa cheville sembla aviver la souffrance qu'elle lui causait.

Jusque-là, elle avait réussi à l'occulter, mais à présent, elle lui faisait tellement mal que Megan frissonna sous les vagues de douleur qui l'assaillaient.

Ils étudièrent tous deux son articulation enflée et violacée.

— J'imagine que je ne vais pas pouvoir reprendre le travail avant quelques jours, soupira-t-elle.

— Tu seras absente au moins dix jours, le temps de guérir totalement, confirma-t-il avec un hochement de tête. Et je veux que tu passes une nouvelle radiographie. Nous devons nous assurer que tu n'as pas aggravé ta blessure.

Ça se présentait mal pour elle.

Il sortit son téléphone et appela Mason. Elle les écouta parler, appuyée contre son torse, tandis qu'il prenait les dispositions nécessaires pour qu'un véhicule vienne les chercher. Puis il termina la conversation en l'informant qu'ils devaient la ramener à l'hôpital.

Ils allaient de nouveau l'obliger à y retourner. Elle s'était retrouvée là-bas déjà beaucoup trop de fois au cours de ces derniers jours. Elle ferma les yeux, s'efforça de faire abstraction de la douleur qui pulsait dans sa cheville et se retira dans les ténèbres de son esprit.

EVAN GLISSA SON téléphone dans sa poche, puis écouta la respiration de Megan et sourit en entendant son souffle devenir de plus en plus lent et régulier. Elle était en train de s'endormir. C'était parfait. Le seul fait de l'imaginer seule dans la salle de bain face au danger, à devoir prendre la décision de sauter par la fenêtre pour échapper à un meurtrier, le rendait malade. *Mon Dieu.* Il savait qu'il avait eu tort de la laisser derrière lui. Sur le moment, cela lui avait semblé être la meilleure solution. Mais maintenant, il se rendait douloureusement compte que son erreur de jugement aurait pu coûter la vie à Megan. Cela n'arriverait plus. Il ne la quitterait plus jamais, pas tant que ce trou du cul ne serait pas abattu.

Il fouilla la zone du regard. C'était l'un des coins les plus déserts de North Island, qui ne comportait que quelques bâtiments de stockage vides. Cet endroit n'était pas un mauvais choix si l'on souhaitait disparaître des écrans radars. Mais si elle avait été capturée ici, cela aurait été une tout autre histoire.

Une camionnette arriva quelques minutes plus tard, suivie d'une seconde. Il sourit en voyant ses amis sortir des véhicules. Immédiatement, ils se précipitèrent à ses côtés, mais il leva un doigt pour leur signifier qu'elle dormait. Ils ralentirent l'allure et les entourèrent sans prononcer un seul mot. Il se leva lentement en tenant Megan contre sa poitrine et la porta jusqu'au côté passager du premier véhicule. C'était Dane qui avait conduit jusqu'ici. À l'arrière, Chase et Brett n'étaient pas descendus. Il étudia leurs visages crispés de colère et hocha la tête.

— Elle va bien, les rassura-t-il.

— Elle ne va pas si bien que ça si nous devons l'emmener à l'hôpital, remarqua Chase en parlant à voix basse.

— Nous y allons pour que les médecins examinent sa cheville, expliqua Evan. Elle se l'est foulée hier, et sa course folle depuis la maison sécurisée n'a fait qu'aggraver la blessure.

Tous ses coéquipiers observèrent l'articulation violacée de la jeune femme avant de tourner les talons pour remonter dans les véhicules.

— Allons-y, lança Dane en se réinstallant dans le siège conducteur.

Il alluma le moteur et commença à rouler en direction de l'hôpital. Evan pencha la tête en arrière.

— Merci d'être venu.

— On viendra toujours, quoi qu'il arrive, répondit Dane.

Quelques minutes plus tard, Evan rouvrit les yeux et découvrit qu'ils se trouvaient désormais devant la clinique médicale privée.

— Je ne suis pas certain que l'emmener ici soit une bonne idée, déclara Evan. Nous savons que cet endroit a été compromis.

— Ils ont renforcé la sécurité et effectué une fouille complète du bâtiment. En plus, les médecins sont déjà prêts à la prendre en charge. Ice a tout organisé pour qu'elle soit soignée le plus rapidement et efficacement possible.

Il était vrai que Megan comptait aussi pour elle. Et puis, ainsi, Ice pourrait aussi garder un œil sur sa coéquipière. Son père était le directeur de la clinique médicale privée, ce qui était bien pratique dans le cas présent.

Evan transporta Megan à l'intérieur du bâtiment. Elle dormait encore. L'avantage des cliniques médicales privées… eh bien, c'était qu'elles étaient privées. Les médecins la prirent immédiatement en charge et l'emmenèrent directement dans une salle d'observation où ils l'examinèrent pendant qu'Evan s'occupait de la paperasse administrative. Puis elle passa une radiographie pour son pied. Refusant de laisser les aide-soignants la porter, il la souleva lui-même de la table de radiographie. C'est alors qu'elle se réveilla.

# CHAPITRE 29

ELLE SE CRAMPONNA à Evan tandis qu'il la déposait dans le fauteuil roulant.

— Bon retour parmi nous, chuchota-t-il en s'accroupissant à côté d'elle. Tu es dans la même clinique médicale privée que la dernière fois. Levi et son équipe sont toujours ici, tout comme Ice. On a vérifié tes points de suture et fait passer une radiographie à ton pied.

— Et donc ? Il est cassé ? demanda-t-elle en frottant ses yeux pour en chasser le sommeil.

— Aucune idée, mais il est assez mal en point.

— C'est vrai qu'il en a tout l'air. Mais je ne veux pas rester ici.

— Au point où tu en es, je ne pense pas que tu aies vraiment le choix. Il faut que tu laisses les médecins te soigner, sans quoi tu ne guériras pas avant un moment.

— Ce n'est pas ce que je voulais dire, le détrompa-t-elle en agrippant sa main. On ne peut pas risquer de faire de cet endroit une cible. Ces gens seront plus en sécurité si nous ne restons pas ici.

Elle se tourna ensuite pour regarder Dane et Chase qui montaient la garde devant la porte.

— Dites-lui, les implora-t-elle. On ne peut pas impliquer des innocents dans tout ce bordel.

— Et où suggères-tu que nous allions ? questionna Dane

en pinçant les lèvres.

Megan pencha la tête sur le côté tout en réfléchissant à leurs différentes options.

— J'ai juste besoin d'un endroit sûr pour me reposer et guérir, déclara-t-elle.

— C'est justement là qu'est tout le problème. Tu te souviens de ce qui s'est passé à la maison sécurisée ? Ils semblent être capables de nous suivre et de nous retrouver où que nous allions, souligna Chase en regardant Evan.

— Dans ce cas, jetez vos téléphones, suggéra Dane. Levi et son groupe ont déjà jeté le leur pour cette même raison et Benji leur en a apporté des nouveaux.

Evan sortit son téléphone de sa poche et le montra à tout le monde.

— Il ne m'a pas quitté une seule seconde depuis des jours, et personne d'autre que moi n'y a eu accès, affirma-t-il.

Megan ferma les yeux et les rouvrit quelques secondes plus tard pour constater qu'Evan avait poussé son fauteuil roulant jusque dans la salle d'attente. Ils étaient désormais entourés par l'équipe de *SEALs* au complet. Puis brusquement, les mots qu'il avait prononcés réveillèrent un souvenir dans sa mémoire. Elle se figea.

— Ce n'est pas tout à fait vrai, contesta-t-elle. Souviens-toi ce qui s'est passé dans le hangar. Ton téléphone est tombé et l'un des mécaniciens de Fred te l'a rendu.

— Un des gars de Fred ? releva Mason dont la voix lui permit de le repérer parmi la foule de visages. Evan, de quoi parle-t-elle ?

— Je suis allé chercher le pendentif porte-bonheur de Stone et j'ai perdu mon téléphone pendant qu'on était en train de fouiller l'hélicoptère. Quand nous sommes partis, un des hommes de Fred l'a trouvé et me l'a redonné.

Tout en parlant, Evan s'était mis à démonter son téléphone. Il découvrit alors un mouchard à l'intérieur.

— Putain de merde, souffla-t-il.

— Je vais contacter Fred, annonça Mason d'une voix dure. Avez-vous reconnu cet homme ?

— Non, répondit Evan.

Il regarda Megan qui secoua la tête négativement. Elle ne pensait pas l'avoir déjà vu non plus.

Le médecin s'approcha d'eux.

— Nous avons examiné les radios. Son pied est dans un piètre état. Elle…

Soudain, tous les soldats se précipitèrent vers l'entrée de la clinique. Evan poussa le fauteuil de Megan dans le couloir tandis que deux de ses coéquipiers les entouraient pour les protéger. Ils franchirent les portes coulissantes et se précipitèrent à l'extérieur.

C'est alors que des coups de feu éclatèrent autour d'eux.

Les *SEALs* se dispersèrent.

Evan la sortit de son fauteuil roulant et courut jusqu'à la camionnette de Dane. Il ouvrit la portière pour leur servir de bouclier de fortune, puis se baissa et jeta un coup d'œil par-dessus le capot du véhicule.

Elle enroula ses bras autour de son torse et posa sa main sur l'étui de son pistolet.

— Si seulement j'avais une arme à feu…, murmura-t-elle.

— J'en ai une, mais je ne peux pas l'atteindre pour le moment.

Elle essaya de bouger entre ses bras, mais il la tint plus fermement contre lui. Coincée comme elle l'était, il lui était impossible d'attraper son pistolet.

— Plus un geste, ordonna une voix basse et méchante à

l'intérieur de la camionnette.

Elle regarda Evan avec horreur. *Bon sang.* Il les avait donc suivis… et il venait de les attraper.

Evan s'était raidi contre elle et les muscles de sa mâchoire s'étaient contractés sous l'effet de la colère. Il était furieux, car il ne pouvait pas atteindre son arme étant donné leurs positions.

— Maintenant, vous allez gentiment monter dans la camionnette, poursuivit la voix. Si tu appelles quelqu'un ou attires l'attention sur vous deux, elle recevra la première balle dans la nuque.

Evan hocha sèchement la tête.

Megan pouvait sentir l'étui sous ses doigts. Elle s'efforça de libérer le pistolet tandis qu'Evan se relevait et se tournait vers le véhicule. Elle réussit à sortir l'arme, se tordit dans les bras d'Evan, et tira un coup de feu net et précis dans la tête de l'homme.

— Et si c'était plutôt toi qui prenais la première balle, connard ? cracha-t-elle.

Puis elle baissa son arme et s'adressa à Evan d'une voix moins assurée.

— Tu sais quoi ? Je devrais peut-être retourner à l'intérieur, tout compte fait. Je ne me sens pas très bien.

La tête de Megan s'effondra alors sur le côté.

EVAN RETOURNA AUSSI vite qu'il le put vers la clinique médicale en serrant le corps de Megan contre son torse. Il ne savait pas pourquoi, mais elle était de nouveau inconsciente. Mason les rejoignit à la porte du bâtiment et l'ouvrit pour les laisser passer.

— Elle lui a tiré une balle dans la tête puis s'est effondrée, cria-t-il en se précipitant à l'intérieur. Il faut l'aider !

Le médecin arriva en courant, et elle fut ramenée dans la salle d'examen.

Puis les aide-soignants écartèrent Evan sans ménagement et les rideaux se refermèrent devant lui.

Il resta immobile au même endroit, à fixer le mur de tissu blanc avec frustration. Chase s'approcha et lui tapa doucement sur l'épaule.

— Elle va s'en sortir.

— Je ne sais même pas ce qui s'est passé, déclara Evan en passant une main sur son visage. Bon sang, je sais qu'elle est épuisée, qu'elle est blessée au niveau des côtes et que sa foutue cheville est dans un sale état, mais je n'ai aucune putain d'idée de ce qui a bien pu se passer pour qu'elle s'évanouisse.

— Ce n'est sûrement rien de grave, affirma Chase. Peut-être qu'elle s'est simplement évanouie à cause de l'effet cumulé de tout ce qui s'est passé dernièrement.

C'était plausible. Après tout, elle avait eu son lot d'émotions fortes et de blessures.

Evan tourna les talons et ressortit du bâtiment. La plupart de ses coéquipiers étaient debout autour de la camionnette et étudiaient l'homme mort à l'intérieur.

— C'est l'informateur de Levi, lui apprit Mason. Levi vient de l'identifier sur la photo que je lui ai envoyée. Il peut se reposer l'esprit tranquille maintenant.

— Je pense plutôt qu'il va se reposer le temps de guérir, puis retourner au Mexique pour terminer sa mission en traquant tous ceux qui sont impliqués dans ce trafic.

Un silence méditatif suivit. Hawk, qui se tenait entre Swede et Shadow, finit par le briser.

— Est-ce qu'on peut considérer que toute cette histoire

est finie maintenant ? demanda-t-il.

Évan était heureux de voir son équipe au complet. Au moins, ils étaient tous sains et saufs.

— Oui, on peut considérer que tout cela est derrière nous désormais, confirma Mason. Alors maintenant, place au nettoyage.

Evan pivota vers l'hôpital.

— Il faut que je retourne voir comment elle va.

— Vas-y, opina Mason. Va la voir et tiens-nous au courant de son état.

Evan retourna à l'intérieur du bâtiment et découvrit que les médecins l'attendaient dans la salle d'observation.

— Comment va-t-elle ? s'enquit-il en jetant un coup d'œil au rideau blanc qui la dissimulait à sa vue.

— Elle va bien, le rassura le médecin. Son pied est en piteux état, plusieurs de ses points de suture se sont déchirés et elle est un peu mal en point. Elle est également épuisée et extrêmement déshydratée. Mais elle va s'en sortir.

— Dieu merci, murmura-t-il. Est-ce qu'elle est réveillée ?

— Oui, mais nous aimerions la garder pour la nuit.

— Hors de question, intervint Megan dans un filet de voix rauque depuis l'autre côté du rideau.

À ce moment-là, plusieurs de ses coéquipiers entrèrent dans la pièce pour voir comment allait Megan. Mais la jeune femme, toujours derrière le rideau, ne voyait aucun d'eux et ne s'aperçut donc pas de leur présence.

— Si le docteur veut te garder ici, alors tu dois rester, répliqua Evan.

— Il pourrait simplement me plâtrer la cheville et me donner des médicaments pour la douleur. Quoi qu'il en soit, je refuse de rester ici.

Elle arracha alors le rideau et leur lança un regard noir.

— Ce serait mieux pour votre santé si nous vous gardions au lit un jour ou deux, intervint doucement le méde-cin.

— Si quelqu'un doit me garder au lit un jour ou deux, alors je préfère que ce soit Evan, rétorqua-t-elle.

Un silence suivit ses propos.

Puis des rires rauques et bruyants éclatèrent dans la pièce. Elle se raidit, comme si elle venait de réaliser ce qu'elle avait dit, mais releva fièrement le menton et fusilla du regard tous les soldats présents autour d'elle. Tous arboraient un grand sourire.

— J'accepte, lui lança Evan avec un sourire radieux.

— Qu'est-ce que tu acceptes ? l'interrogea-t-elle en plissant les yeux.

— L'honneur de te garder.

Elle le regarda avec confusion. Puis elle rougit lorsque son cerveau fit le lien entre leur surnom de Gardiens et la conversation qu'ils avaient actuellement.

— Provisoirement, dans ce cas, répondit-elle à voix basse en plongeant son regard dans le sien et en essayant d'ignorer leur public captivé par leur échange. Je ne suis pas un prix.

— Moi non plus, et tu sais déjà que je te voudrai à mes côtés aussi longtemps que tu seras prête à le rester. Que ce soit temporaire ou pour toujours, je respecterai ton choix et ne te mettrai aucune pression.

Il lui offrit le plus tendre des sourires tandis qu'elle étudiait son visage. Elle avait l'air tellement perdue, si seule et vraiment terrifiée.

— Et si je ne peux pas ? murmura-t-elle, son regard verrouillé au sien.

— Je suggère que nous tentions le coup pour le découvrir ensemble, proposa-t-il d'une voix tout aussi basse.

Il détestait l'insécurité qui hantait le regard de Megan et était prêt à tout pour qu'elle se sente mieux. Il voulait l'aider à faire le bon choix. Mais tout d'abord, il devait faire en sorte qu'elle prenne conscience et accepte la réalité de ses sentiments pour lui, tout comme lui avait pris conscience et accepté la réalité de ses sentiments pour elle depuis longtemps. Ils étaient bien ensemble… tellement bien.

Elle avait juste besoin de s'en rendre compte également.

— Mais c'est à toi de faire ce choix, ajouta-t-il.

Il prit ensuite une profonde inspiration et murmura sur un ton encore plus bas :

— Sache juste que je t'aime et que j'ai confiance en toi. J'ai foi en nous.

Pendant un moment, elle scruta son visage et fouilla son regard. Puis une lueur joyeuse apparut au fond de ses yeux merveilleux et un sourire magnifique se dessina sur ses lèvres pulpeuses. Sa beauté était saisissante, et lorsque son sourire s'élargit, même le médecin à côté de lui en eut le souffle coupé.

— Alors, je choisis de rester avec toi pour toujours, chuchota-t-elle. Ça a toujours été toi, mon premier choix.

Le cœur d'Evan fondit littéralement dans sa poitrine. Il se jeta sur elle, la prit dans ses bras pour les faire tournoyer et la pressa doucement contre sa poitrine. Puis il baissa la tête et l'embrassa avec toute la joie et le désir qu'il avait enfouis en lui depuis tout ce temps.

— Tu ne pouvais pas me rendre plus heureux, souffla-t-il.

Avec un sourire, elle tira sa tête vers elle, jeta ses bras autour de son cou et lui rendit son baiser sous les acclamations de leurs spectateurs exaltés.

C'est la fin du tome 8 de *Légion d'honneur : Evan.*

Découvrez le premier chapitre de *Le Vœu de Mason : Légion d'honneur, tome 9*

# Légion d'honneur : Le Vœu de Mason (tome 9)
## Chapitre 1

MASON CALLISTER ENROULA sa serviette imbibée de sueur autour de son cou et se dirigea vers les douches. Deux jours après son retour d'outre-mer, il était plus que prêt à en finir avec tout ça et à rejoindre Tesla chez eux. Avec tous les problèmes qui avaient retardé son départ, il avait eu peur de ne pas pouvoir rentrer à temps pour Noël. Tesla avait également rencontré un énorme imprévu avec son travail et n'avait pas pu commencer l'organisation des fêtes de fin d'année de son côté non plus. Maintenant, il ne leur restait plus que quelques jours pour tout préparer et ils avaient beaucoup à faire.

— Alors, tu lui as fait ta demande en mariage ? lui lança Swede en passant devant lui pour aller à son casier.

Mason lui lança le même regard qu'il avait adressé à Hawk et Dane il y a à peine cinq minutes. Il n'aurait pas dû en parler à ses amis. Mais après avoir finalement choisi et acheté la bague qu'il comptait lui offrir, il n'avait pas pu s'empêcher de la leur montrer. Ils étaient là quand, plusieurs mois auparavant, il avait rencontré Tesla. En fait, il ne pouvait s'empêcher de se demander si sa relation avec elle n'avait pas engendré une incroyable série d'événements au cours desquels la plupart de ses amis avaient eux aussi trouvé leur perle rare.

Il n'avait aucune explication à apporter à cet étrange et merveilleux phénomène qui semblait les toucher un par un. Mais c'était comme s'ils avaient tous trouvé dans sa relation avec Tesla quelque chose qu'ils voulaient pour eux-mêmes et qu'ils avaient eu la chance de trouver la partenaire parfaite chacun leur tour.

Après avoir pris sa douche, il s'habilla rapidement puis salua ses amis et partit. Il avait hâte de rentrer chez lui pour rejoindre Tesla. Pendant de nombreuses années, il ne l'avait vue qu'en photo sur le téléphone de son frère. Celui-ci faisait partie de son unité avant de décéder brutalement lors d'une opération. Il avait souvent pensé à elle avant même de la connaître réellement, mais il n'aurait jamais pensé qu'il la rencontrerait un jour et encore moins qu'il finirait par tomber amoureux d'elle. Elle était si spéciale qu'il ne savait pas comment il avait pu survivre sans elle aussi longtemps.

Sa camionnette démarra facilement, mais le voyant d'huile s'alluma sur le tableau de bord. Comment diable était-ce possible ? Il venait de la faire réviser. Ne voulant pas prendre de risque, il sortit et fit le tour de son véhicule. Il était conscient que Tesla l'attendait chez eux, mais cette situation n'avait rien de normal. Son intuition se vérifia lorsqu'il découvrit une flaque formée par un liquide qui coulait lentement vers la roue arrière droite de sa camionnette et s'était répandu jusque sous la Jeep de Shadow, garée sur la place voisine de la sienne.

*Merde.*

Il jeta un coup d'œil au parking presque vide. Son regard se posa sur les véhicules qu'il connaissait et s'attarda sur ceux qu'il ne connaissait pas. Les premiers étaient plus nombreux que les seconds. Lui et les gars étaient venus ici pour s'entraîner avant de rentrer chez eux.

Il avait décidé de rester plus longtemps que prévu et avait donc légèrement dépassé l'horaire qu'il s'était fixé, mais à présent qu'il regardait sa camionnette, il se rendait compte qu'il aurait mieux fait de s'abstenir. Il allait être en retard. Cela ne faisait aucun doute.

L'huile continuait de couler. La flaque était bien trop grande pour ne pas éveiller sa méfiance. Bon sang, que se passait-il ?

En se redressant, il vit Shadow et Swede sortir par la porte d'entrée et se diriger vers lui.

— Tu as des problèmes de véhicule ? demanda Swede.

— Oui, une fuite d'huile. Mais je viens de le faire réviser.

Shadow étudia son visage puis s'accroupit pour observer la fuite d'huile.

— Cela ne s'est pas produit tout seul, annonça-t-il. C'est impossible.

— Ce n'est pas si simple que ça d'accéder au réservoir d'huile pour l'endommager volontairement, remarqua Mason. Instinctivement, nous pensons à un sabotage en raison de notre activité. Mais il n'y a aucune raison de penser que quelqu'un a saboté mon véhicule ici.

Du moins, il espérait qu'il n'y en avait pas. Pas en ce moment. Pas avec les vacances de Noël qui approchaient.

— Sauf que quelqu'un pourrait s'en prendre à toi pour de nombreuses raisons, même si nous préférons tous éviter de penser à ce genre de raisons. Ton nom et ton visage apparaissent dans des affaires très médiatisées, rappela Swede. Shadow et moi, on est là également, mais on se tient toujours en retrait, ce qui nous convient parfaitement. Toi, en revanche…

Mason fixa la flaque d'huile en essayant de comprendre à quoi ils avaient affaire exactement.

— Ça doit être le joint du filtre à huile, hasarda-t-il.

— Peut-être…, acquiesça Shadow.

Seulement, sa voix était plate et neutre… bien trop neutre.

— … mais j'en doute, termina finalement Shadow.

— Je vais appeler une dépanneuse, décida Mason. Peut-être que l'un d'entre vous pourrait me ramener chez moi ? J'essaierai de faire réparer ça rapidement.

— Je te ramène, proposa Swede pendant que Mason passait son appel.

— Et moi, je vais rester ici pour attendre la dépanneuse, marmonna Shadow en jetant un coup d'œil sous la camionnette. Je veux voir les dégâts de plus près.

Mason était indécis, tiraillé entre son envie de rejoindre Megan et sa curiosité qui le poussait à rester. Il devait savoir s'il s'agissait d'un sabotage. Ils avaient vu trop de choses dans leur vie pour laisser quoi que ce soit au hasard.

— As-tu eu des nouvelles de Tesla au cours de ces dernières heures ? l'interrogea Swede à voix basse.

*Merde.* Mason sortit son téléphone et appela la jeune femme. Swede avait raison. Si quelqu'un avait délibérément percé son réservoir d'huile, il était plus probable que cette personne veuille s'en prendre à elle plutôt qu'à lui. Pourquoi n'y avait-il pas pensé avant ?

La douce voix de Tesla emplit son oreille.

— Mason ? Où es-tu ? Je pensais que tu serais déjà rentré à l'heure qu'il est.

Soulagé, il la mit rapidement au courant de la situation.

— Oh non, ce n'est vraiment pas de chance, se désola-t-elle. Est-ce que…

Un léger halètement se fit entendre à l'autre bout du fil, puis plus rien.

— Tesla ? appela Mason d'une voix plus forte. Qu'est-ce qui se passe ? Tu m'entends ? Dis quelque chose…

Mais seul le silence lui répondit. Il regarda son téléphone et constata que la communication avait été coupée.

— Elle a arrêté de parler en plein milieu d'une phrase, expliqua-t-il d'une voix sombre en se retournant pour fixer ses hommes.

— Comme si elle avait été frappée ? Ou alors…

Mason ne répondit pas. Il s'était déjà élancé vers le véhicule de Swede. Tandis qu'ils sortaient du parking, il vit que Shadow s'était relevé. Son téléphone à la main, il était en train d'appeler du renfort. Puis Mason le perdit de vue lorsque Swede quitta le parking. Ils n'étaient pas loin de sa maison, mais le trajet lui sembla durer des heures. Au bout de quelques minutes qui lui parurent interminables, Swede finit par tourner dans la rue où il habitait. Au même moment, Cooper et Evan arrivèrent en sens inverse.

La porte d'entrée de sa maison était fermée… et verrouillée. Fronçant les sourcils, Mason la déverrouilla et se précipita à l'intérieur.

— Tesla ? Tu es là ? cria-t-il en entrant à vive allure dans la cuisine.

Constatant qu'elle n'était pas là, il courut jusqu'à son bureau situé à l'arrière de la maison. Depuis quelques jours, elle rencontrait un problème sur l'un de ses logiciels informatiques et voulait essayer de le résoudre ici même. Elle possédait un bureau sécurisé sur la base, mais détestait être interrompue dans son travail et arrivait davantage à se concentrer quand elle se trouvait chez eux. Elle lui avait certifié que rien de ce sur quoi elle travaillait ne serait utile à qui que ce soit et lui avait assuré qu'elle ne courrait pas plus de danger en travaillant ici que dans le bureau que l'armée avait mis à sa disposition.

Comme rien de fâcheux ne s'était produit depuis leur première rencontre, il l'avait crue.

Mais maintenant qu'il se retrouvait face à la chaise renversée et aux papiers éparpillés sur le sol de son bureau, il réalisait avec horreur qu'il n'aurait pas dû.

— Tesla ! hurla-t-il en se ruant hors de la pièce pour se diriger vers les escaliers.

Il procéda à une rapide fouille de chaque recoin du premier étage, mais ne trouva rien. Il n'y avait aucun signe de Tesla nulle part. Quand il était parti ce matin, elle s'était déjà mise au travail, vêtue de son pyjama le plus confortable.

Ils savaient tous les deux qu'ils avaient des choses à régler ce soir, puisqu'ils devaient notamment préparer et organiser leurs vacances. La petite boîte dans sa poche était un rappel constant du seul cadeau de Noël qu'il voulait désespérément qu'ils s'offrent. Ils avaient voulu que tout soit prêt avant que la folie des achats ne commence… mais ils avaient manqué leur objectif de plusieurs semaines.

Et maintenant, il ne pouvait s'empêcher de se demander s'il n'avait pas perdu la chose la plus importante de sa vie.

Le tome 9 est disponible dès aujourd'hui !
Pour en savoir plus, visitez le site web de Dale Mayer.
https://geni.us/DMSFRMWish

# Note de l'auteure

Merci d'avoir lu *Evan, Légion d'honneur, tome 8* ! Si vous avez apprécié le livre, merci de prendre un moment pour laisser votre avis.

Chers lecteurs,

J'aime avoir de vos nouvelles, alors n'hésitez pas à me contacter sur mon site web : www.dalemayer.com ou sur ma page d'auteure Facebook. Pour être informés des nouvelles parutions et des offres spéciales, inscrivez-vous à ma newsletter ou suivez-moi sur BookBub. Si vous souhaitez rejoindre mon groupe de lecteurs, voici la page d'inscription sur Facebook.
http://geni.us/DaleMayerFBGroup

À bientôt,
Dale Mayer

# À propos de l'auteure

Dale Mayer est une auteure de best-sellers au classement de *USA Today*, connue pour ses romances militaires sur les forces spéciales, sa série *Psychic Visions* et sa série *Jolis Jardins Maudits*, dans le genre cozy mystery. Ses romances contemporaines sont vibrantes d'émotion et de passion (série *Broken But... Mending, Hathaway House*). Ses thrillers vous laisseront à bout de souffle (séries *By Death* et *Kate Morgan*) et ses comédies romantiques vous feront rire aux éclats (*It's a Dog's Life*, une novella hors-série, et la série *Broken Protocols* avec Charming Marvin, le chat).

Elle laisse libre cours aux séries qui lui viennent... dont certaines sont carrément folles, enfreignant toutes les règles et croisant différents genres !

En plus de ses romans de fiction, elle écrit également des textes documentaires dans de nombreux domaines, dont la rédaction de CV, le jardinage de loisir et le système de crédit immobilier américain. Elle a récemment publié la série professionnelle *Career Essentials*. Tous ses livres sont disponibles aux formats papier et ebook.

## Contactez Dale Mayer en ligne

*Site web de Dale – www.dalemayer.com*
*Twitter – @DaleMayer*
*Facebook Page – geni.us/DaleMayerFBFanPage*
*Facebook Group – geni.us/DaleMayerFBGroup*
*BookBub – geni.us/DaleMayerBookbub*
*Instagram – geni.us/DaleMayerInstagram*
*Goodreads – geni.us/DaleMayerGoodreads*
*Newsletter – geni.us/DaleNews*

www.ingramcontent.com/pod-product-compliance
Lightning Source LLC
Chambersburg PA
CBHW071423200726

48294CB00002B/497